O DESAPEGO REBELDE DO *coração*

OUTRAS OBRAS DA AUTORA PUBLICADAS PELA VERUS:

As batidas perdidas do coração

O descompasso infinito do coração

A escolha perfeita do coração

Bianca Briones

O desapego rebelde do coração

Um livro da série
Batidas Perdidas

1ª edição

Rio de Janeiro-RJ / Campinas-SP, 2016

VERUS
EDITORA

Editora
Raïssa Castro

Coordenadora editorial
Ana Paula Gomes

Copidesque
Lígia Alves

Revisão
Anna Carolina G. de Souza

Capa e projeto gráfico
André S. Tavares da Silva

Imagens da capa
© Salomehoogendijk/Dreamstime.com (mulher)
© Alexander Image/Shutterstock (homem da esquerda)
© PeopleImages/iStockphoto (homem da direita)

ISBN: 978-85-7686-499-8

Verus Editora Ltda.
Rua Benedicto Aristides Ribeiro, 41, Jd. Santa Genebra II, Campinas/SP, 13084-753
Fone/Fax: (19) 3249-0001 | www.veruseditora.com.br

CIP-BRASIL. CATALOGAÇÃO NA FONTE
SINDICATO NACIONAL DOS EDITORES DE LIVROS, RJ

B871d

Briones, Bianca, 1979-
O desapego rebelde do coração / Bianca Briones. - 1. ed. - Campinas, SP : Verus, 2016.
23 cm (Batidas Perdidas ; 4)

ISBN 978-85-7686-499-8

1. Romance brasileiro. I. Título. II. Série.

15-28936 CDD: 869.93
CDU: 821.134.3(81)-3

Revisado conforme o novo acordo ortográfico

À inspiração secreta para o Rodrigo (Mr. B.) e a Lex Bastos
Não preciso dizer mais nada. Eles sabem
Eles sempre sabem

1

Branca

Did you think we'd be fine?
Still got scars on my back from your knives
So don't think it's in the past
These kind of wounds, they last
*And they last now.**
— Taylor Swift, "Bad Blood"

A vida é muito mais fácil quando não tem amor no meio.

Acho que esse é um pensamento bem racional que todo mundo devia ter. Tipo vir configurado de fábrica, sabe?

O amor é capaz de complicar quase tudo o que existe.

Ah, devo estar parecendo uma velha amarga, mas nem sou. É um dia ruim e logo vai passar.

Nunca tive nada contra o amor ou contra me apaixonar. Pelo contrário, eu pulo. É só dar brecha que eu salto sem saber onde vou cair. Mas, mesmo sempre me jogando, o tal do amor (bandido) não tinha surgido na minha vida.

Tive casinhos e namoros, mas nada que fizesse uma grande diferença até ele chegar.

Lex. Guitarrista, gerente (agora dono) de bar, supersexy e gato.

É claro que, num momento de insanidade em que me deixei levar totalmente pelo sentimento, achei que deveríamos nos casar. Tudo bem.

---

* "Você achou mesmo que ficaríamos bem?/ Ainda tenho cicatrizes de suas facadas nas costas/ Então não pense que ficou no passado/ Esse tipo de ferida dura/ E ainda está durando."

Talvez eu tenha feito isso um tiquinho, porque todo mundo também estava fazendo.

Como evitar?

Ele era o bad boy — que de bad não tinha nada — que eu pedi a Deus em todas as orações desde cedo. Ah, sim, enquanto minhas amigas queriam um príncipe encantado, eu queria o bad boy. Culpa do Spike, de *Buffy, a caça-vampiros*.

Era para ser lindo. Era para ser superlindo. Era para ser tudo. Até que se tornou superconfuso, passamos a brigar por qualquer bobeira e não conseguimos mais nos entender.

Estou estressada e ando de um lado para o outro do apartamento. A agenda está aberta sobre a mesa. Tenho uma reunião importante amanhã. E devia estar me preparando. Pelo menos é o que diz a página do dia 3 de dezembro.

Não vou estar preparada e não tenho cabeça para pensar nisso. Que se dane se o Bernardo ainda é estagiário! Ele vai ter que me cobrir nessa. É para isso que servem os irmãos, não é?

Pego o telefone pela milésima vez e ligo para o Lex. Caixa postal.

— Onde é que você está? — murmuro e me encosto na parede.

Olho para o porta-retratos sobre o piano dele. Claro que piano está entre os instrumentos que ele toca, só para deixá-lo ainda mais perfeito.

Encosto os dedos no vidro do porta-retratos e vejo Lex e eu abraçados, sentados na areia da praia, completamente felizes.

Para onde foram essas duas pessoas tão apaixonadas?

Talvez eu não devesse ter insistido tanto para que nos casássemos. Ah, que merda! Ele aceitou porque quis, então não adianta agir como se eu o tivesse obrigado.

Sei bem que fui precipitada, mas, por favor, ele não é nenhum moleque. Não mesmo.

O barulho da porta sendo destrancada chama minha atenção, e eu corro para o quarto, tomando cuidado para não derrubar nada.

Pego o primeiro livro que vejo no criado-mudo dele e o abro, sem nem olhar para as páginas, tentando parecer o mais despreocupada possível. Eu que não vou deixá-lo descobrir que eu estava morrendo com seu sumiço depois da nossa última discussão, que havia começado pelo motivo mais estúpido possível: a porra de uma toalha molhada em cima da cama.

— Oi... — Lex diz quando entra no quarto, mas eu não olho para ele. Faço o possível para me concentrar no livro e é aí que vejo a merda: está de cabeça para baixo.

Arregalo os olhos ao mesmo tempo em que ele tosse, segurando o riso.

Não há uma sombra de raiva em seu semblante. Pelo contrário, sei que ele está disposto a deixar aquilo de lado. Esse é o Lex, o cara que não sai do sério por nada. É algo que sempre gostei nele, mas que ultimamente tem me irritado.

Quem diria que, seis meses depois de ele concordar em se casar comigo, eu estaria tão insatisfeita?

Poxa, eu o pedi em casamento e tudo!

Clara, Fernanda e Viviane tinham se casado. Por um momento de estupidez insana, achei que fosse o que eu queria também. Não era. Ou eu não me sentiria assim, não é?

— Você está bem? — Lex pergunta, estreitando os olhos e se sentando na beira da cama para tirar os coturnos.

Tudo o que eu preciso dizer é: "Tô. Me desculpa por fazer um escândalo por causa de uma toalha molhada, que aliás você nunca esquece na cama. Eu só estou sobrecarregada tentando ser a advogada mais perfeita do mundo e descobrindo que não é tão simples assim". Mas apenas dou de ombros e coloco o livro de lado.

— Onde você estava? — As palavras traiçoeiras saem de mim antes que eu consiga segurá-las.

— Tocando. — Lex se levanta e começa a desabotoar a calça.

Sua relação com a música é muito intensa. Ele toca se está feliz, se está triste, se está confuso. Tudo o guia para a música.

"Onde" é um total mistério. Pode ser em qualquer lugar. Ele tem muitos amigos músicos e donos de bares para onde corre em situações assim. Ele toca na própria balada também.

— Hum...

— Naquele barzinho na Augusta. Da batata que você gosta — ele acrescenta, abrindo o guarda-roupa e pegando uma camiseta.

Quando ele tira a que está usando, fica de costas para mim, com a tatuagem totalmente exposta. Há um estúdio de música inteiro cobrindo suas costas, com guitarra, bateria, baixo e microfone. Desce desde os ombros até a linha da cintura.

Ainda me lembro da minha sensação ao vê-la e senti-la pela primeira vez. Lex era um mistério que eu queria decifrar. E às vezes acho que não cheguei nem perto.

Ele se vira e me encara por alguns segundos. Em seus olhos castanhos reconheço a tranquilidade se agitando. Ele está vivendo um conflito interno.

Observo-o se trocar, puxar a colcha da cama, se deitar e apagar a luz sem dar um pio. Eu ainda estou sentada e querendo conversar.

— Você não vai falar nada? — pergunto, percebendo que o assunto vai morrer ali mesmo.

— Falar o quê, Branca? — ele suspira, virando-se para mim, no escuro. Seu tom cansado quase me faz desistir de continuar.

— Não sei. Vai agir como se não tivéssemos brigado pela toalha molhada?

— Nós não brigamos pela toalha. Foi muito mais que isso, e eu preciso pensar. Então, não. Não vou brigar agora. Está bom pra você assim?

— Não, não está. Como vai ser? Você quer a toalha e eu não. E aí?

— Branca, eu quero filhos. — Ele acende a luz e se senta na cama, olhando diretamente para mim. Sem se importar em acompanhar minha metáfora da toalha. — Filhos. Estou pouco ligando pra merda de uma toalha.

— Eu não quero e não vou ter. — Cruzo os braços. — Não que eu não goste de crianças, mas não me vejo com uma nos braços. Acho que não nasci pra ser mãe.

— Você está sendo intransigente. Eu não disse que quero filhos amanhã. Um dia, Branca. Um dia, no futuro. — Ele parece exausto.

— Pois eu não quero. — Ergo o queixo, querendo que isso seja suficiente, que ele entenda, concorde e tudo fique bem.

— Tá bom. — Ele suspira profundamente, como se precisasse desse tempo para avaliar a situação.

— Tá bom? — Eu me surpreendo ao vê-lo se levantar outra vez, pegar a calça jeans e vesti-la. — Aonde você vai? Não tá pensando em sair pra tocar de novo, tá? Você sabe que tem um caralho de um piano na sala e mais um monte de instrumentos por aqui, né?

— Não. Eu quero filhos e você não quer. — Ele calça os coturnos em silêncio e então continua: — Temos um baita problema aqui. Enquanto estive fora, pensei em tudo isso e achei que era esperar o tempo passar e um dia nós nos entenderíamos nesse sentido. Mas não dá. Concordei com tudo nesse tempo. Mas você precisa entender que não pode controlar o mundo inteiro. Isto é um relacionamento. Aprenda a ceder, Branca!

— Você está querendo dizer que eu sou mandona? — Eu me levanto, batendo os pés no chão. Era só o que faltava! Não que eu não seja. Sei bem que sou. Mas ele não vai falar isso na minha cara e ficar por isso mesmo.

— Não, eu estou dizendo abertamente: você é mandona, controladora e intransigente. E eu tô cansado, caramba! — As palavras condizem com sua expressão.

— Ah, vá à merda! Cansado de quê? Eu me mato pra ser a advogada perfeita, pra ser a esposa perfeita, pra ser a porra da mulher perfeita.

— Aí é que está, Branca. Quando foi que eu te pedi isso? E mais: por que você está se cobrando isso? Quando nós nos conhecemos, você estava pouco se fodendo para o que os outros pensavam. Por que de repente quer ser o que esperam de você?

Eu não soube responder a essa pergunta. Por que mudar por causa do meu primeiro relacionamento sério?

O choque pela falta de resposta e o desejo de sair por cima geraram as piores palavras que eu poderia dizer:

— Se é assim que você me vê, eu quero o divórcio!

E, como sempre, como fez com todas as minhas maluquices ao longo dos anos em que estamos juntos, Lex concorda.

Em segundos, ele assente, pega sua carteira e bate a porta da frente, saindo da minha vida tão rápido quanto entrou, há quatro anos.

2

LEX

Oh, my ex says I'm lacking in depth
I will do my best
You say you wanna stay by my side
Darlin', your head's not right
See, alone we stand, together we fall apart
*Yeah, I think I'll be alright.**

— The Strokes, "Someday"

SE EU ESTIVESSE contando, poderia dizer que Branca e eu brigamos pela milionésima vez. Infelizmente, não estou exagerando.

Subo na minha moto, refletindo sobre o que fazer. Nunca gostei de tomar decisões precipitadas. A precipitação sempre leva ao erro, sempre causa descontrole. Há dois meses que o trem dessa relação foi descarrilhando outra vez. Não entendo bem a razão.

Ela e eu sempre pareceu algo impossível de durar. Somos brisa e tempestade; seca e dilúvio; calmaria e tormenta. Tentei nunca ver nossas diferenças como empecilhos, mesmo quando eram gritantes.

Quando nos conhecemos, nenhum dos dois estava pensando em um relacionamento sério. Eu tinha acabado de sair de um namoro longo e queria curtir um pouco antes de me amarrar outra vez. Diferente

* "Ah, minha ex diz que sou superficial/ Farei o meu melhor/ Você diz que quer ficar ao meu lado/ Querida, você não está pensando direito/ Veja, sozinhos nos mantemos, juntos desmoronamos/ Sim, acho que ficarei bem."

do Rafa, sempre fui do tipo que se apega e estava tentando fazer de outro jeito pela primeira vez.

É irônico que hoje ele esteja muito bem casado e apaixonado e eu prestes a me divorciar. Por mais que eu considere isso uma derrota, depois de muito pensar, é o que vejo em meu futuro.

Branca e eu somos como ímãs. Quando estamos afastados, algo nos atrai um para o outro. É impossível resistir. Mas, quando estamos juntos, é como se as nossas polaridades se igualassem e nós nos repelíssemos.

O problema da Branca é que, quando está com raiva, ela precisa extravasar. Para piorar, ela nem sempre diz o que realmente sente. Só deixa sair, sem pensar. Até aí tranquilo, mas nos últimos tempos ela parece não saber do que exatamente está com raiva e, com isso, não sabe como deixar sair. Então procura motivos para brigar, e eu estou cansado.

Não faço ideia da razão, mas é mais forte que nós.

É quase um paradoxo pensar em como ela pode ser uma mulher madura, independente e de bem com a vida ao mesmo tempo em que possui algumas inseguranças tão infantis.

Não que a culpa de falharmos como casal seja só dela. Não é. É preciso dois para perder esse jogo. E isto também não a desmerecia: eu gostava de saber que havia muito mais dela do que ela mostrava para os outros; gostava até das bobeiras. Queria entender quando foi que passou a me incomodar.

Para um cara metódico e prático como eu, essa situação é um dilema e tanto.

Sinto que poderia ficar casado com ela para sempre, ao mesmo tempo em que sei que devo me afastar e recomeçar. Confuso.

As palavras que Rafael me disse durante a semana praticamente gritam em minha cabeça: "Relacionamentos são complicados. Duas pessoas podem ter tudo para dar certo, mas, se uma delas não quiser pra caralho, cedo ou tarde vai dar merda."

E deu merda...

O problema é que eu sei que a Branca e eu vamos nos atrair de novo e não vamos escapar desses redemoinhos que têm nos sugado e gerado problemas depois.

Não dá mais. É hora de terminar. Pior: é hora de partir.

3

Rodrigo

Meu Deus do céu, aonde é que eu tô?
Alguém me explica, me ajuda por favor?
Bebi demais na noite passada
Eu só me lembro do começo da balada.

— Munhoz e Mariano part. João Neto e Frederico, "Balada louca"

UM ANO DEPOIS

Abro os olhos devagar e esfrego o rosto. Não reconheço nada ao redor.

Um quarto grande, paredes pintadas de azul-claro, um guarda-roupa em um canto, uma cama ampla no meio. Nunca estive aqui antes.

— Ih, caramba. Onde é que eu tô? — Bocejo, me sentando na cama e tateando à minha volta procurando o celular. Cadê?!

A luz do sol bate forte na janela, entrando pelas frestas. Deito-me outra vez e cubro a cabeça com o travesseiro. Alguém geme ao meu lado.

Inclino-me sobre o cotovelo e puxo o lençol, que cobre uma longa cabeleira ruiva. *Me dei bem.* Mas teria me dado melhor se eu lembrasse da coisa toda, porém as garrafas vazias de vodca, energético e cerveja pelo chão do quarto indicam que há boas chances de a minha memória não voltar.

Devagar, eu me sento e coloco os pés para fora. Puta dor de cabeça!

Estou pelado e não tenho ideia de onde estão as minhas roupas. Se isso não fosse tão comum comigo, eu me assustaria, mas...

Franzo a testa e olho para uma porta que se abre. Uma mulata estonteante entra enrolada numa toalha, então suponho que ali deve ser o banheiro.

— Oi, amor — ela diz, sorridente.

É, realmente me dei muito bem, mas "amor" não rola.

— Oi... — Nome, por favor? Branco total. — Morena.

Sorrio ao me lembrar de quando o Rafa me ensinou que, na falta de nome, vai "loira", "morena", "ruiva" mesmo.

— Humm... — A ruiva abre os olhos e se espreguiça ao meu lado. Ela me é vagamente familiar, mas não consigo me lembrar de onde a conheço. — Que horas são, hein?

— Tô sem relógio, linda. — Dou de ombros. — Falando nisso, alguém viu meu celular? Minhas roupas?

A morena explode em uma gargalhada.

— Você não lembra? — Ela pega seu vestido no canto do quarto.

Antes que eu abra a boca, a ruiva responde, sentando-se na cama:

— Ele chapou demais ontem e não lembra nem do que fizemos, se você quer saber. — Tento perguntar como ela sabe, mas ela continua, deixando o lençol escorregar para baixo, o que dificulta bem a minha concentração: — Você é o Rodrigo Villa. Quem te conhece sabe que, se misturar tudo, não vai lembrar nada pela manhã.

— E você me conhece? — pergunto, entre confuso e curioso. Normalmente as pessoas sabem mais de mim do que eu delas.

— Já nos esbarramos em algumas festas. — Ela sorri, enigmática. Seus olhos castanho-escuros brilham e eu me esqueço do resto e de querer saber mais sobre como ela me conhece. A mulata se aproxima da cama e toca meu ombro. O que eu tinha que procurar mesmo?

Uma hora depois, saio do banho e me enrolo em uma toalha. Paro em frente ao espelho e analiso meus cabelos negros molhados. Corro a mão por eles, ajeitando-os. Mantenho-os curtos, mas nos últimos meses deixei passar um pouco do comprimento.

Meus olhos ainda estão um pouco vermelhos, algo que o excesso de álcool sempre causa, evidenciando que a farra de ontem foi pesada.

As pessoas sempre olham para a vida das outras e imaginam que tudo é mais fácil que aquilo que vivem. Bem, no que se refere a mim, elas têm razão: minha vida é fácil e boa. Claro que tive minha cota de dores. Perdi meu pai quando tinha dezoito anos, e foi doloroso. Ainda seria, se eu passasse muito tempo pensando nisso.

Essa é a maior verdade sobre mim e o que provavelmente mais me diferencia dos outros: eu não penso. É... Não penso mesmo. Se for algo que não posso mudar e que me faz mal, pensar pra quê?

Ah, tem como fazer isso, sim. Não venha dizer que você não direciona seus pensamentos. Eu tenho total controle sobre os meus. Não é simples. Mas, se a sua vida tiver o mesmo ritmo alucinado que a minha, não vai sobrar muito tempo para aquilo que for ruim.

Hum... Muito trabalho? É... mais ou menos, mais ou menos. Trabalhar demais desgasta, e eu vivo. Cara, como eu vivo. Intensamente.

Não sei do meu futuro. Estou vivendo, e quando chegar a hora eu penso.

Ainda vou completar vinte e três anos. Nunca ligo que me chamem de moleque, porque curto ser assim. Sou moleque sim e foda-se. Ninguém paga as minhas contas. Quer dizer, meu avô paga. Mas quando chegar a hora vou cuidar dele também. Por enquanto estou seguro.

Meu pai ia querer que eu vivesse. Eu sei disso. Estou vivendo por nós dois.

Minha irmã, Viviane, se baseia em toda a parte romântica das frases que meu pai dizia. Eu me baseio na última que ele me disse: "Viva, viva, viva".

Estou vivendo, pai. Viver é o legado que você me deixou.

Não sei o que é crise e estou feliz assim.

Muitos dizem que o sofrimento é o que faz a gente amadurecer, e se eu não me permito sofrer...

Bem, quem liga se eu não amadurecer nunca?

A música alta vindo de algum lugar desta casa me tira das minhas reflexões. Saio do quarto com uma toalha enrolada na cintura, o corpo ainda úmido do banho. E, fiquei com elas de novo. Não dava pra perder a oportunidade de fazer isso e guardar na memória.

Tem gente espalhada por todo canto. A sala é uma confusão de pessoas dormindo, outras acordando em meio à bagunça de cartas de baralho, copos e latas de cerveja.

— E aí, Villa? — Gustavo, um colega de faculdade, diz ao me ver saindo para a varanda. — Festão, hein? Você arrebentou outra vez.

O sol brilha intenso no céu, e tem um pessoal agitado à beira da piscina. Durante o banho lembrei que ontem à noite estávamos em uma balada e eu decidi fazer um churrasco. Sim, desse jeito mesmo. Como eu raramente preciso me preocupar com horário e sempre encontro parceiros, fazer um bate e volta até a praia é comum. Quer dizer, a volta normalmente não é tão rápida. Quando um deles ofereceu a casa no litoral, eu banquei os comes e bebes.

— Cara, cadê meu celular?

— Você não lembra? — ele ri.

Tudo bem. De novo isso. Evito misturar bebidas, mas sou meio descontrolado quando começo, e, se beber demais, os eventos ficam nebulosos e eu às vezes não me lembro de nada nem quando vejo as fotos.

— O que eu fiz? — Já sei que não foi bom.

— Você lembrou de uma reunião e sabia que te ligariam por causa dela, então disse que daria um fim no problema. E deu.

— Joguei na churrasqueira. — Tenho um flash de memória. — Que merda! — digo, mas começo a rir com ele e pego uma cerveja no freezer. Só assim pra dar um jeito nessa ressaca da porra.

— Vai ficar por aqui hoje? O Ari liberou a casa o resto do dia. Ele tá com uma mina no quarto.

Dou três bons goles na cerveja e suspiro, tirando uns segundos para refletir sobre o óbvio.

— É, por que não? Não lembro desse e-mail aí, e com certeza o Lucas vai segurar o tranco, como sempre. Sabe que horas ele foi embora?

— Acho que lá pelas três da manhã. Praticamente largou você aqui e foi. Ele tinha a tal reunião cedo. Nem deve ter dormido direito.

Há cinco anos, Lucas é um dos meus melhores amigos. Nós nos conhecemos na terapia de grupo, quando meu pai morreu. Eu estava ali, me sentindo mal pelo que estava passando, e ele cruzou a porta depois de enterrar pai, mãe, prima e irmão caçula. Foi quando eu entendi que tudo pode piorar, que não adianta ficar se lamentando e se sentindo o cara que mais sofre no mundo porque há pessoas com problemas bem piores que os seus. Com dores bem maiores.

Não que perder meu pai fosse pouco. Foi muito, mas um dia Lucas tinha uma família e no dia seguinte não tinha nada. Não dá para competir com isso.

Quando paro para pensar no que eu tinha, e ainda tenho, percebo que é muito. Então decidi viver sendo grato por isso e não pensar na minha dor. Sabe aquele "Penso, logo existo"? Mudei um pouco para: "Não penso, logo a dor não existe".

Lucas e eu nos aproximamos de imediato, e isso só se intensificou quando minha irmã e o primo dele se apaixonaram. Hoje Rafael e Viviane são casados, e Lucas é o irmão que eu nunca tive.

Ele é tudo o que meu avô queria que eu fosse, e isso não é um problema para mim. Na verdade, acho bom. Assim, o vô Fernando fica feliz com seu neto postiço e me deixa viver. Quer dizer, por ele eu estaria na agência agora, trabalhando, e não aqui em... Pera.

— Onde é que a gente tá exatamente, Gustavo? — pergunto, olhando dentro da churrasqueira e remexendo o carvão frio. É, matei mais um celular. Não foi o primeiro nem será o último.

— No Guarujá. Você disse que não dava pra ir pra sua casa porque...

— Minha mãe tá usando a casa.

— É.

— E tô sem carro, né?

— Tá. O Lucas levou.

De todos os meus atos inconsequentes, dirigir bêbado está fora da lista. Foi assim que a família do Lucas morreu. E eu sei o que a perda da irmã, naquele acidente, fez com o Rafael. Não vou ser o responsável pela morte de ninguém.

— Vai ficar ou vai embora? — Gustavo me tira desses pensamentos.

Estou despreocupado. Lucas sabe onde eu estou, então, se alguém precisar de mim, ele dá um jeito de me avisar.

— Bom, bora curtir, né? — Entorno minha cerveja.

Já pensei em morte demais por hoje e estou fora disso.

Nada de perder tempo com o que machuca.

4

Branca

Pretty hurts
We shine the light on whatever's worse
Perfection is a disease of a nation
Pretty hurts
We shine the light on whatever's worst
We try to fix something
But ya can't fix watcha can't see
*It's the soul that needs surgery.**

— Beyoncé, "Pretty Hurts"

Depois de encerrar a ligação com Clara, ando de um lado para o outro em meu escritório sem acreditar que Maurício foi capaz de traí-la.

Que coincidência maldita é essa? Exatamente um ano depois do fim do meu casamento?

Clara é minha melhor amiga desde sempre. Nossas mães engravidaram na mesma época e nós nascemos no mesmo dia. O que não nos faz ser parecidas; pelo contrário. Mas nós nos amamos tanto que chega a doer quando alguém machuca a outra.

Eu sabia que ela e o marido estavam em crise, e nunca acreditei muito nesse casamento, mas foi o que minha amiga escolheu para si. Tan-

* "A beleza machuca/ Evidenciamos o que há de pior/ A perfeição é uma doença da nação/ A beleza machuca/ Evidenciamos o que há de pior/ Tentamos reparar algo/ Mas você não pode reparar o que não consegue ver/ É a alma que precisa de cirurgia."

ta merda aconteceu por causa disso. Incluindo a ida do meu irmão para outro país por anos.

Parece natural que um casamento que nunca devia ter começado termine, mas isso me leva à minha própria separação.

Lex e eu nunca tivemos um relacionamento muito convencional. Nós nos conhecemos e logo começamos a nos pegar. Achei que seria só isso que teríamos.

Quando Vivi foi para Londres, Lex e eu nos afastamos. Não sei explicar a razão. Aconteceu simplesmente. Eu estava muito focada em minha carreira de advogada. Não que isso tenha mudado: ainda sou meio bitolada.

Quando eu soube que ela ia voltar, fui até o apartamento de Lex contar para ele. Eu poderia ligar, claro. Mas por que não passar lá?

Errado. Eu nunca devia ter ido. Foi tocar a campainha, entrar e trinta segundos depois estávamos nos beijando. Então resolvemos tentar. Por que não? Ele era o melhor amigo do Rafael, eu era uma das melhores amigas da Viviane, tudo parecia se encaixar.

Lex nunca tentou colocar um freio em mim, como muitos caras que passaram pela minha vida.

Só que, quando você não quer fazer algo e se deixa levar por outra pessoa, cedo ou tarde a vida manda a conta. E foi o que aconteceu.

Não sei explicar por que eu parecia sabotar nosso relacionamento. Minha terapeuta até hoje tenta me fazer entender isso. Foi ela quem me pegou no pulo e me fez confessar que eu nem sei se não quero mesmo ter filhos. Então por que usei isso como argumento? Ah, acho que preciso de mais tempo para entender.

No dia seguinte àquela briga decisiva, eu quis dizer que não era o que eu queria, mas, ao chegar em casa e encontrar as malas prontas, meu orgulho me calou. E eu permiti que ele fosse embora da minha vida sem dizer nem uma palavra sequer.

Aproveitando que Rodrigo e Rafael queriam expandir o negócio deles, Lex se mudou para o Rio de Janeiro três meses depois da separação. Voltou para a audiência do divórcio e só. Com a mesma rapidez que nos casamos, nos divorciamos.

E eu, linda, loira e imbecil, fui à despedida dele, antes da mudança definitiva para o Rio. De novo, por um segundo, pensei em pedir que ele ficasse. E, ao contrário disso, fiz algo que o afastou de vez.

Agora, quase um ano depois da separação, estou aqui, ainda incomodada com essa lembrança. Ainda pensando no maldito "e se".

Deixo meu escritório e, nervosa, vou até a sala do meu pai para avisá-lo que vou sair. Preciso parar de pensar na minha vida, então vou me concentrar na Clara. Ela precisa de mim. Quando eu estava ferida, ela largou tudo e veio chorar comigo. É, ela chorou mesmo, literalmente. Todo mundo sabe que ela é manteiga derretida. Mas é a minha manteiga derretida, e ninguém, ninguém, ninguém vai partir o coração dela.

Ah, Maurício, pode se preparar, porque eu vou arrebentar a sua cara!

5

Rodrigo

Only thing that I'm guilty of
Is making you rock with me work it out
Got a gang of cash and it's going all on the bar
Now work it out
*And it's going fast cos I feel like a superstar.**

— David Guetta feat. Ne-Yo & Akon, "Play Hard"

ESTÁ ANOITECENDO QUANDO Lucas chega. Não há muita gente na casa agora. Umas vinte pessoas mais ou menos. Preciso ir embora, pegar meu carro e comprar um celular antes de aparecer na agência amanhã.

— Tá vivo, cara? — Lucas pergunta, descendo do carro e apoiando os braços no capô. Ele parece cansado.

— Tô zerado. Entra um pouco. Não quer tomar alguma coisa? Seu dia deve ter sido puxado. O pessoal tá falando de acender a churrasqueira.

— Não, meu. Você também não. Pega o que não tiver jogado na churrasqueira e entra no carro — ele fala meio brincando, meio sério, mas eu entendo bem o seu tom. É brincadeira para os outros, mas significa problema para mim. Há algo que ele precisa me contar.

Pelo fato de Lucas já ter aliviado vários problemas para o meu lado, eu sei que, se ele diz que eu tenho que ir, devo ir mesmo.

---

* "A única coisa pela qual sou culpado/ É fazer você balançar comigo, agora vá com tudo/ Tenho um monte de grana e vai tudo no bar/ Agora vá com tudo/ E está indo rápido porque me sinto como um superastro."

— Beleza. — Eu me despeço rapidamente de quem ainda vai ficar e entro no carro. — O que houve? — pergunto, fechando a porta e agradecendo aos céus pelo ar-condicionado. Está um calor dos infernos.

— Rolou uma briga no escritório do Túlio e chamaram você. — Ele é direto.

— Mas os advogados são eles. Somos nós que os chamamos pra resolver os nossos lances. — Estou bem confuso.

— O Bernardo bateu no... Como é o nome dele? — Lucas tenta lembrar. — Ah, sei lá. No marido da Clara.

— No Maurício?

— Isso. — Ele me olha rapidamente e depois volta a se concentrar na estrada.

— O que aconteceu? — pergunto, pela primeira vez irritado por ter dado fim no meu celular. Com certeza eu já saberia detalhes se estivesse com ele. A rádio família/amigos é bem rápida quando se trata desse tipo de informação.

— Então, eu não sei. O que eu sei é que o cara chegou lá e o Bernardo foi pra cima. Aí alguém pensou em te chamar e ligou na agência. Todo mundo sabe que vocês são bem amigos. Eu subi pra ver se era algo que eu podia resolver, mas o Bernardo nem estava mais lá.

Nós nos entreolhamos outra vez. Que estranho!

Quando abro a boca para pedir o celular, ele o passa para mim. Esse me conhece bem.

Primeiro ligo para Bernardo e cai direto na caixa postal. Em seguida, digito o número da minha irmã.

— Lucas, cadê o Rodrigo?! — ela pergunta, parecendo irritada.

Se eu fosse covarde, essa seria a hora de desligar. A Viviane sempre odiou minhas festinhas constantes, ainda mais quando eu sumo.

— Sou eu, Vivi.

— Onde é que você está? — Mesmo distantes fisicamente, eu posso imaginar como ela está, toda rígida e irritada, batendo o pé no chão.

— No carro, com o Lucas. — Se tem algo que eu não faço é dar satisfação da minha vida, então respondo o que eu quero dizer e não o que ela quer saber. — Que merda deu com o Bernardo hoje?

— Onde o carro está?

— Estrada.

— Que estrada, Rodrigo Villa? — Vixe. Tá puta.

— Uma de São Paulo — respondo, sorrindo. Lucas balança a cabeça, sabendo que vai dar rolo.

— Caramba, Rodrigo! — Ela tenta se controlar, mas está cada vez mais puta comigo.

— Não me faça dizer que o que eu faço não é da sua conta, Vivi. — Meu tom é o mais tranquilo possível.

— Você acabou de dizer — ela responde entredentes.

— Eu estava numa festa. Pronto. E não precisa se preocupar. Estava bem e seguro. Você sabe que tenho quase dezoito anos a mais do que os cinco que você acha que eu tenho, né?

— Sem graça — ela bufa. — Eu estava superpreocupada com você.

— Não tinha por quê. Me conta. Bernardo. Fala aí. — Tento fazê-la se concentrar no que realmente importa. Onde eu estava e o que estava fazendo é problema meu. E isso do Bernardo é problema meu também. Ah, eu sei que é patético esse jeito como cuidamos e nos intrometemos na vida uns dos outros. Eu sei. Mas é quase como se o nosso amor fosse medido assim.

— A Clara descobriu que foi traída pelo marido.

— Filho da puta! — Lucas me olha, apreensivo. — O Maurício traiu a Clara — esclareço, antes de voltar a atenção à minha irmã. — E por que o Bernardo bateu nele? Eu sei que ele sempre foi superprotetor com a Clara, mas ela também não tem cinco anos, né? Bater não é exagero? Acho que ela sabe se defender sozinha.

— Ah, Rô, isso nem vem ao caso. Só sei que o tio Túlio ligou pro vô depois que não te achou e o vô me ligou, possesso. Eu disse que você estava aqui e adivinha.

— O vô foi aí verificar.

— Sim, senhor.

— Bom, paciência. Amanhã eu resolvo isso.

— Ele falou que você faltou a uma reunião hoje. — Ela fica em silêncio por um instante, antes de continuar: — Rô, você não pode fazer isso. Não pode deixar o vô na mão.

— Eu não deixei. O Lucas estava lá, e eu tenho certeza que deu tudo certo. Ele me queria por perto porque...

— Porque é o seu trabalho.

— Ah, Vivi, sério. Não tô a fim de falar disso agora. A gente se fala assim que eu comprar um celular novo — acabo deixando escapar.

— Cadê o seu? — ela indaga. — O que você fez? Deixou cair na piscina, perdeu, deu pra alguém, enfiou em um copo de vodca?

— Nenhuma das alternativas — respondo, lembrando de cada uma das vezes em que fiz o que ela perguntou, e uma risadinha me escapa.

— Você precisa tomar juízo. — Ela tenta se mostrar zangada, mas seu tom é cheio de amor. Viviane não consegue ficar brava comigo.

— Ah, você sabe, irmãzinha. É como dizem por aí, eu até tento, mas chego nos lugares pedindo pra tomar juízo e a resposta é a mesma: só tem vodca. — Isso me faz lembrar que eu devia ter pegado uma garrafa antes de sair.

— Idiota — ela diz, e eu sei, mesmo sem vê-la, que ela sorriu. Idiota é quase um apelido carinhoso para mim, como ela já usou muito para o Rafa.

Ela diz que nós somos muito parecidos. Não vejo isso não, apesar de saber que ele me ensinou muito do que sei hoje.

— Me deixa curtir a vida só mais um pouco. Prometo que logo encontro esse tal juízo aí. — Mexo a mão livre enquanto falo. Coisa de espanhol.

— Meu medo é um dia ele te encontrar na marra, Rô. — Eu posso sentir sua apreensão, mas não tem por que ela se preocupar com isso.

— Relaxa, Vivi. — Ela murmura um xingamento. Usar bem a palavra que o Rafael sempre usa quando vai dar merda não foi uma boa ideia aqui. — É sério. Ninguém me pega na marra.

6
LEX

Old friends
Narrowly brushes the same years
*Silently sharing the same fear.**
— Simon & Garfunkel, "Old Friends/Bookends"

A VIDA SEGUE. Se há algo que aprendi observando ao redor é que ela segue para todos, sem exceção. Não importa se você acha que não vai superar ou que ama demais uma pessoa para esquecer, a vida segue.

E claro que, às vezes, você não esquece esse alguém, mas isso não impede o mundo de seguir seu rumo.

Um ano se passou desde que Branca e eu nos separamos. E tem nove meses que me mudei definitivamente para o Rio de Janeiro.

São Paulo me faz falta. Gosto do cinza da cidade. Não que eu despreze o colorido do Rio. Curto muito, mas sou um artista introspectivo, e, para pessoas como eu, o centro de São Paulo é uma inspiração e tanto.

Sem contar minha família e meus amigos, principalmente o Rafa. Durante muitos anos fomos apenas nós e um ou outro que aparecia. Foi pesado cuidar do Rafa sozinho, mas foi automático. Era o que eu devia fazer e pronto. Quando precisei, ele fez o mesmo por mim.

Hoje ele está muito bem e me orgulho disso, mas sinto falta da nossa parceria no dia a dia. Ele é aquele tipo de pessoa por quem se morre,

* "Velhos amigos/ Movem-se juntos pelos mesmos anos/ Compartilhando em silêncio o mesmo medo."

sabe? Eu definitivamente morreria por ele. Na verdade, quase morri. Mas faria de novo, se necessário.

A Viviane me manda fotos e vídeos da Priscila e eu converso com o Rafa quase todos os dias por Skype. Mesmo que ele esteja bem, tenho um lado que sempre vai se preocupar. Acho que é natural quando se esteve perto da morte assim.

Tivemos que nos adaptar à comunicação virtual. Sempre odiamos isso. Podíamos ter uma conversa telefônica inteira por monossílabos. Como agora é a única forma, o jeito foi nos acostumarmos.

Rafael Ferraz:
E aí, seu corno? Como vc tá, porra ?!!!

É... Rafa é daqueles caras para quem você olha e pensa: *Como não amar?*

Rio sozinho, enquanto digito no notebook sobre a cama.

Lex Rocha:
E aí, Rafa? Corno é o seu rabo
Tô bem. Levando a vida
E vc?

Rafael Ferraz:
Eu tô bem. Digitando porque a Pri tá dormindo e a Vivi disse q arranca meu saco se ela acordar.
Mas tem um lado bom em digitar

Lex Rocha:
Qual?

Rafael Ferraz:
PORRA! CARALHO! PUTA QUE PARIU!!!!!!!
Palavrões estão liberados!
Hahahahahahahaha

Lex Rocha:

hehehe

Sempre engraçadinho

Rafael Ferraz:

Não, meu, vc não sabe o caralho que é não poder falar palavrão pra Pri não aprender.

Outro dia deixei escapar um "porra" na frente do Pedrinho, filho da Clara, e o moleque passou o dia repetindo.

Nossa, deu uma merda.

E eu não vejo motivo pra isso.

Porra é praticamente uma declaração de amor

Lex Rocha:

Mas nem todo mundo é você

Imagino o rolo, rs

Os filhos dela devem estar gigantes, né?

A gente conversa às vezes

Olho para o mural acima da escrivaninha. Fotos do meu passado o cobrem quase completamente e dividem espaço com um presente do qual não faço mais parte. Os gêmeos de Clara estão ali, abraçados ao cachorro deles e fazendo caretas.

Rafael Ferraz:

É?

Lex Rocha:

É. Nada de mais. Ela some com frequência e eu sou do tipo caladão

Sabe como ela é, né?

Quer saber se tô comendo, me cuidando, essas coisas

Ela se preocupa comigo mais que a minha mãe

Rafael Ferraz:

hahahahahaha

É a cara dela.

Ah! Por falar nisso, ela tá se separando.

Aquele idiota do marido dela tinha outra e ela pegou

Lex Rocha:

Nossa, que merda.

Vou mandar uma mensagem depois.

E você entrou pra família mesmo. Já tá até fazendo fofoca

Rafael Ferraz:

Vai tomar no cu, Lex!

Posso imaginar a cara de indignação dele com o meu comentário.

Lex Rocha:

hehehe

Tô mentindo?

Enfim, uma merda isso da Clara.

Acho que ela não vai me contar e também não vou perguntar

Não quero me intrometer nem nada

Pra isso ela já tem vocês.

Rafael Ferraz:

Nem vou falar nada sobre esse comentário

Mas ela vai ficar bem.

Já passou por coisa pior

Lex Rocha:

Vai sim.

A gente sempre fica, né?

Rafael Ferraz:

Porra!

Viver é para os fortes.

Ih, caralho, a Pri tá chorando. Vou lá que é a minha vez de trocar a fralda.

Te amo, filho da puta!

Não some. Não falamos de porra nenhuma hoje.

Ah, pera!

PORRACARALHOPUTAQUEPARIU!!!!!

Saio do Skype gargalhando.

É... Algo tão certo quanto "a vida segue" é que o mundo dá voltas. Não me surpreendo por ouvi-lo dizer que me ama. Isso é recíproco e óbvio, e ele faz isso de vez em quando. Mas nunca imaginei que Rafa seria o tipo de cara que trocaria uma fralda.

Todos estamos prosseguindo, e, mais uma vez, mesmo com tudo mudando, as coisas parecem iguais dentro de mim.

7
Branca

Just think while you've been getting down
And out about the liars
And the dirty dirty cheats of the world
*You could have been gettin' down to this! Sick! Beat!**

— Taylor Swift, "Shake It Off"

O que eu sinto depois de consolar a Clara e vê-la chorando por um imbecil que não a merece?

Raiva, muita raiva.

Queria muito que ela superasse rápido como eu. Sim, eu superei. Não é porque eu penso no Lex de vez em quando e no nosso "e se" que não tenha superado. Depois da separação de pessoas que eu conheço, é natural pensar no meu próprio divórcio, mas não é algo que faço todo dia. Não mesmo. Tô livre e com o coração trancado para problemas.

Queria que fosse simples para a Clara se jogar na vida como eu fiz.

O mundo é um lugar complicado para ser solteira nos dias de hoje. Os homens querem bagunça, as mulheres querem bagunça. Então você se adapta ou... não transa. E se tem algo que eu não deixo de fazer é transar.

É vida louca que o povo quer, é vida louca que sou. Ainda estou com vinte e seis anos, e não quero passar outra vez pelo que passei com o Lex.

* "Apenas pense enquanto você vai ficando pra baixo/ Reclamando dos mentirosos/ E dos traidores horrorosos do mundo/ Você poderia estar se acabando nesta! Batida! Incrível!"

Diversão é a palavra do momento.

— Tá pensando no quê, ô destruidora desbundada? — Rafael pergunta às minhas costas, me tirando completamente dos pensamentos.

— Ora, mestre da paudurecência, queira fazer o favor de ir se foder? Meu apelido é muito mais digno. — Desencosto-me da coluna de madeira na varanda e me viro para ele.

Rafael dá uma gargalhada antes de bagunçar meus cabelos como se eu fosse uma menininha.

— Pensa o seguinte, Branca. Você já destrói corações demais sem muita bunda. É melhor assim. Deus não dá asa a cobra. Vai por mim. — Ele se senta no delicado sofá com estampa florida da minha mãe e cruza os braços.

Estamos na casa dos meus pais. Vivi e Rafa vieram com sua bebezinha linda, eu vim com os filhos da Clara depois de duas sessões de cinema e Bernardo trouxe a Clara, após a reunião sobre o divórcio no escritório de advocacia do meu pai. Quer dizer, eu sei que eles foram para outro lugar em seguida, mas nenhum dos dois me contou nada. O que é profundamente irritante. Não sei por que tanto mistério. Logo mais alguém vai descobrir e me contar. É assim que funciona na nossa família. E o Bê é todo filhinho de papai e não vai demorar para ir conversar com o nosso pai.

É sábado à noite, um dia depois de a Clara ter descoberto a traição, e estamos todos na casa dos meus pais, fazendo churrasco. É bem comum entre a minha família e amigos. Se queremos comemorar algo, fazemos churrasco. Se alguém está triste, fazemos churrasco. Na verdade, como diz o meu pai: "Quem precisa de motivo para assar uma carninha?"

— Você é um idiota, Rafa. Tem sorte de eu amar a Vivi! — Finjo que estou zangada, depois dou de ombros, me sentando ao lado dele. — Ah, dane-se. Você tem razão, com ou sem bunda eu arraso.

— Eu tive minha época de inconsequência... Agora tô tranquilo e não troco minha vida com minhas meninas por nada. — Ele dá um sorriso bobo ao falar de Vivi e de Priscila.

— Nossa, "eu tive minha época"... Tá falando como um velho, Rafa. Credo!

— Tenho vinte e oito anos. Não sou mais um moleque. Falando nisso... — Ele aponta com a cabeça para Rodrigo, que chega com seus avós.

— Nossa, esse aí não cresce de jeito nenhum. — Balanço a cabeça, em recriminação. — Moleque sem noção.

— Ainda desdenhando? — Rafael levanta uma sobrancelha. — Conhece aquele ditado, né? Quem desdenha quer comprar.

— Uma ova! Quero distância desse ser. Tá sabendo que ele sumiu por dois dias de novo?

— Tô. Óbvio. Eu sou o cara que tem que aguentar a Vivi batendo o pé pela casa toda vez que esse moleque some. O que acontece uma vez por semana, pelo menos.

— Pois é. Acha que eu vou querer isso pra mim? *Nunca* nessa vida.

— Vai negar que não percebeu que de moleque ele só tem a atitude agora? Tá com corpo de hominho... — Ele finge um suspiro, coloca a mão no peito e bate os cílios, como uma mãe orgulhosa. Que idiota! Mas não tem como não rir. — Meu menino cresceu. Ensinei direitinho.

— Inclino a cabeça, com desdém. — Tá bom, ele aprendeu só o que interessa. Maturidade ele deixou fora do pacote.

— Então pronto. Quero alguém por inteiro, não pela metade. Sexo bom eu acho por aí.

— Tá sabendo que o moleque representa, né? — Ele ri outra vez.

— Como não saber se ele transou com quase todas as minhas amigas? Paudurecência tem, sim. Acima da média. Mas que morra engasgado com ela antes de encostar um dedo em mim.

— Ok, Branca. Ok. — Ele dá de ombros e sai, duvidando de mim na cara dura.

Nunca pensei em ficar com o Rodrigo. Nunca mesmo. Mas, se por acaso pensasse, meu orgulho me impediria por dois motivos: esse moleque não me merece e eu não ia aguentar conviver com o sorrisinho estúpido de vitória do Rafa.

Não mesmo!

8

Rodrigo

Tudo tem o seu lugar
Tudo tem a sua hora
E eu cansei de esperar
A minha hora é agora
Com os olhos na estrada
Eu sigo em frente e não desvio
Só eu e meu coração vazio.

— Capital Inicial part. Thiago Castanho, "Coração vazio"

Entro desconfiado na casa do tio Túlio. Meu avô não disse uma palavra sobre o meu sumiço. Normalmente ele teria um discurso pronto sobre ter chegado a hora de eu crescer e trabalhar como um homem decente. Como se eu fosse um cara indecente! Tudo bem, eu sou indecente. E gosto disso.

Não que meu vô dizer algo me faria mudar de comportamento. Decidi que vou dar uma segurada e "tomar jeito" daqui a alguns anos. Lá pelos trinta, talvez. Por enquanto vou levando.

Mas o silêncio dele me deixa com a pulga atrás da orelha. Quem conhece Fernando Villa sabe que ele não se cala perante o que não concorda. Não sei nem como ele não tem um plano B escondido para mim em algum canto. Meu vô é o rei dos planos B. Não que eles deem certo sempre, mas pelo menos esse teimoso tenta.

Também falei com Bernardo por telefone mais cedo. Não deu para conversarmos muito, porque ele estava procurando a Clara, que tinha sumido do apartamento dele. Mas meu amigo pareceu bem. Preocupado com ela, mas nada envolvido, pelo que disse. Graças a Deus. Melhor assim do que reacender antigos sentimentos adolescentes. Sai fora. Bernardo e eu já nos prendemos demais a pessoas que não nos queriam.

Lucas, por outro lado, cresceu sem se apegar muito a ninguém e veio falando da Clara o resto da viagem. Quem sabe? Pode rolar. Ele seria bom para ela e com certeza merece ser feliz também. É... vou agitar sem ninguém saber. Vai que cola.

No momento em que entrei na área da piscina e da churrasqueira, vi Branca conversando com Rafael na varanda. Decidi cumprimentar os outros primeiro e acabei demorando mais do que previ falando com Viviane e mimando minha sobrinha, que acabou de completar um ano.

Já estou na casa há uns bons quarenta minutos quando Branca passa a meu lado e eu a puxo pela cintura.

— E aí, loira? — Beijo sua bochecha um segundo antes de ela afastar o rosto. Sei muito bem o seu nome, afinal a conheço desde que nasci, mas ela fica puta quando eu a trato como todas as outras mulheres que cruzam meu caminho, então faço de propósito.

Branca franze o cenho, depois bufa e dá de ombros. A mesma reação toda vez. É interessante observar que, mesmo sendo supercontrolada, ela não percebe que é provocação. Provavelmente acha que é descaso meu.

— Não precisa ficar me pegando, precisa? — Ela reclama, tirando minha mão da sua cintura.

— É pra responder? — Eu a meço de cima a baixo.

— Idiota! — ela me xinga e vira as costas.

— Tá sensível hoje, hein, garota? Normalmente você se irrita, mas não se abala tanto. — Eu a encaro. O que está pegando?

Ela se vira para mim, outra vez.

— Você precisa tomar muito suplemento ainda pra me abalar, moleque.

Levanto minha camiseta devagar e faço a expressão mais desolada possível.

— Acha mesmo que eu preciso de muito mais? — pergunto, acariciando meu abdome definido. Foi-se o tempo em que os comentários dela afetavam minha autoestima.

Branca revira os olhos, mas não sem dar uma boa checada em mim.

— Trouxa!

— Eu sei que você olhou, Branca!

— Olhei mesmo. Tá exposto aí igual a produto em prateleira de mercado. — Ela dá de ombros e passa pela Vivi, se afastando.

— Esse joguinho de vocês dois é insuportável. — Viviane finge um bocejo, pegando Priscila no colo. A pequena está tentando dar os primeiros passos, mas ainda tem medo de se soltar sozinha. — E vai durar para sempre, já que ninguém cede.

— Que joguinho? — pergunto, com sinceridade.

— Ah, para.

— Não, sério. Tá falando do quê? — Eu realmente não sei. Até agora estava só provocando a Branca.

— Vocês querendo se pegar — ela resmunga e me passa Priscila, que agitava os bracinhos sem parar para que eu a pegasse.

— Você acha que ela quer? — Franzo a testa, meio espantado. — Porque eu topo.

— Claro que topa. Tá a fim dela desde sempre. Não é mais fácil assumir que é apaixonado e tentar algo? Sei lá, podia ser bom pra você. Até pra tomar jeito.

— Mas eu não estou apaixonado. — Bato três vezes na mesa de madeira. — Já estive. Agora só quero curtir. Você sabe que não quero nada mais que isso. Autoimune, lembra?

— Ah, sério? Bom, eu vou comer alguma coisa. Cuida da Pri um pouquinho. — Dessa vez é minha irmã quem revira os olhos e se afasta, deixando-me com a princesinha no colo.

Se tem algo que nunca aconteceria é um relacionamento entre mim e Branca. É justamente por causa dela que eu sou quem sou hoje. Quer dizer, justamente pelo desprezo dela. Eu já quis muito ter algo com a Branca no passado, mas agora é só questão de cumprir uma meta. Eu disse que ficaria com a Branca um dia e, se ela der brecha, vou ficar. Só porque eu posso e fim.

De resto, estou tranquilo. Namorar não é pra mim, mesmo.

— Sua mãe é maluca, pequena. — Beijo a testa de Priscila, acariciando seus cabelos, tão escuros quanto os meus. Ela sorri para mim e me encara com seus olhos azuis como os do pai. — Não é algo que eu devia dizer para uma garotinha, mas você não vai entender mesmo. Então anota aí: o passado não importa mais, por isso, no dia em que eu estiver apaixonado por essa pedra de gelo ambulante, corto o meu saco!

9

LEX

So show me family
All the blood that I will bleed
I dunno where I belong
I dunno where I went wrong
*But I can write a song.**
— The Lumineers, "Ho Hey"

DESDE QUE ME mudei, estabeleci algumas rotinas. Rafa diz que estou ficando velho e amolecendo, já que podia estar curtindo as baladas mais loucas do Rio. Mas, quando se é dono de uma, você não vê muita necessidade de ficar saindo para curtir. Principalmente no começo dos negócios, que é bem desgastante. Então eu aproveito os dias de folga numa rotina tranquila e bem diferente da que eu vivia em São Paulo.

Mas quem diria? A melhor parte é realmente a praia.

Nunca tive uma relação muito estreita com o mar. É claro que, como paulista, muitas vezes passei viradas de ano na praia, mas isso nunca foi muito a minha cara.

Aqui é. A balada me mantém bastante ocupado, mas todo o tempo que me sobra é organizado de modo que eu possa ter umas horas para o mar.

---

* "Então me mostre, família/ Todo o sangue que vou sangrar/ Não sei a onde pertenço/ Não sei onde errei/ Mas posso escrever uma música."

Costumo parar minha corrida no quiosque amarelo, e, como hoje está insuportavelmente quente, peço uma água de coco antes de cair no mar.

Frequento esse lugar há meses. Conheço os donos (um casal na faixa dos cinquenta anos) e todos os funcionários pelo nome.

Já até toquei violão aqui algumas vezes, apesar de eles não imaginarem que eu sou um dos donos da balada que tem agitado ainda mais as coisas na cidade.

Maçarico me entrega a água de coco. É, um dos funcionários é chamado de Maçarico, e ele ainda não me contou a razão do apelido.

— Fala, Lex! Eu trouxe meu violão pra você afinar depois. Beleza? — Ele aponta para trás do balcão.

Trocamos mais algumas palavras e eu percebo que um garotinho moreno me olha desconfiado. Toda vez que tento fazer contato visual, ele se vira.

— É filho da garota nova. Ele é marrentinho mesmo. Se você tentar chegar perto, ele corre.

— Que garota?

— A sobrinha do Tião. — Ele se refere ao dono. — A mulher tem uma mão pra cozinha que pelo amor de Deus! E, agora que a Rita vai ter que operar, precisamos de ajuda.

Tento sorrir para o garoto, que, outra vez, desvia o rosto.

Termino minha bebida e dou de ombros: é hora de cair no mar.

10

Branca

A minha vida
Eu preciso mudar todo dia
Pra escapar da rotina
Dos meus desejos por seus beijos
Os meus sonhos
Eu procuro acordar
E perseguir meus sonhos
Mas a realidade que vem depois
Não é bem aquela que planejei.
— Pitty, "Eu quero sempre mais"

Clara decide que não quer que eu durma na casa dela esta noite, e eu não gosto muito da ideia. Ela pode precisar de mim, mas me quer longe. Não entendo. Será que ela vai voltar para Maurício? Será que ela vai ser diferente de mim e deixar o orgulho de lado?

Não, não é certo. São situações bem diferentes.

— Está decidida mesmo? — arrisco, me sentando perto dela nas cadeiras ao redor da piscina.

— Estou. — Ela sorri e segura minha mão, olhando de relance para Bernardo e Viviane, que conversam sentados no balanço da varanda, longe o suficiente para que não possamos ouvir.

Ela me examina sem dizer nada. Só Deus sabe o que se passa em sua mente. Posso ver que está ferida, mas Clara é do tipo de pessoa que usa qualquer artifício para ignorar a própria dor.

— Fim de relacionamento é uma merda — resmungo.

Ouvimos um coro de gargalhadas vindas da sala de estar. Meus pais e os avós de Viviane estão conversando lá dentro.

— Vocês dois não se falaram mais? — ela pergunta, referindo-se a Lex.

Lex é um assunto proibido para todas as pessoas. Mesmo já tendo superado, odeio falar do que não entendo.

— Ah, a gente se fala às vezes. Quando estou com alguém nem penso nele, mas, quando fico sozinha, bate um sentimento besta. Carência, acho.

Clara me olha sem saber o que dizer. Ou talvez saiba, mas não quer falar. É, é isso. Pelo modo como ela estreitou os olhos, sei que está se contendo. Está morrendo de vontade de falar.

— Você devia...

— Não. — Eu a interrompo antes que ela me diga para ligar para ele. — Eu sei o que tenho que fazer. Só preciso arrumar um macho decente. Nada que uma boa dose de paudurecência não resolva.

Estou tão decidida que ela sorri, mesmo sem acreditar muito em mim.

Formamos uma bela parceria. Uma quer dar pitaco na vida da outra, mas nenhuma quer saber de conselhos no que se refere aos próprios sentimentos. Tenho certeza de que ela acha que sabe como resolver a minha vida, do mesmo jeito que eu sei como resolver a dela. Às vezes é mais fácil se concentrar no problema dos outros. Analisando de fora, a solução parece mais simples.

Desvio os olhos e observo a movimentação na piscina. Os meninos estão brincando na parte rasa e Rafael está dentro da água, com Priscila no colo. Pedrinho joga uma bola para David, que não consegue agarrá-la, de modo que ela passa voando por nós. Levanto-me para pegar e, em vez de jogar de longe, me aproximo da piscina para entregar para David, que retribui com o sorriso mais fofo desse mundo.

Não tenho muito tempo para me encantar. Ouço o grito de Clara um instante antes de alguém me agarrar pela cintura e cair comigo na água.

Volto para a superfície dando tapas no Rodrigo, que emerge do mergulho me lançando o sorriso *irresistível* que distribui para qualquer garota. Só que eu não sou qualquer uma, miserável!

Ele passa as mãos pelos cabelos molhados, e os músculos de seus braços se enrijecem. Meu olhar traidor desce por seu abdome totalmente definido, que conseguiu ficar ainda mais difícil de resistir com a cicatriz do tiro que ele tomou quando se meteu em encrenca por causa de Rafael, há alguns anos.

Em pouco tempo ele conseguiu evoluir de garoto magrelo a deus grego. Se eu não fosse *expert* na arte de fingir que não estou nem aí, essa seria a hora em que meu queixo cairia. Ele gira na piscina, comemorando o feito com os meninos, e sua tatuagem, que cobre quase as costas inteiras, fica exposta: uma grande espada envolvida pela bandeira espanhola. Ele é uma delícia e sabe disso. Insuportável!

— Seu animal! Retoquei as luzes do cabelo na quinta. Te mato se ficar verde! — Sigo dando tapas em suas costas e ele continua rindo, como se eu estivesse fazendo *cosquinhas*.

Meus afilhados estão gargalhando, e, por mais que eu queira matar Rodrigo e continuar brava, vê-los felizes e sem imaginar o que os espera enternece meu coração.

Rodrigo parece captar o que estou sentindo. Ele me puxa e dá um beijo em meu rosto, depois me afunda na água outra vez. Ah, praga maldita!

11

Rodrigo

When you're happy like a fool
Let it take you over
When everything is out
You gotta take it in
*Oh this has gotta be the good life.**
— One Republic, "Good Life"

Como Clara está sem carro, eu a levo para casa, e, quando estaciono, os meninos estão dormindo no banco de trás. Ela observa o portão com o olhar perdido.

— Você vai conseguir, Clara. Está se saindo muito bem. Até seu emprego está quase no jeito — digo, tocando seu ombro e me referindo à sua ideia de trabalhar como recepcionista na agência de publicidade da minha família.

— Ainda temos que ver se o seu avô vai concordar. — Ela solta o cinto.

— Claro que vai. Ainda mais sabendo que você não vai quebrar a regra estúpida dele. — Tento dissipar um pouco da tensão.

— Não ficar com você não é uma regra estúpida, Rô. — Ela me encara, séria. Olhar de mãe mesmo, quando quer repreender o filho e não sabe como, porque ele é encantador, como eu. — Você não precisa ficar com toda mulher que aparece na sua frente.

---

* "Quando você está feliz como um idiota/ Deixe isso te dominar/ Quando tudo acaba/ Você tem que aceitar/ Ah, esta tem que ser uma vida boa."

— Por que não? — Dou de ombros.

— Porque não, ué. Não entendo a necessidade. — Ela está visivelmente confusa com meu estilo de vida.

— Porque você está num momento diferente e sempre foi mais na sua. Você é introspectiva e é diferente da maioria das pessoas que conheço. — Paro um pouco para pensar. — Só não digo que é única porque você e a Fernanda são muito parecidas nesse sentido. — Cito minha prima, com quem tive uma conversa como essa mais cedo, por telefone. — Vocês destoam do resto de nós. Hum... Acho que até dá pra inserir o Lucas nisso aí... — A última frase é mais um pensamento alto. — Enfim, não é uma crítica. Você é mais coração. Mas a vida dos solteiros é assim, Clarinha. Todo mundo pega todo mundo. Diversidade é a palavra.

— Que horror, Rô! — A expressão reflete sua incompreensão. — Isso é tão...

— Nem diga que é machista. Você sabe que a Branca é exatamente como eu.

— Eu não ia dizer machista. E eu sei disso. Ia dizer "frio". — Ela tamborila os dedos na coxa, desconfortável. — Existe mais do que sexo nesta vida, né? A vida de vocês é meio sem sentido pra mim.

— Não é sem sentido. É exatamente o que é. Pegar sem se apegar. Como eu disse, você é mais coração. Não tente entender este mundo. — Eu me viro um pouco mais para ela. — As pessoas estão ocupadas com a vida complicada, cheias de problemas no trabalho, família, saúde. Não tem por que complicar algo tão banal como sexo. E, no meu caso, não quero preocupação nenhuma, então não tenho por que criar laços que só vão me dar trabalho.

Pedrinho ressona no banco de trás, e Clara se vira para olhar para os filhos. Ambos estão desmaiados. Ela parece querer continuar o papo, mas se cala e sai do carro. Depois abre a porta traseira e pega David no colo. Faço o mesmo com Pedrinho.

Em silêncio, Clara abre a porta de casa e eu a sigo. Zeus, seu samoieda, aparece balançando o rabo, mas se acalma ao perceber que os meninos estão dormindo.

Depois que os acomodamos nas camas, no andar superior, descemos para a sala e eu caminho até a porta. Clara me abraça e diz:

— Espero que você encontre o apego no meio dessas relações frias que tem.

— Caramba, Clarinha, por que você tá me jogando praga? — pergunto, dando-lhe um beijo na bochecha e a fazendo rir.

Saio da casa e entro no carro, enquanto ela tranca o portão e me olha como se eu fosse um menino precisando de carinho. Clara sempre vai se preocupar com todo mundo, menos com ela. Eu estou bem, e agora ela me usa para desfocar seus pensamentos e se concentrar no que acha que são meus problemas. É assim desde pequena. Ela é especial, e eu daria tudo para vê-la feliz de verdade. Mas, como aprendi desde cedo, se a pessoa não quiser ser feliz, não será.

Parece incompreensível pensar que alguém não quer ser feliz, mas às vezes nós nos sabotamos sem perceber. É o que Clara faz. Ela e muita gente. Pensam muito, vivem pouco.

Balanço a cabeça, afastando todo e qualquer pensamento que me preocupe, e envio uma mensagem para Lucas antes de dar a partida no carro.

Em 20 min tô na sua porta.

É quase uma da madrugada, mas a noite está só começando.

Mal estaciono e Lucas sai.

— E aí, como foi com seu avô? — ele diz, entrando no carro e fechando a porta.

— Ele nem falou nada sobre a minha saída. Acho que finalmente se acostumou.

Ele dá uma gargalhada. O que eu disse parece piada mesmo. Meu avô intrometido nunca vai cansar de querer se envolver na minha vida e na de qualquer pessoa com quem ele se importe.

— Ele deve ter um plano B pra você no armário. — Lucas coloca o cinto e o carro ganha velocidade.

— Nem vem com essa. Tô fora de macho. — Ergo a mão.

Plano B, na verdade, é o Bernardo. Quando minha irmã e eu conhecemos o Rafa, ele tinha sérios problemas com drogas, que se agravaram após a morte da mãe. Ele era o maior pesadelo do meu avô. E muita gente se surpreendeu por seu Fernando ter se envolvido tão ativamente na tentativa de separar os dois. Pode parecer coisa do século passado para muita gente, mas é perfeitamente normal para esse senhor espanhol superprotetor. Foi aí que ele inventou que usaria seu plano B, Bernardo, para separar Rafa e Vivi. Vovô ficou furioso por um tempo e depois, quando percebeu como Rafa estava se esforçando para ficar limpo, passou a gostar dele tanto quanto nós.

Na verdade, perdi as contas de quantas vezes ouvi meu avô dizer que eu devia tomar jeito como Rafa. É, o mundo dá voltas.

— Só o seu vô mesmo... — Lucas diz, ligando o som e deixando a batida da música eletrônica tomar o carro. — Sabia que outro dia ele tentou marcar um jantar comigo e uma das advogadas que trabalham para o Túlio? Quando eu disse que podia encontrar uma mulher sozinho, ele respondeu, irônico: "É visível que pode". — Ele imitou até o jeito autoritário de o meu avô falar. Dessa vez, sou eu quem ri.

— O velho não tem limites.

— Não tem.

— Mas ele não tá errado, né? — Olho de relance para Lucas. — Você tá meio quieto nos últimos tempos.

— Não estou. — Seu tom é um pouco triste, mas nada do que eu faça vai fazê-lo confessar. — Só não preciso pegar mulher toda noite. Você sabe que não há uma regra pra isso...

— Devia ter. Acho que vou escrever um livro qualquer dia. As pessoas precisam aprender mais sobre como descomplicar a vida. — Falo como se eu realmente fosse *expert* nisso. E acho que sou mesmo.

— Deus tá vendo. Estou focado no trabalho. Você sabe, um de nós precisa estar. — Ele me provoca, cruzando os braços e forçando uma postura de superioridade que eu sei que não é real.

— Trouxa. Isso, faz isso mesmo. Foca no seu trabalho e no meu. Aí eu pego mulher por mim e por você. — Ergo dois dedos, depois três, quatro, até abrir a mão inteira. Ele ri.

— Quem vê pensa...

— Quem vê pensa o caralho. Deixa eu te contar do ménage na praia.

Ele balança a cabeça, mas não me interrompe. Quando termino, o assunto cai em Bernardo e na briga com Maurício no escritório.

— Como ela tá? — Lucas pergunta sobre Clara.

— Melhor do que eu esperava — respondo, mas estranho a pergunta. Lucas e Clara se conhecem e se veem bastante em festas de família, mas nunca foram tão próximos, e ele tem perguntado muito dela. — Por que quer saber?

— Por nada. Não é fácil ver a vida mudar. Fiquei preocupado.

— Sei.

— Sabe o quê? — Ele sabe que sempre uso "sei" quando estou duvidando de alguém.

— Tá interessado nela? — Uma vez, há uns anos, o Lucas me disse que ficaria com ela se fosse solteira. Nunca levei a sério, mas agora vejo que era mesmo verdade.

— E se estivesse?

Por um segundo, penso em Bernardo. Ele foi a fim da Clara por anos na adolescência. Demorou pra caralho para passar. Mas, assim como eu superei minha paixonite por Branca, ele seguiu em frente e está muito bem com Juliana. Está namorando faz uns meses e, se está com ela, é porque gosta.

Apesar de eu não estar muito nessa pegada de relacionamento, Clara merece alguém legal, e eu sei que ela vai gostar, por mais que negue, se eu perguntar sobre o assunto. E se Bernardo, que parecia ser a primeira opção, está comprometido, vamos de Lucas mesmo, que é tão bom quanto. Ai, caralho, tô parecendo o meu avô!

— Eu ia te ajudar, claro — respondo, finalmente reconhecendo que há muito do vô Fernando em mim e pondo isso em prática. — Aliás, acho que o destino está te dando uma mãozinha. Ela quer trabalhar na recepção da agência. Vou falar com meu avô amanhã.

— Beleza. Vamos poder nos conhecer melhor.

— Aff... Isso foi tão romantiquinho. — Balanço a cabeça, contendo o riso.

— Vai à merda, Rodrigo.

— Você primeiro, Lucas. Faço questão.

12
LEX

Raindrops keep falling on my head
But that doesn't mean
My eyes will soon be turning red
Crying's not for me
'Cause I'm never gonna stop the rain
By complaining
Because I'm free
Nothing's worrying me!
It won't be long
*Till happiness steps up to greet me.**

— B.J. Thomas, "Raindrops Keep Falling on My Head"

SENTO NA AREIA e observo o mar, controlando a respiração. Acabei de correr cinco quilômetros.

Não preciso fingir que sou o cara fitness que ama exercícios, porque não sou. Sou do hambúrguer e da cerveja, mas correr até que é legalzinho quando se pega o jeito. Quem me apresentou a esse esporte foi Bernardo, claro. Ele vem para o Rio de tempos em tempos a trabalho, e nós acabamos nos aproximando mais.

* "Pingos de chuva continuam caindo em minha cabeça/ Mas isso não significa/ Que meus olhos logo ficarão vermelhos./ Eu não sou de chorar/ Porque eu nunca vou parar a chuva/ Reclamando/ Porque eu sou livre/ Nada está me preocupando!/ Não vai demorar muito/ Para a felicidade me encontrar."

Numa tarde, ele me convidou para acompanhá-lo numa corrida pela praia e à noite fomos na melhor hamburgueria da cidade. Equilíbrio é a palavra-chave desta vida.

Sorrio enquanto a brisa quente bate no meu rosto. Hell de Janeiro. É quente pra burro, mas não posso reclamar. Tem sido bom morar aqui.

Passo a mão pelos cabelos, úmidos de suor, e me levanto outra vez, caminhando até o quiosque.

Faço um sinal para Maçarico, que me entrega seu violão. Em segundos ele está afinado e eu dedilho alguns acordes.

Parado atrás de uma viga, vejo o garotinho. Ele inclina a cabeça um pouco para o lado para ver melhor, mas se esconde quando percebe que estou observando.

— E aí, garoto? Quer ver o violão? — pergunto, sentando-me a uma das mesas do quiosque e pedindo uma cerveja.

Ele vira de costas e parece que vai correr, quando uma garota se aproxima.

— Você quer ouvir uma música? — ela pergunta, se abaixando e olhando nos olhos dele. O menino assente. — Então precisa cumprimentar o moço.

Receoso, ele olha de um para o outro, até que sussurra:

— Oi. — Mas sem me dar muita atenção.

— Quer escolher uma música?

Ele escolhe. E é assim, tocando por uma hora sem parar, que conquisto Bruno, um garotinho de cinco anos que rodopia de olhos fechados à minha volta, os braços abertos como se estivesse prestes a voar, enquanto a mãe o observa com um sorriso, do outro lado do balcão.

13

Branca

Diga quem você é, me diga
Me fale sobre a sua estrada
Me conte sobre a sua vida
E o importante é ser você
Mesmo que seja estranho, seja você.

— Pitty, "Máscara"

Hum... Clara e Bernardo não estão se falando de novo. Como eu sei? Já tem uma semana que ela se separou e um fica perguntando como o outro está para mim.

Isso me deixa maluca, porque eu sei que há alguma coisa por trás dessa brincadeira de gelinho que um está dando no outro. Além de tudo, são amadores. É o que percebo ao verificar o perfil deles no Facebook. Ambos postaram uma letra de música para o outro. Por Deus! Eles fazem essas coisas desde a época do ICQ!

Estou com uma baita vontade de me meter, mas não posso, porque, quando passei por isso com Lex, proibi Clara de se envolver. Dei a maior lição de moral quando ela tentou. Merda! Se eu soubesse que teria uma oportunidade de fazer o mesmo meses depois, eu a teria deixado dar todos os pitacos possíveis.

Não que isso mude muita coisa. Vou me meter cedo ou tarde, mas estou tentando me segurar. Quando Lex me chamou de mandona e nós nos separamos, decidi voltar para a terapia. Ah, sim, eu sempre fiz. Acho ótimo, libertador. Deito no divã e falo, falo, falo... Nem gosto de falar mesmo. Quase nada.

Pego o celular e agendo uma consulta. Estou divagando demais ultimamente. E, quando começo com essa porcaria de autoafirmação, sempre saio e pego o primeiro imbecil delícia que vejo pela frente. E, como tenho pensado muito em dar uma liçãozinha no moleque Villa, é melhor me precaver.

O bom de ser assim como eu é que reconheço rapidinho quando preciso de ajuda.

Horas depois, estou olhando para a merda do meu teto. É sábado à noite. Por que diabos não estou na balada?

Ah, já sei. Porque a maioria das minhas amigas é casada ou tem filhos e não pode sair hoje. A única disponível é a Camila, que parei de chamar de Mila por motivos bem óbvios. E, bem... se eu topar com ela, vai ser para esfregar aquela cara no asfalto outra vez.

Sim, teve uma primeira.

Conheci Camila porque ela é amiga de infância de Viviane. Elas estudaram juntas durante anos. Foi fácil gostar dela. A filha da puta é divertida, inteligente e tem ótimas tiradas sarcásticas. Como não amar? Em pouco tempo nos tornamos grandes amigas.

Acontece que a Camila tem um defeito gravíssimo: mexer na gaveta alheia.

Hoje, por exemplo, eu ia para a casa da Vivi e do Rafa. Meu irmão está lá com eles. Mas não posso ir porque ela vai pra lá, e eu não estou a fim de me estressar.

Levanto-me da cama, ligo a televisão e fico mudando de canal. Nada me atrai. Verifico o celular pela milésima vez e nada mudou.

Que tédio!

Ah, dane-se. Vou para a casa do Rafa e da Vivi. Não fui eu que ferrei com a amizade de ninguém. E, se a Camila me olhar torto, dou na cara dela. E, se alguém tentar me impedir, dou na cara de todo mundo! Quer dizer, menos da Vivi, mas vou dizer alto e claro: "Amiga linda, saia da porra da minha frente!"

14

Rodrigo

99% anjo, perfeito
Mas aquele 1% é vagabundo
Mas aquele 1% é vagabundo
Safado e elas gostam.

— Marcos e Belutti part. Wesley Safadão, "Aquele 1%"

ESTACIONO MINHA HARLEY Davidson na garagem da casa do Rafa e da Vivi. Bernardo me mandou uma mensagem dizendo que Rafa ia começar um churrasco. Lucas está tirando algumas sacolas do porta-malas do carro.

— E aí, cara? — pergunto, o capacete em uma mão e o saco de carvão na outra.

— Você sempre chega depois de eu ter ido ao mercado sozinho, né? — Ele ajeita no braço o máximo de sacolas que consegue.

— Depois de anos de amizade, você só percebeu agora que eu odeio mercado?

— Percebi faz tempo, animal — ele diz, fechando o porta-malas.

— Eu teria ido se tivesse me chamado — eu me defendo.

— Sei.

Viviane corre quando me vê e me dá um abraço como se não me visse há anos. Ela sempre foi carinhosa, mas, depois que nosso pai faleceu, ela me abraça como se pudesse não me ver mais. Quando retribuo, às vezes sinto um aperto no peito, porque sei que a vida é frágil, mesmo que eu goste de fingir que sou imortal.

— Calma, irmãzinha. — Dou um beijo em sua bochecha e nosso olhar se cruza. — Quem mais está aí? — pergunto, querendo encerrar esse momento emotivo e incômodo.

— O Bê e a Mila.

— Sei.

— Tudo bem pra você?

— Por que não estaria?

Não vejo Mila tem uns três meses. Não intencionalmente, mas achei até bom. Desde os meus dezessete anos, ela e eu ficávamos de vez em quando. Chegamos a tentar namorar quando completei vinte, mas não durou mais do que quatro meses. Não rolava. Tivemos uma crise, demos um tempo, acabei ficando com outra menina e coloquei tudo a perder. Agora que estou prestes a completar vinte e três anos, não posso dizer que me arrependo por não estarmos juntos, mas me arrependo de como agi. A Mila gostava de mim de verdade, como já gostei de alguém um dia...

Por isso não namoro mais.

Mesmo depois que terminamos, ela e eu ficávamos quando nos víamos. Cheguei a pensar em namorá-la de novo um dia. Isso até a despedida do Lex.

Quando ela chegou ao bar, eu estava conversando com a Branca. Ao pé do ouvido mesmo. Sei lá por quê, Branca estava mais receptiva naquele dia. Acho que queria mostrar para Lex que estava bem. Enfim, eu estava bêbado e não estava pensando, nem queria pensar. Percebi que Mila se incomodou na hora em que me viu, mesmo depois de quase um ano sem rolar nada entre nós. Eu não pretendia ficar com Branca, mesmo com o nível de álcool pesado. Poxa, ela e Lex tinham acabado de se separar. Eu só estava de onda.

O problema é que eu não era o único bêbado naquele dia.

Com tudo o que aconteceu naquela noite, fui o único que saí inteiro, tirando as unhadas de Branca. Enfim, emocionalmente saí inteiro. Já o resto...

— Você vai ficar parado no meio da porta, Rodrigo? — Lucas pergunta atrás de mim, me empurrando e me tirando dos meus pensamentos.

— Ah, tadinho do Lucas. Esquecido pra fora de novo — provoco, saindo do caminho.

— Cala a boca, Rô — Viviane diz e dá um abraço em Lucas, do mesmo jeito que deu em mim.

— O melhor abraço do mundo — Lucas diz, apertando-a em meio às sacolas que está carregando.

— Puxa-saco do caralho.

— Olha a boca, Rô! A Pri! — Vivi me repreende.

— Cadê minha princesa? — pergunto, ignorando a bronca.

— Dormindo.

Ergo uma sobrancelha, irônico.

— Ela pode acordar — Lucas responde por Viviane.

— Afe! Lucas, tem limite para puxar o saco! — Bato com a mão em seu peito. Ele é pego no susto e se desequilibra, caindo no sofá e sendo soterrado pelas sacolas.

— Ai, meu Deus, Rô! — Vivi tenta ser dura, mas nós três começamos a rir.

— Por que a demora, Vivi? — Ouço a voz de Camila atrás de mim e me viro.

Ela dá um passo atrás, mas não desvia o olhar.

Mila tem cabelos castanhos na altura dos ombros e hipnotizantes olhos escuros. Mas sou vacinado, e eles nunca causaram em mim o efeito que ela queria.

— Oi, Mila — digo ao me aproximar e dar um beijo em seu rosto.

— Oi, Rodrigo. — Ela pisca mais vezes que o normal. — Tudo bem?

— Ótimo como sempre. — Dou meu melhor sorriso. — E você?

— Bem também.

Silêncio constrangedor. Sei lá por que isso acontece. Ela até está namorando, pelo que eu soube. E me dispensou numa festa na última vez em que nos vimos.

Quando penso que nada pode deixar o ambiente mais tenso, ouço a voz de Branca atrás de mim.

— Alguém quer tequila? — Ela exibe a garrafa.

Todos nos entreolhamos. Mila aperta os lábios e enfrenta o olhar de Branca. É, essa é a Mila. Se você a encarar, ela vai encarar de volta.

— Branca! — Vivi a abraça. — Não sabia que você vinha.

— É... Nem eu. Aí me deu cinco minutos e eu vim.

Ah, os cinco minutos de Branca...

15
LEX

I don't want what you want
I don't feel what you feel
See I'm stuck in a city
But I belong in a field
Yeah we got left, left, left, left, left, left, left
Now it's three in the morning and you're eating alone
*Oh the heart beats in its cage.**

— The Strokes, "Heart in a Cage"

UMA ONDA SE choca contra as minhas costas e eu mergulho mais uma vez, emergindo bem a tempo de ouvir Maçarico gritar meu nome.

— Lex!

— O que foi? — respondo, virando-me na direção da voz dele.

— Seu celular tá tocando sem parar.

— Opa! Vamos lá ver quem é o desesperado.

Flávia está limpando o balcão quando nos aproximamos. Ela se abaixa, pega meu celular no armário e o estende para mim, voltando para os seus afazeres.

Há duas ligações perdidas de Rafa, então retorno para ele.

— E aí, meu caro amigo? — ele diz, contendo os palavrões habituais. Mesmo sem vê-lo, eu sei que está fazendo careta.

---

* "Eu não quero o que você quer/ Eu não sinto o que você sente/ Veja, eu estou preso numa cidade/ Mas pertenço a um campo/ Sim, nós temos que partir, partir, partir, partir, partir, partir, partir/ Agora são três da manhã, e você está comendo sozinha/ Ah, o coração bate em sua gaiola."

— E aí?

— Tá onde?

— Na praia.

— Ah, é verdade. Quem diria que essa bunda branquela ia ver tanto sol, hein?

— Trouxa. Uma vez por semana só. Nem é tanto.

— Se você diz... Ainda tô tentando entender esse seu rolê.

— Não tem o que entender. — Bruno passa correndo e Flávia sai atrás dele, dizendo que se ele não parar vai ficar sem sua sobremesa favorita no jantar. — Estou gostando disso de curtir um pouco mais os bons momentos da vida, dar uma meditada, essas coisas.

— Ah, cara. Você está andando muito com o Bernardo. Por falar nisso, ele acabou de me dizer que amanhã vai pra aí. Umas coisas da agência dos Villa, mas vai aproveitar para ver os documentos da balada e te ajudar com isso.

— Tranquilo. — Ouço a voz de Bernardo ao longe e de mais gente que não identifico. — Tá rolando o que aí hoje?

— Churras.

— Claro. — Sorrio. Como sinto falta desses churrascos... — E quem tá aí?

— Nem sei direito. Pera que tô indo até a sala ver. Chegou mais gente. Então, até onde eu sei, o Rodrigo e o Lucas vinham pra cá e a... — ele hesita por um segundo. — A Mila e... eita, porra!

— Vixe.

— Yep.

— Sério? — respondo, fechando os olhos.

— Merda.

— Bota merda nisso.

Não tenho tempo de dizer mais nada, porque ouço Vivi repreender Rafa pelos palavrões e uma voz que não escuto há vários meses perguntar do outro lado da linha:

— Tá falando com quem, hein, Rafa?

Branca.

16

Branca

A shot in the dark
A past lost in space
Where do I start?
The past and the chase?
You hunted me down
Like a wolf, a predator
*I felt like a deer in love lights.**

— Sia feat. David Guetta, "She Wolf"

Bastou eu pôr os olhos em Camila para voltar à noite da despedida de Lex no bar.

Ninguém mexe na minha gaveta e sai impune.

Se ainda não ficou óbvio que mexer na gaveta alheia significa "ficar com homem alheio", deixo isso claro agora. Foi exatamente o que ela fez.

No dia da despedida de Lex, antes de ele se mudar de vez para o Rio de Janeiro, ela ficou com ele. Não pense que eu tiro a culpa dele, porque não tiro. Nós já estávamos separados, e eu meio que estava toda saidinha para o lado do Rodrigo naquela noite. Ah, mas claro que todo mundo sabe que eu nunca ficaria com esse moleque. Eu estava chateada

* "Um tiro no escuro/ Um passado perdido no espaço/ Por onde começo?/ O passado e a perseguição?/ Você me perseguiu/ Como um lobo, um predador/ Eu me senti como um cervo nas luzes do amor."

e dei mole. Só isso. No fim da noite, ele ainda acabou todo arranhado, porque eu parti pra cima da Camila e ele teve que separar.

Relacionamentos amorosos acabam, mas a lealdade entre amigas deveria ser eterna. Não se mete com a porra do ex da sua amiga, gata! *Principalmente* se ainda rolar sentimento entre eles. E mesmo se não rolar. Se a amiga não autorizar, não mexe nesse caralho de gaveta!

Isso é imperdoável. Nem anos de terapia vão me fazer perdoar essa garota. Eu dei na cara dela, dei mesmo. Dei com força, e o estrago teria sido maior se Bernardo, Lex e Rodrigo não tivessem me impedido. O Rafa nem tentou. Ficou lá dizendo para me deixarem resolver "minhas paradas". Ainda preciso explicar por que ele é o meu preferido?

Só que isso afetou toda a dinâmica do nosso grupo de amigos, já que não frequentamos mais os mesmos lugares. Exceto hoje, né?

O fato de o Rafa entrar na sala falando ao celular só complicou as coisas, porque, embora ele me olhe calado, eu sei muito bem com quem está falando agora.

— Não vai me dizer com quem você está falando, Rafael? — Acho que nunca o chamei assim antes, mas estou fazendo o possível para manter o sangue-frio.

— Ih, Branca, tô fora das suas tretas. E se controla, porque somos todos adultos aqui — o miserável diz com um sorrisinho ordinário e vira as costas, deixando o ambiente.

Ah, mas isso não vai ficar assim mesmo!

Eu corro atrás dele e disparo:

— Falou o superadulto que bateu no meu irmão ao som de "Psycho Killer"!

Bernardo argumenta que mais bateu do que apanhou e Rafael gargalha, me puxando para um abraço.

Não sei o que ele faz, mas logo estou rindo também. Não dá para ficar brava por muito tempo perto dele.

Cheguei há uma hora e meia e estamos todos na área da churrasqueira.

Viviane parece preocupada; Rodrigo está falando sobre o que aconteceu com seu celular; Lucas se divide, tentando dar atenção para todo mundo e aliviar qualquer tensão. Bernardo conversa e mexe no celular o tempo inteiro; Camila parece bem ou está fingindo, ainda não descobri; e Rafa está todo feliz cuidando do churrasco. Nada nem ninguém tira sua paz se houver carvão e carne envolvidos.

— Vai ficar quanto tempo no Rio, Bernardo? — Rafa pergunta, me passando uma cerveja.

— Entre duas e três semanas — Bernardo responde enquanto digita.

— Se não parar de mexer nessa porra de celular, vou jogar essa merda na churrasqueira, como fez um imbecil que conheço — Rafa avisa, fingindo que vai pegar o aparelho, e Bernardo o tira do alcance dele.

Rodrigo está gargalhando enquanto ergue o celular e Bernardo guarda o próprio no bolso.

— Eu estava falando com a Clara.

— Por que ela não vem pra cá? — Viviane pergunta antes de mim.

— Ela já está deitada. Está bem cansada do treino e disse que está vendo um filme — Bernardo responde.

— Ela tinha que sair mais — Rafa comenta, colocando algumas linguiças na tábua de carne, enquanto Viviane pega um garfo e uma faca para cortá-las em rodelas.

— Nossa, sabe-tudo você, hein, Rafa? Já tentei tirá-la de casa um milhão de vezes — retruco. — O máximo que ela faz é ir ao shopping.

— É normal querer ficar um pouco quieta depois do que aconteceu — Lucas explica, e todos nós olhamos para ele. — Ah, vocês sabem, uma separação é um tipo de luto. É preciso tempo para se recuperar.

— Tá falando de si mesmo? — pergunto, e logo me arrependo.

Todos sabemos que Lucas ficou meio mal depois que tomou um pé na bunda da namorada há uns meses. Que, aliás, era uma idiota. Quem dispensa um gato com níveis altíssimos de paudurecência, inteligente, sensível... Ah, porra. Eu dispensei um assim. É... acontece. Mas cada caso é um caso, e ela era idiota mesmo.

— Não. Quer dizer, talvez. Mas já tô bem, tá? — Lucas responde, visivelmente incomodado.

— Tem certeza? — Viviane pergunta, como se estivesse esperando por essa chance.

— Tenho. E, por favor, não vamos transformar isso em uma intervenção. Sério. Eu tô bem e de olho em uma garota bem legal. — Ele ergue as mãos. — Podem parar com a preocupação.

— Como é que é? — Rafa pergunta, sentando-se ao lado do primo. — Desembucha.

— Não. — Lucas rebate, passando a mão pelos cabelos castanho-escuros. — Tô de boa.

— E como está a balada de vocês? — Camila pergunta para Rafa. Eu sei que ela fez isso para desviar a atenção de Lucas, o que uma boa amiga faria, mas mencionar a balada é me fazer lembrar de Lex.

Troco um olhar com Rodrigo e desvio rapidamente, mas percebo que ele não faz o mesmo. Olho outra vez e lá está ele, me encarando.

Eu o encaro e ele sorri, como se fosse uma disputa que não está interessado em perder.

Basta um segundo para que eu perceba que Camila está disfarçando a apreensão.

Nem sei se Rodrigo percebeu o que está acontecendo, mas eu adoraria dar o troco nela. Talvez assim eu superasse logo essa história, já que parece que vamos ter que continuar convivendo pacificamente.

Hum... Rodrigo Villa. Ainda é o mesmo moleque de sempre, mas e se eu tirasse um leve proveito da situação?

Rafa pigarreia e dá uma piscadinha para mim. O filho da puta parece ler meus pensamentos!

Ah, não sei. Só um pensamento me vem à mente: não mexe com quem está quieto.

17

Rodrigo

No lugar de açúcar
Mamãe passou foi pimenta
Só pega quem aguenta
Só pega quem aguenta.

— Munhoz e Mariano, "Mamãe passou pimenta"

Cruzo os braços e continuo encarando Branca. Se ela quer ser covarde e fingir que não está vendo, é problema dela, mas eu vi bem uma faísca brilhar naqueles olhos verdes. Provavelmente é só desejo de vingança pela Mila e pelo Lex, mas quem liga?

Quando deu a merda, todo mundo tomou partido. Era um tal de Team Mila e Team Branca. Eu sou Team Pegação. E, ó, pegava as duas juntas facinho.

Pegação é pegação, com ou sem vingança no meio. Acho que vingança dá até uma apimentada, e o espanhol aqui adora uma pimentinha.

Meu celular apita com uma mensagem. Não contenho uma risadinha ao notar o teor obsceno e responder no mesmo tom.

Quando levanto o olhar, lá está Branca me encarando outra vez. Só Deus sabe o que se passa naquela cabecinha platinada, e foi-se o tempo em que eu me importava com isso.

Agora o telefone toca.

— Alô. Oi, meu anjo — digo ao ver que é uma garota com quem fiquei há alguns dias. — Mais tarde? Só se for bem mais tarde. Tô num churrasco agora e tenho uma festa depois. — Vou respondendo às suas perguntas enquanto Branca e Mila reviram os olhos.

Rafa ri e eu dou de ombros. Não tô enganando ninguém aqui não, porra.

Combino tudo e desligo, dando um gole na cerveja em seguida.

— Você vai comigo pra festa ou vai ficar por aqui, Lucas?

— Vou com você. A Paty disse que ia e eu quero conversar com ela.

— Quem é Paty? — Viviane, Mila e Branca perguntam juntas.

— Ô mulherada controladora do cacete — digo, me levantando para substituir Rafa na churrasqueira.

— Cala a boca, Rodrigo! — as três soltam ao mesmo tempo de novo.

— Toma — Rafa me provoca.

— Até parece que você não tá acostumado. — Bernardo cutuca, abrindo mais uma cerveja.

— A calar a boca ou a tomar dessas? — Lucas também me zoa.

— Ei, Lucas, não mude de assunto não. Fala pra elas quem é Paty. — Agora sou eu quem o joga na fogueira.

— Não é ninguém. Só uma amiga.

— Ah, cara... — Rafa suspira e pousa a mão no ombro do primo.

— É sério. É amiga de uma colega do trabalho. Estamos só nos conhecendo.

— Ela é a garota legal de quem você tinha falado? — Vivi pergunta, esperançosa. Até parece que ela não conhece o dedo podre do Lucas.

— Não é não — ele responde, rápido. — É outra.

— Boa sorte, de qualquer forma — minha irmã deseja, tentando se levantar e sendo puxada por Rafael, caindo no colo dele.

Todos se distraem e começam a rir com a cara assustada de Vivi, e eu observo meu amigo e seu olhar perdido.

Quanto é preciso para Lucas se apaixonar? Quase nada.

Nunca vi ninguém tão ansioso para amar alguém como ele.

É assim toda vez...

18
LEX

Eu não vou mudar, não
Eu vou ficar são
Mesmo se for só
Não vou ceder
Deus vai dar aval, sim
O mal vai ter fim
E no final, assim, calado
Eu sei que vou ser coroado
Rei de mim.

— Los Hermanos, "De onde vem a calma"

MEU OLHAR ESTÁ perdido no horizonte enquanto Bruno repete meu nome algumas vezes, me trazendo de volta para a realidade.

— Quer ficar sozinho? — Uma pergunta estranha para uma criança de cinco anos.

— Não quero, não. Obrigado. — Bagunço seus cabelos cacheados.

— Tem certeza? A mamãe fica sozinha às vezes. Ela diz que é pra pensar.

— Tenho certeza que sim — respondo, olhando inevitavelmente para Flávia, que serve uma mesa, concentrada no trabalho. — São só alguns problemas em casa.

"Em casa" é o que São Paulo significa para mim. Em qualquer outro lugar, sou um forasteiro tentando me encaixar.

Não entendo direito a sensação, porque nem de São Paulo eu sou, apesar de me considerar paulista pelo tempo que moro lá. Opa, morei. Minha família é de Curitiba e eu fui morar com meu pai aos doze anos.

Acho que casa é onde nosso coração está, não é mesmo?

— A gente pode comer?

— Claro. Vamos comer, então.

Ele caminha a meu lado, quase como uma sombra. Observo-o de canto de olho e penso em como eu me sentia solitário no Rio antes de parar no quiosque em que a mãe dele trabalha para pedir uma água de coco.

É incrível como a vida tem seu jeitinho de conectar as pessoas que precisam umas das outras.

Ah, sim, eu precisava do Bruno. Era ele quem me fazia voltar para o presente toda vez que o passado teimava em querer me arrastar de volta.

Na semana seguinte, volto ao quiosque, mas dessa vez acompanhado por Bernardo.

— Cara, você melhorou bem as passadas na corrida — ele elogia quando paramos.

Abro a boca para responder, mas vejo Bruno correndo na minha direção com os braços abertos, como faz sempre que chego. Ele para abruptamente ao ver Bernardo e se retrai. É um comportamento que já vi uma série de vezes diante de estranhos. Ainda não sei por que ele é tão desconfiado.

— Oi, Bruno. Esse é o Bernardo, meu amigo. Lembra que eu te disse que ele viria?

O garoto sorri de leve, hesitante, e Bernardo se abaixa, ficando da sua altura.

— E aí, garotão? Eu trouxe uma coisa pra você. — Ele surpreende a nós dois ao tirar alguns cards do Pokémon do bolso.

— Obrigado — Bruno responde, mas sem se mexer.

A alguns metros, Flávia nos observa com o cenho franzido e começa a caminhar até nós.

— Olá — ela diz, colocando as mãos nos ombros do filho e afagando os cabelos cacheados e escuros do garoto.

Bernardo fica de pé e eu apresento os dois.

A comunicação entre mãe e filho se dá sem que nenhum som seja emitido. Ele olha para ela, que assente. Ele aceita os cards, agradece e corre para o quiosque. Ela agradece a Bernardo e o segue, discreta, como sempre.

— Se você não me dissesse, eu nunca pensaria que ela é mãe dele — Bernardo comenta quando Flávia já está longe.

— Também me surpreendi quando soube.

— Ela parece tão novinha.

— Ela é, na verdade. Tem vinte anos.

— Mais nova que eu. Teve o filho bem cedo, então.

— Teve, mas não sei detalhes. Ela é bem calada.

— E bem bonita também — Bernardo diz, querendo tirar algo de mim, mas não há nada a dizer. Nós dois mal nos falamos.

— É, sim. — Dou de ombros, passando a mão pelos cabelos e prestando atenção no vaivém de pessoas pela orla.

Flávia é uma mulher linda. Parece querer passar despercebida o tempo todo, mas nem sempre consegue. Seus olhos negros são tão desconfiados quanto os do filho. Está sempre em alerta. E há nela uma força que ainda não compreendi, como se não tivesse alternativa e ser forte fosse o único caminho.

— Como vocês se conheceram?

— Pelo garoto. Ele gosta de me ver tocar, e é aqui que eu passo a maioria das minhas folgas. Eu corro por aqui e ele fica por perto. O garoto é quieto. Não dá confiança pra ninguém. No começo, acho que ela se preocupou bastante com isso. Na verdade, acho que se preocupa ainda. Quer dizer, não sei ainda, eu só...

— Tá cuidando. Você é desses, né, Lex? — Bernardo me olha, compreensivo. — Você se doa para quem precisa, e assim talvez não sobre tanto tempo para os seus próprios problemas te atingirem.

Sorrio. Não há muito que eu possa dizer. Bernardo e eu já fomos cunhados, e, apesar de estarmos muito mais próximos agora, ele me leu muito bem.

19

Rodrigo

Mas eu só quero lembrar
Que, de 10 vidas, 11 eu te daria
Que foi vendo você
Que eu aprendi a lutar
Mas eu só quero lembrar
Antes que meu tempo acabe, pra você não se esquecer
Que se Deus me desse uma chance de viver outra vez
Eu só queria se tivesse você

— Lucas Lucco, "11 vidas"

SEGURA QUE NÃO é todo dia que Rodrigo Villa completa vinte e três anos! E muito menos que fala de si na terceira pessoa.

Rio de mim mesmo, andando nu pelo quarto, depois do banho, enquanto decido o que vestir. Minha mãe costuma dizer que eu levo mais tempo para me arrumar que a Vivi, e isso é uma ofensa muito grave.

Vou jantar com minha mãe antes de comemorar com o pessoal na balada. Desde que me mudei, ela reclama de ter sido abandonada naquela casa gigante.

Viviane e eu dissemos que ela pode vender a casa se quiser, mas ao mesmo tempo essa possibilidade nos incomoda. Crescemos ali, e ainda há a lembrança do nosso pai em todos os cantos. Rafa e Vivi ainda tentaram convencê-la a morar com eles, mas ela disse que os dois precisavam começar a vida sozinhos, que era o que meu pai ia querer e coisas assim. Não vou negar, acho que ela está certa. Minha mãe me deu este apartamento no Itaim recentemente, o que gerou uma briga dos infernos com meu avô, mas, desde que se recuperou, é ela quem administra o patrimônio deixado pelo meu pai. Assim, fico entre aqui e nossa antiga casa. Não dá para fazer minhas festinhas em casa, e ao mesmo tempo eu não quero ir de fato. Mas minha mãe precisa seguir adiante. Já são anos nesse luto estendido.

Infelizmente, algumas lembranças são capazes de nos amarrar ao passado.

Visto a cueca e me sento na cama. No criado-mudo há um porta-retratos com a foto da nossa família. Nós quatro: mãe, pai, Vivi e eu, no último Natal que passamos juntos. Dia 2 de janeiro completa mais um ano da morte dele.

— Porra, pai, como eu sinto sua falta... — Toco seu rosto sorridente através do vidro frio. — Às vezes eu penso se você tem orgulho de mim, onde quer que esteja. Espero que sim. Eu sei que tem muita coisa que preciso arrumar, e um dia eu vou fazer isso. Prometo. Mas não precisa ser já, certo? Como na carta que você me escreveu...

Pego um envelope na gaveta do criado-mudo e abro o papel marcado pelo tempo. Sempre busco suas últimas palavras quando preciso dele. Elas me motivam.

Meu filho,

É seu aniversário de dezoito anos.

Muitos diriam que é hora de virar um homem.

Eu digo que é hora de viver.

Talvez eu esteja estragando você, como seu avô diz, mas espero que não.

Espero que eu esteja lhe ensinando a dádiva que é viver intensamente.

Há tanto no mundo que eu queria que você visse.

Peço a Deus que esta não seja sua última carta de aniversário, mas me nego a escrever agora cartas para os próximos.

Escrevê-las seria assumir que há chances de eu não estar presente neles, e não quero nem pensar nisso.

Ah, meu garoto. Eu te amo tanto que sinto que poderia viver eternamente só por esse amor.

Um dia você entenderá o que eu sinto.

Um dia, dedinhos segurarão seu dedo indicador e olhos inocentes se perderão nos seus. E é aí que você descobrirá os limites do mundo. Será nesse momento que verá que o seu mundo se fecha para que o do seu bebê se expanda.

Te amo demais, meu menino.

Amo sua espontaneidade, amo sua vitalidade, amo sua esperança no mundo, amo seu apego à família, amo sua vontade de conquistar o universo.

Amo sua teimosia, amo como finge não se importar, amo como tenta parecer imune à dor que te atinge ao me ver partindo.

É, filho, a morte é inevitável. Estou lutando quanto posso. Como ensinei a você e à sua irmã, enquanto há vida, há esperança.

Mas preciso que saiba que vai chegar a hora em que não estarei aqui.

Você vai precisar ser forte. Não por sua irmã ou por sua mãe, mas por si mesmo.

Nada de achar que precisa ser o homem da casa e mudar seu jeito de ser.

Meu presente de hoje a você é vida. É este texto. É que seja sábio quando precisar ser sábio. Que seja menino pelo tempo que puder e, principalmente, que seja homem quando chegar a hora.

E, por fim, desejo que perca batidas por alguém. Se é que já não perdeu, não é mesmo? Você precisa *prestar atenção. Eu não estarei sempre por perto para abrir seus olhos.*

Seja feliz, filho.

Feliz aniversário! Infinitas vezes, para hoje e para quando eu não estiver mais aqui.

Viva. Por mim e por você.

Um soluço explode em meu peito e, para meu desespero, não consigo contê-lo. Odeio chorar. Odeio me entregar às lágrimas. Mas elas escapam, traidoras, uma após a outra.

Chorar traz à tona a dor que eu quero conter, e dá muito trabalho mantê-la sob a superfície. Perder meu pai me fez entender que partir é inevitável, que as pessoas se vão, a gente querendo ou não. Então eu evito dar chances para o destino. Ele já tem uma boa cota de pessoas que amo para afetar, e não pretendo facilitar trazendo mais uma para a jogada. Trazer a pessoa que vai me fazer perder batidas.

Desculpa, pai, mas isso não vai rolar. Qualquer coisa, menos isso.

Vi minha mãe perder meu pai, vi o Lucas e o Rafael perderem vários de uma vez, perdi meu pai com a minha irmã, vi a Vivi achar que tinha perdido o Rafa, o Bernardo perder a Clara, cada uma das dores do Lucas, e sei muito bem o que passei quando era apaixonado pela Branca.

Sou autoimune agora. Não importa se pensam que é bobeira minha dizer isso. Eu sou assim. Nada vai me afetar a não ser que eu permita.

Nada no mundo se compara à dor de perder alguém que se ama, e nada do que eu passar será pior do que ver parte de mim morrer e ser enterrado.

Passo as mãos pelos cabelos, aflito com o aperto no peito que sufoca. Está difícil respirar.

Não queria viver pelo meu pai e muito menos sem ele. Queria que ele vivesse por si mesmo. Eu daria minha vida para que ele vivesse a dele.

Uma dor absurda me corta, e, ciente de que não há nada a fazer, me rendo. Deito na cama, olhando para o teto, e me permito esse momento de fraqueza enquanto sussurro:

— Tá bom, pai. Vou viver por nós dois...

Permito que a dor me derrube. Mas é só agora e vai passar. Nada mais vai me atingir dessa forma. Não vou arriscar.

E depois ninguém vai saber que eu chorei.

Nunca vou deixar que me vejam assim.

— Estou namorando, Rodrigo.

Fico com a colher parada no ar, e o recheio do petit gateau escorre até o prato. Pisco algumas vezes antes de compreender por que minha mãe resolveu me dizer isso no meio da conversa sobre o projeto do meu avô que visa ajudar crianças carentes.

— Hein? — deixo escapar, pousando a colher sobre o prato. — De onde veio isso?

— Ele é diretor de uma das empresas representadas pela agência — ela responde, com a voz calma.

— Que empresa? — pergunto, para tentar saber quem é o cara, mas sei que isso não vai ajudar em nada, já que sou praticamente um turista na agência de publicidade da família. Mas Lucas vai saber quem ele é, com certeza.

— Joias.

— Caralho!

— Rodrigo! — ela me repreende, arregalando levemente os olhos.

— Foi mal. — Ergo as mãos. — É que até eu sei que esse contrato aí é milionário.

— Sim, é, mas isso não vem ao caso. Eu só queria que você soubesse que o conheci e que estamos namorando.

Eu a encaro por alguns instantes. Venho percebendo há um tempo que ela está mais feliz, mas não associei isso a um cara. Observando agora, posso notar que vem ficando mais loira de uns tempos para cá e que o corte de cabelo em camadas lhe dá um ar mais jovial. Porra, como eu não percebi?

— Mãe, você sabe que eu quero te ver feliz. — Coloco a mão sobre a mesa e não consigo evitar que meus dedos se mexam sem parar. — Mas não tá indo muito rápido?

— Nós estamos saindo há meses.

— O quê? E por que eu só estou sabendo agora?

— Por acaso eu te pergunto com quem você sai ou deixa de sair? — Ela estreita os olhos.

— Não, não pergunta.

— Se eu perguntasse, teria que viver em função disso para acompanhar a rotatividade — ela me provoca.

— Nossa, você tá afiada.

Ela sorri e segura minha mão sobre a mesa. Se alguém me dissesse há alguns anos que minha mãe ia namorar de novo, eu gargalharia. Mas faz um tempinho que ela vem se abrindo mais mesmo. Tentando, pelo menos.

— Como você está lidando com a informação? — Minha mãe procura meus olhos e, pela tristeza que passa rapidamente por seu olhar, sei o que ela vê: meu pai. É o que todos veem quando olham para mim. Somos muito parecidos. Sei que muitas vezes é pesado para as pessoas. Sou a lembrança viva dele, o tempo todo. Tem horas em que é complicado olhar no espelho e ver duas pessoas: eu e o cara que eu queria que estivesse aqui.

— Tô processando ainda — respondo e deslizo o polegar sobre sua palma, acariciando-a. — Mas não tenho nada a ver com isso, mãe. Quero te ver feliz, de verdade. E você parece bem.

— Estou muito feliz. — Seu sorriso é radiante.

— Você está apaixonada mesmo? Tipo, mesmo *mesmo*?

— Sim.

— O pai dizia que isso só acontece uma vez... — Nem sei por que isso me incomoda, mas sempre pensei que ele tivesse razão.

— Ele estava certo e errado ao mesmo tempo. — Não digo nada. Não quero demonstrar muito interesse no assunto. E nem estou interessado também. — Eu sempre vou amá-lo. Sempre. Se ele não tivesse partido, não teria acontecido outra vez. Mas, filho, a maior dádiva dos seres humanos é a adaptação. Eu tinha dois caminhos: me fechar ou me abrir. É arriscado, porque a vida não é certa. Não há um mapa que indique o caminho. É preciso estar aberto aos sinais que a vida nos dá. Somos expostos a chances de ser felizes todos os dias, mas nem todos se arriscam. O mundo só sobrevive pela nossa capacidade de seguir adiante.

— Eu sigo em frente sempre — respondo, quando a sinto apertar minha mão.

— Será?

— O que você quer dizer com isso? — O tom sai mais arredio do que eu pretendia.

— Não sei. Não te vejo seguindo em frente. Te vejo mais rodando no mesmo lugar há um bom tempo. — Ela levanta a mão e gira o dedo.

— Não sei do que está falando. — Cruzo os braços, na defensiva.

— Pois é...

— Esse cara aí, quando eu vou conhecê-lo? — Mudo de assunto. Não estou a fim de ir pelo caminho que ela quer.

— Em breve.

— Ótimo.

Olho no relógio. São quase dez da noite.

— Você me deixa em casa antes de ir para a sua superfesta? — ela pergunta, lendo meus pensamentos e ciente de que preciso sair daqui.

— Claro, mãe. E no trajeto você me fala mais sobre ele.

— E você me fala sobre ela?

— Não existe ninguém. Tô tranquilo.

— Sei.

— É sério. Não começa a fazer igual à Vivi, por favor. — Eu me levanto e estendo a mão para ela.

— Ok — ela responde, exatamente como minha irmã costuma responder. Nossos olhares se cruzam e nós rimos.

Ela não vai mais tocar nos meus assuntos. Pelo menos hoje, não.

20

Branca

I think I've had enough
I might get a little drunk
I say what's on my mind
I might do a little time
*'Cause all of my kindness is taken for weakness.**

— Rihanna feat. Paul McCartney & Kanye West, "FourFiveSeconds"

Eita, porra! Tô mais passada que o bife sola de sapato da minha tia! O Lucas agarrou a Clara!

Praticamente tive que forçar Clara a vir ao aniversário do Rodrigo. Sua primeira saída depois de descobrir a traição. Ela bebeu pra cacete, e eu até achei que ia terminar a noite no banheiro com ela colocando as tripas para fora. Ainda mais depois que vimos Bernardo e Juliana se beijando.

Agora, estou parada, boquiaberta, com a mão no peito. Sou a representação do choque.

De onde Lucas saiu? Como eu não percebi isso vindo? Cheiro meu copo vazio de cerveja. O que será que tinha aqui?

Procuro meu irmão com os olhos e o avisto discutindo com Juliana. Bom, que isso sirva para Bernardo largar de ser besta. Já tinha que ter dispensado essa nojenta faz tempo.

---

* "Eu acho que já chega/ Posso ficar um pouco bêbada/ E aí vou dizer o que vier na cabeça/ Talvez eu precise dar um tempo/ Porque toda a minha bondade é confundida com fraqueza."

Estou triste pelo Bernardo, mas feliz pela Clara. Ah, e também é só uma ficada. Ninguém vai arrancar pedaço de ninguém.

Quer dizer, o Lucas meio que está pegando forte a Clara. Será que vai arrancar um pedaço ou outro?

Inclino a cabeça para observar um pouco melhor. Quem diria que o garoto tinha tanta paudurecência, não é mesmo?

Meu celular vibra com uma mensagem. É do Rafa.

A Clara parou de beber?

Rafael e Viviane foram embora bem preocupados com Clara, que entornou todas e mais um pouco hoje. Também, se não fosse assim, duvido que estaria se pegando desse jeito com Lucas.

Ãhã. Agora não dá pra ela beber nem se quiser. Tá com a boca ocupada.

Como assim?

Ela e o Lucas estão se engolindo neste momento.

Ah, para, Branca. Conta outra.

Tiro uma foto e mando.

PUTA QUE PARIU! Como isso aconteceu?

Tô tentando entender também. Mas, ó, seu primo tá fazendo direitinho.

É de família.

Tô sabendo, mestre supremo. Tô sabendo.

Bom, vou contar pra Vivi. Se cuida aí, magrela.

Observo meu celular e suspiro. A festa ferve à minha volta e nada chama minha atenção além de Lucas e Clara.

Posso ficar para levá-la para casa ou ir embora e deixar que Bernardo se vire. Quem sabe assim os dois desenrolam. Não é possível que eu tenha que fazer tudo, né?

Decido ir embora. Estou saindo pelos fundos quando um dos funcionários fala algo pelo rádio sobre uma confusão e precisa entrar outra vez na balada.

Não gosto de ficar sozinha por aqui a esta hora da madrugada. Caminho apressada para o carro. Desativo o alarme, e, bem no momento em que vou abrir a porta, alguém derruba uma garrafa, que rola para baixo do carro.

Eu me viro para olhar e Rodrigo está sentado, com as mãos na cabeça, entre um carro e outro, uma garrafa de tequila na mão.

— O que você tá fazendo aqui, moleque? — pergunto, assustada. — Quase morri do coração.

— Esta aqui também está quase acabando. Preciso entrar para pegar mais — ele fala mais para si mesmo, parecendo nem notar minha presença.

Não posso deixá-lo aqui. É perigoso demais.

E se eu chamar o Bernardo? Não. Bernardo tem que ficar lá dentro para ver se reage logo a Clara.

E se eu chamar o Lucas? Não. Lucas tem que pegar Clara para Bernardo reagir.

Puxa vida, tenho que resolver tudo sozinha?

— Rodrigo. — Eu me aproximo, tocando seu ombro.

— Ah, oi, Branca. — Seus olhos estão muito vermelhos, e eu nunca o vi tão triste.

— Está tudo bem? — Ele assente, tomando mais um gole da tequila. — Você não parece bem. Não quer entrar para a balada? Aqui não é um bom lugar.

Bastou eu falar para dois caras bem mal-encarados passarem perto da gente. Não sei não, mas do jeito que nos olharam acho que vão voltar.

— Eu tô bem. Pensando na vida. É a parte que eu não gosto, sabe? — ele pergunta, talvez tentando compreender. — Não sei o que me deu. Como faz pra parar, Branca?

Rodrigo abre e fecha os olhos devagar, procurando algo na realidade em que possa se apegar.

— Vem. — Tento puxá-lo pelo braço. — Melhor você entrar para a balada. Cadê o moleque pegador? Eu bem vi você quase comendo uma garota na pista mais cedo. Por que parou?

— Por que temos que amar as pessoas? — ele questiona, o olhar perdido. Seu rosto está molhado e eu me pergunto se ele chorou. É o que está parecendo. — Por que temos que ter um rumo? Não dá só pra ir vivendo e ver no que dá?

— Vem. — Puxo seu braço até que ele se levanta, mas tropeça, empurrando seu corpo sobre o meu, contra meu carro.

Sua mão está apoiada no meu ombro e ele coloca uma mecha dos meus cabelos para trás devagar, como se precisasse fazer muito esforço para se mexer. Não sei o que se passa na cabeça dele. Ele me olha de uma forma diferente, mais doce do que o habitual olhar devorador.

Mordo o lábio, pensativa. Nunca o vi tão bêbado. Nunca o vi tão desolado. Nunca me preocupei tanto com ele antes.

— O que você vai fazer? — ele pergunta, baixo.

21

Rodrigo

I feel something so right
Doing the wrong thing
I feel something so wrong
Doing the right thing
I couldn't lie, couldn't lie, couldn't lie
Everything that kills me makes me feel alive
Lately, I've been, I've been losing sleep
Dreaming about the things that we could be
But baby, I've been, I've been praying hard
Said, no more counting dollars
*We'll be counting stars.**

— One Republic, "Counting Stars"

Há algo sobre mim e o álcool: se eu estiver triste, não devo beber. Nunca. Jamais. Em hipótese alguma.

A boa notícia é que eu raramente fico triste. A má é que, quando fico, eu nego até a morte. Ou seja, acabo bebendo e fazendo merda.

Não era para eu estar triste. Estou fazendo vinte e três anos, porra! Tenho família, dinheiro, mulheres. Qual é o meu problema?

* "Sinto algo tão bom/ Fazendo a coisa errada/ Sinto algo tão errado/ Fazendo a coisa certa/ Eu não poderia mentir, não poderia mentir, não poderia mentir/ Tudo que me mata me faz sentir mais vivo/ Ultimamente, eu tenho, eu tenho perdido o sono/ Sonhando com as coisas que poderíamos ter sido/ Mas, amor, eu tenho, eu tenho rezado muito/ Digo, chega de contar dólares/ Contaremos estrelas."

Eu não devia ter lido a carta do meu pai hoje. Não antes de jantar com a minha mãe. As palavras de ambos se juntam à conversa que tive com meu avô mais cedo e meus pensamentos tentam separar realidade de fantasia.

— Quando você vai amadurecer, meu filho? — A pergunta do meu avô explode em minha cabeça.

Meu pai está morto e ele não entende que já sou bem grandinho.

— Vô, não tô fazendo nada de mais.

— Realmente.

— Vô, eu toco um negócio que está indo bem. Ainda tento ajudar aqui na agência. O que mais quer de mim? — Ele ergue uma das sobrancelhas, me provocando. — Tá... Sou falho na agência, sim, mas não é muito a minha praia. Eu estou tentando. Do meu jeito, mas estou.

— É o negócio da família.

— O Lucas tá aí pra isso, vô. Não consigo ser o cara certinho que você quer, com horário de entrada e saída. Não sou assim. O que eu posso fazer?

— Rodrigo, cedo ou tarde você vai aprender que a vida não espera que sejamos maduros para fazer mudanças. Elas acontecem, querendo ou não. E eu estou muito preocupado com o modo como você vive.

Balanço a cabeça, como se fosse possível mandar embora o que me aflige. Não quero pensar no fim da conversa e em como saí da sala do meu avô sem olhar para trás.

Uma música eletrônica ecoa pela balada e todos se jogam na pista.

A diversão está por todos os lados. Uma garota se aproxima e, pelo jeito que me olha, sei que vai me beijar. Correspondo. Quero é mais.

Bebo mais da minha vodca. Puxo a garota mais para perto. Ela desliza a mão para a minha calça.

Ergo os braços, sentindo a música, depois a puxo de volta.

Você acha que o seu pai sentiria orgulho de você? As últimas palavras do meu avô, antes de eu sair do escritório, ressoam como um trovão em meus ouvidos.

— Ah, porra.

— Quê? — A loirinha que estava me beijando pergunta.

— Preciso sair daqui. — Nem dou tempo para que ela reaja e me afasto, deixando-a boquiaberta no meio da pista.

Passo no bar, pego duas garrafas de bebida e saio pelos fundos da balada, tropeçando.

Minha cabeça está explodindo quando ouço Branca praguejando e tentando me puxar para cima.

De onde veio essa mulher?

Em instantes estou em pé e cambaleando para cima dela, encurralando-a contra o carro.

Sinto seu perfume misturado ao álcool que me envolve. Uma mecha de seus cabelos está na minha mão e eu a afasto, com cuidado. Não imaginava que o cabelo dela fosse tão macio e cheiroso.

Não sei bem o que estamos fazendo. Quem eu quero enganar? Não sei nem por que estamos aqui. Será que ela sabe como me fazer ficar bem agora?

— O que você vai fazer?

Ela pisca algumas vezes antes de responder:

— Vou te levar pra casa.

22

Branca

Well, I heard you were (you were lying)
About how brave you are
Well, I heard you were (you were still trying)
*Trying to get back to the start.**
— Angus and Julia Stone, "Heart Beats Slow"

Rodrigo se apoia na parede enquanto procuro as chaves do apartamento em seu bolso. Ele está completamente bêbado e ainda me lança um sorrisinho idiota quando, ao pegar o chaveiro, eu esbarro no ponto que queria evitar.

— Não me provoca, garota.

Reviro os olhos. Acho que ele nem sabe direito onde está ou com quem está.

— Entra logo, vai — digo, abrindo a porta e o puxando pela camisa molhada.

— Lar, doce lar. — Ele termina de zerar a garrafa de bebida e a solta no sofá da sala, assim que entramos. — É daquilo que preciso... — Ele aponta para o bar, mas sem fazer menção de se levantar.

Sua roupa está empapada de álcool. Quando tentou beber no carro, derrubou mais da metade em si mesmo.

Pelo modo como ele se joga no sofá, sei que vai capotar a qualquer momento. Não posso deixá-lo dormir assim.

* "Bem, eu ouvi que você estava (que você estava mentindo)/ Sobre quão corajoso você é/ Bem, eu ouvi que você estava (você ainda estava tentando)/ Tentando voltar ao início."

— Você precisa de um banho, moleque — digo, olhando em volta do apartamento.

Nunca estive aqui sozinha antes. Saio explorando até encontrar o quarto.

Além da cama king size e dos criados-mudos, não há móveis. O closet é tão gigantesco quanto seu ego. O banheiro, idem. Há uma belíssima banheira de hidromassagem, que faria vários dos motéis mais divos de São Paulo passarem vergonha. Esse moleque pode ser tudo, mas tem bom gosto e deve saber muito bem de certas coisas.

Já estou pronta para me virar e preparada para ter um trabalhão acordando aquele jumento quando ele me abraça por trás.

— Olha só o que eu achei... — sussurra em meu ouvido. — Como chegou aqui, Branca?

Eu me viro de frente para ele de forma brusca. Não sei se a pergunta é como cheguei ao quarto ou se ele nem lembra como chegamos ao apartamento, mas me afasto rapidamente. Não sem antes sentir um arrepio filho da puta. Sem pânico. Completamente normal, né? Todo mundo se arrepiaria com algo assim. Totalmente compreensível.

Desabotoo sua camisa e dou um tapa em sua mão quando ele tenta me puxar pela cintura.

— Mulher, decide o que você quer! — ele reclama, meio grogue.

— Quero que você tome um banho — explico, já abaixando o zíper de sua calça.

— Ah, isso? Ok, primeiro o banho, então...

Nem tento entender. Ele abaixa a cueca e... eu olho, né? Pelo amor de Deus! Como é que eu não vou olhar? O moleque está em ponto de bala! E que ponto, Senhor!

Hum... Será que, se a gente transar, ele vai lembrar amanhã? Não. Para, Branca. É meio errado se aproveitar do moleque nessa situação. Não arruma pra cabeça.

Viro de costas, mexendo nas gavetas do closet. Pego uma cueca, deixo sobre o banco para que ele a encontre e o ouço ligar o chuveiro.

Volto para o quarto e me sento na cama. Vou só esperar que ele saia do chuveiro e me mando para casa.

Tamborilo os dedos no colchão e noto uma folha de papel. É uma carta. Já vi essa letra tantas vezes que não é possível não reconhecer. É do tio Pedro.

Penso em todos os motivos para não ler e não respeito nenhum deles. A curiosidade me vence.

É impossível não me emocionar. Se ele a leu recentemente, como parece, explica bastante seu estado de espírito hoje.

— Meu vô sente vergonha de mim. — Ele aparece na porta do quarto, com a toalha enrolada na cintura e os cabelos negros ainda molhados. Não está bravo por me pegar xeretando. — Eu acho que o meu pai não sentiria, mas não sei, ele tá morto...

Quero dizer algo que o conforte, mas me faltam palavras. Rodrigo e eu nunca fomos próximos.

Ele apaga a luz do quarto, mas a do closet continua acesa, iluminando-nos um pouco.

Sem dizer nada, ele se deita na cama e me puxa com ele. Estou prestes a xingá-lo quando seus olhos se perdem nos meus. Estamos bem juntos.

As pontas dos seus dedos tocam a palma da minha mão, e ele se ajeita para entrelaçar nossos dedos, sem dizer nada. Não parece que vai tentar avançar o sinal ou algo assim. Acho que ele precisa desse contato apenas.

Nosso silêncio conversa e eu me pergunto quanto conheço dele e quanto ele conhece de mim. Bem pouco, pelo que percebo.

Sempre enxerguei Rodrigo como um cara que queria curtir a vida e apenas isso. E nem o julgava por ser assim, afinal penso da mesma forma. A vida está aí para isso. *Carpe diem*, certo?

Mas hoje vi que ele é diferente de mim. É provável que viver a vida loucamente seja o modo que ele descobriu de não sentir nada.

Acho que não conhecemos alguém completamente até ter a exata noção da quantidade de dor que essa pessoa carrega.

Ele não deixa de me olhar, mas eu posso vê-lo lutando contra o sono. Eu me arrisco e toco seus cabelos. Ah, ele está vulnerável. O que custa dar um pouco de carinho?

Em poucos segundos, ele adormece, mas meus dedos continuam a acariciá-lo.

Ouvindo-o ressonar baixinho, sem soltar minha mão e parecendo finalmente tranquilo, penso que talvez ele não seja um moleque idiota, como sempre achei, mas um menino perdido.

Isso seria um prato cheio se eu fosse parecida com meu irmão ou com Viviane e cismasse de salvar Rodrigo do que quer que o aflija. Mas eu não sou essa pessoa. Minha vida já tem complicações sem que eu suba em um cavalo branco.

Então eu o cubro, afinal não sou uma heroína, mas não preciso ser uma vaca também, né? E deixo seu apartamento desejando que a vida seja boa com Rodrigo e que ele consiga lidar sozinho com suas dores.

23
LEX

A simple little kind of free
Nothing to do
No one but me
*And that's all I need.**
— John Mayer, "Perfectly Lonely"

A BALADA QUE abrimos no Rio segue de vento em popa. Apesar de aqui as pessoas chamarem de boate, o que em São Paulo teria um significado completamente diferente.

Rodrigo pode e deve ser considerado o menino do dedo verde para casas de shows. O faro que esse moleque tem é incrível. Talvez seja porque não há quem as frequente mais do que ele. Nada como o consumidor se tornar fornecedor.

Apesar de eu gostar bastante do Rodrigo, Rafael é a ponte entre nós. Quando ele propôs sociedade ao Rafa, meu amigo disse que só aceitaria se ele a estendesse a mim, e, como eu era o mais experiente em gerenciar casas noturnas, Rodrigo aceitou na hora. Segundo ele, só não ofereceu antes porque nem tinha pensado nisso.

Quando era mais novo, Rodrigo me lançava uns olhares tortos que pensava que eu não via. Culpa da Branca. Não culpa, ela é a causa. Só fui saber que ele tinha uma paixonite por ela depois que ficamos, e nunca pensei que Branca e eu renderíamos mais que uma noite.

* "Um tipo simples de liberdade/ Nada para fazer/ Ninguém além de mim/ E é tudo de que eu preciso."

Mesmo assim ele lidou bem com a situação, e logo entrou no modo desapego total. Custa um pouco admitir, mas talvez ele esteja certo.

Conversei com ele depois que fiquei com a Camila na minha festa de despedida. Sei que eles não eram fixos naquela época, mas já namoraram, e isso é meio tenso.

A resposta dele para mim? "Relaxa, Lex." Ah, qualquer um sabe que esse "relaxa" ainda vai lhe causar sérios problemas. Mas é a vida. Não dá para sofrer antes do tempo, e todo mundo tem o direito de viver como quiser.

Desde que cheguei ao Rio, fiquei com várias garotas e nenhuma mais de uma vez. Rafa diz que estou parecendo com ele nos tempos do bar e tem razão. Só não sei por que estou assim. Espero que seja uma fase.

É terça-feira e eu vou tocar um pouco no quiosque do Tião. Ninguém sabe quem eu sou, e, mesmo os que me conhecem, pouco sabem sobre mim.

A maioria das pessoas não entende minhas razões para querer estar em um lugar onde passo despercebido. Acho que isso tem a ver com minha família. Quando se vem de uma família grande e problemática, você aprende a ser discreto.

Sou o mais velho de quatro irmãos. Seis, se contar os dois filhos do meu padrasto, que vieram morar conosco quando ele se casou com a minha mãe. E os outros são, na verdade, meus meios-irmãos, com quem não me dou muito bem.

Meus pais se separaram quando eu tinha quatro anos. Como eu, meu pai era músico. Não entendi como ele pôde deixar a mim e a minha mãe para tentar a carreira artística, mas na época eu era novo demais para compreender o que quer que fosse.

Minha mãe se casou de novo quando completei sete anos. Na única vez em que perguntei o porquê de tantos filhos, ela disse que se sentia sozinha antes deles. Isso me deixou um bom tempo pensando que eu não era o suficiente para ela. E não sei se ela deixou de se sentir sozinha, mesmo com uma família grande.

Depois entendi que sua solidão era muito maior do que eu podia imaginar, e a fazia aceitar qualquer coisa por atenção.

Meus irmãos e eu não tínhamos uma relação muito saudável. Eles amavam esportes, enquanto eu crescia como um garoto franzino que só queria ser deixado em paz com suas HQs do Homem-Aranha.

Estaciono a moto perto da praia. Balanço a cabeça e tento afastar qualquer pensamento sobre o passado.

Amigos são a família que escolhemos, lembro-me do Rafael repetindo essa frase em vários momentos em que precisei do seu apoio. E Rafa tem razão. Ele é a minha família, assim como aqueles que vieram com ele.

As pessoas no quiosque estão comendo e bebendo, sorridentes. Permito que a alegria delas me contagie.

Honestamente, eu estava com saudade desse tipo de noite. Antes eram mais frequentes. Agora com vinte e sete anos e muito bem estabelecido, fica mais difícil ter tempo para apresentações assim. Mas nada como tocar para quem realmente está prestando atenção.

Tião dá um sorriso largo ao me ver.

— Olha você. Vai mesmo tocar? — Ele aponta para o violão.

— Claro. — Sorrio de volta, cumprimentando-o. — Prometi que tocaria, não foi?

— É, mas você é realmente um mistério. Te conheço há meses e não sei nem o seu sobrenome.

— Eu gosto assim, Tião. Toco por prazer e sem cobranças. Tá bom pra todo mundo assim. E eu nem sei o seu também.

— Mas você sabe onde eu trabalho, onde eu moro... Ah, não posso mesmo reclamar. — Ele sorri como um pai orgulhoso. — Você tem atraído muita gente pra cá. Especialmente as mocinhas.

Ergo as sobrancelhas e rio. Realmente o público do quiosque aumenta quando as pessoas sabem que eu vou tocar, e nós dois sabemos que o suspense sobre quem sou e de onde vim faz o furor crescer.

Começo o pequeno show da noite e logo a música me leva embora.

Faço um intervalo e Maçarico me entrega uma cerveja.

— O chefe disse pra te abastecer do que quiser — ele diz e se vira para anotar o pedido de um cliente.

A cerveja desce gelada, aliviando parte do calor escaldante da praia. Eu me afasto um pouco do aglomerado de pessoas e confiro as mensagens do celular.

Estou respondendo a uma piadinha idiota do Rafa quando ouço vozes alteradas.

— Sai daqui, neguinho! Alguém vai ter que pagar por isso.

Imediatamente me viro na direção e vejo Flávia empurrando um cara, enquanto Bruno está no chão.

— Se encostar no meu filho outra vez, eu te mato!

— Ei! — Em segundos estou entre os dois. — Que que tá havendo? — Eu me abaixo para pôr Bruno de pé. Nunca o vi tão assustado.

— Não se mete não, mané! — O homem, que agora vejo que não passa de um moleque de uns vinte anos, me enfrenta.

Levanto a mão na direção dele, mandando que fique quieto, e olho para Flávia, que puxa Bruno para perto de si. O garoto está paralisado de medo.

— Vim trazer o lixo e esse cara veio cheio de graça — ela explica, balançando a cabeça. — Eu disse que não queria nada. Ele insistiu. O Bruno o mordeu. — Ela aponta para a perna do cara e eu vejo um filete de sangue escorrendo.

— Esse neguinho filho da puta me arrancou um pedaço! Eu só queria um pouco de diversão e essa gostosa estava disponível. Nem sei por que se fez de difícil. Tô sabendo que é puta fácil essa...

Ele não tem tempo de completar a frase, porque eu acerto um murro na sua cara. Ele cambaleia, recobra o equilíbrio e vem para cima de mim. Eu o pego pela camiseta e o encurralo contra a parede de madeira do quiosque. Meu braço está pressionando seu pescoço.

Flávia se assusta e puxa Bruno para trás de si.

— Leva o Bruno daqui, Flávia.

— Lex, isso não...

— Faz o que eu pedi, por favor — digo sem desviar minha atenção do cara.

Flávia se afasta com o filho, ao mesmo tempo em que várias pessoas se aproximam.

— Eu não sabia que ela era sua, cara — o imbecil diz com sangue escorrendo da boca.

— Ela não é minha, e nem por isso está disponível pra qualquer escroto que queira chegar. Eu vou te dizer o que você vai fazer. — Aperto mais meu braço. Ele respira com dificuldade. — Você vai entrar no quiosque e pedir desculpa pra ela e para o filho dela. Depois vai sumir daqui.

— Tá certo, tá certo.

Eu o solto bem a tempo de ver que Maçarico chega com um pedaço de madeira na mão.

O cara sai tropeçando enquanto Maçarico balança o porrete.

— É isso aí. Muito bem — ele diz, dando tapinhas nas minhas costas. — Essas coisas acontecem direto. Nem sei como você nunca viu. Também, tá pra nascer mulher mais linda que a Flávia.

— Você fala como se a culpa fosse dela. — Ele nem percebe o modo como falou, e isso me incomoda. — Ser linda não devia ser justificativa para um cara chegar assim numa mulher. Aliás, nada devia.

— Ah, mas o mundo não é assim, mermão.

— Não é. Mas devia ser. — Solto um suspiro cansado. — Vou lá ver como eles estão.

As pessoas já estão distraídas com outras coisas quando entro no quiosque. Tiro o celular do bolso e o entrego para Bruno assim que o vejo.

— Ei, garotão, quer jogar um pouco? Baixei um novo do Pokémon. — Seus olhos brilham quando a tela do jogo se ilumina. Ele se afasta e se senta em uma das cadeiras, enquanto me viro para sua mãe: — Você está bem?

— Estou. Obrigada. — Ela dá um sorriso triste. — Você não precisava ter se envolvido.

— Sim, eu precisava. — Nem dou tempo para que ela argumente. — Sei que você é capaz de se defender sozinha, mas não posso ver algo assim e ficar quieto.

— Entendo. — Seu sorriso é mais sincero agora, como se ela visse algo diferente. — Obrigada, de verdade. Eu só não estou acostumada a... — Ela procura a palavra.

— Receber ajuda? — completo.

— É. Isso. Você já faz demais pelo meu filho. Obrigada.

— É um prazer ajudar. E ele faz muito por mim também.

Flávia ajeita os cabelos crespos no rabo de cavalo, sem jeito. Às vezes sinto vontade de saber mais sobre ela, mas dá para ver que ela coloca uma barreira para todas as pessoas, e não sei se é bom saber tudo o que esconde. Confiança é uma via de mão dupla, e descobrir envolve se desnudar também.

— Não precisa agradecer — completo por fim, e meu olhar recai sobre Bruno, que nem parece se lembrar da confusão de momentos atrás. — Preciso voltar para o violão. Prometi que tocaria mais algumas músicas. — Quando saio do balcão e pego o instrumento, me viro para ela outra vez: — Tem alguma que queira ouvir?

— "Mil acasos", do Skank — Ela escolhe bem rápido, como se esperasse a pergunta. Mas ao mesmo tempo parece surpresa, como se duvidasse de si mesma por ter falado o nome da música.

— Vou encerrar com ela, então — respondo e volto a tocar, atendendo outros pedidos.

Mais tarde, quando começo a tocar a música de Flávia, é natural procurá-la pelo quiosque, mas só a encontro quando estou na segunda parte.

Mil acasos apontam a direção
Desvio de rota é tão normal
Mil acasos me levam a você
No mundo concreto ou virtual
Me levam a você
De um jeito desigual

Quem sabe, então, por um acaso
Perdido no tempo ou no espaço
Seus passos queiram se juntar aos meus.

Nossos olhares se conectam e eu continuo cantando. Espero ver a discrição de sempre e que ela se afaste, mas, por alguma razão que não compreendo, ela sustenta meu olhar, pensativa, até a música acabar.

24

Branca

Oh and I don't know
I don't know what he's after
But he's so beautiful
He's such a beautiful disaster
And if I could hold on
Through the tears and the laughter
Would it be beautiful
*Or just a beautiful disaster.**

— Kelly Clarkson, "Beautiful Disaster"

É Natal, graças a Deus!

Dezembro foi uma confusão de eventos e finalmente os feriados começaram. Entre Bernardo e Clara tá rolando que eu sei, embora eles sigam com o joguinho de "não contar para a Branca".

Todos vamos passar o Natal na casa dos meus pais, em Cotia. A casa está toda decorada e com aquele cheirinho de comida maravilhoso.

A família e os amigos estarão presentes. Isso me lembra, não com muita felicidade, que Camila também virá. Só Fernanda que não, porque vai estar com a família do Augusto.

* "Ah, e eu não sei/ Eu não sei o que ele quer/ Mas ele é tão lindo/ Ele é um belo desastre/ E se eu conseguir aguentar/ Pelas lágrimas e pelas risadas/ Poderia ser lindo/ Ou apenas um belo desastre."

Viviane está tentando consertar as coisas entre mim e Camila, e eu juro que estou tentando. Sinto falta dela, às vezes. Muito raramente, mas sinto. E me irrito por isso.

Tentando não pensar no assunto, me olho no espelho. Estou usando um vestido verde justo estonteante, de alcinhas e longo, mas com uma fenda que começa na coxa. Sei que vários amigos gatos do Bernardo que estão na minha lista há séculos, estarão presentes, então tudo o que tenho a dizer é que é hoje!

— Se você quer, por não que não manda logo a mensagem? — Clara me pergunta.

Estamos na varanda de casa. A festa está linda. Minha mãe se superou, como sempre.

— Porque eu não quero! — respondo, fazendo uma careta.

Ela se refere à mensagem que eu queria mandar para Lex. Digo *queria*, porque é isso mesmo. Foi o clima festivo. Deu vontade e passou. Fim da história.

— Não foi o que você passou o dia dizendo.

— Ai, Clara. Não quero, porra.

— Então tudo bem. Podemos até falar de outra coisa.

— Ah, que bem faria essa mensagem? — eu pergunto, e Clara ri. Ela me deu a chance de parar de falar e aqui estou eu voltando ao assunto.

— Eu só acho que, quando queremos fazer algo, devemos fazer.

— Sério, Clara? É isso mesmo que você acha? É assim mesmo que você vive a sua vida? — Meu tom é repleto de ironia, mas minha careta nos faz rir. O que seria do mundo se não fôssemos todos hipócritas, não é mesmo?

Abro a boca para falar qualquer merda que não seja sobre Lex, quando Rodrigo surge com os avós. É a primeira vez que nos vemos depois daquele dia no apartamento dele.

No dia seguinte, ele me mandou uma caixa do meu chocolate favorito e um cartão escrito: "Obrigado".

Nada mais. Se bem que eu imagino que já deve ser difícil o suficiente ficar naquele estado tão frágil na frente de alguém, então um "obrigado" pode ser bem complicado de sair, porque significa assumir que o vi daquele jeito.

Rodrigo cumprimenta todas as pessoas, e, quando ele se aproxima de nós, Clara se levanta para atender o celular.

— Feliz Natal, Branca. — Ele me dá um beijo no rosto. Por um segundo, penso no que dizer. E esse é o tempo que ele leva para se inclinar e beijar meu pescoço devagar. — Esse seu vestido... Só vou pensar em tirá-lo o resto da noite.

Pronto, o bom e velho Rodrigo Villa está de volta.

— Feliz Natal, moleque. — Beijo seu rosto devagar e sussurro em seu ouvido. — Vai sonhando!

— Ai! — Ele bate no próprio peito. — Que facada, linda. Que facada!

Ele se afasta, rindo, e eu não consigo evitar pensar que decididamente prefiro vê-lo feliz assim, mesmo que agora eu saiba que nem tudo o que ele mostra é verdade.

25

Rodrigo

When I walk in the spot
This is what I see
Everybody stops
And they staring at me
I got passion in my pants
And I ain't afraid to show it
Show it, show it, show it
*I'm sexy and I know it.**

— LMFAO, "Sexy and I Know It"

E TEVE CLIMÃO!

Mas se não tiver climão não é Natal em família.

E, olha só, rolou mais de um.

Lucas e Clara, que terminou comigo sendo jogado na piscina. É, o Lucas faz merda e eu que sou jogado na piscina. Enfim, até que foi engraçado, e pelo menos está resolvido. Porque flagrei Clara e Bernardo na maior pegação atrás da estufa, apesar de eles nem desconfiarem disso.

Eu tenho culpa de ter escolhido aquele mesmo lugar pra pegar a prima gata do Bernardo? Ainda tive que me virar em outro canto, poxa. Eu estava molhado e ia ter que tirar a roupa mesmo.

---

* "Quando eu chego no lugar/ Isto é o que eu vejo/ Todo mundo para/ E fica me encarando/ Eu tenho paixão em minha calça/ E eu não tenho medo de mostrá-la/ Mostrá-la, mostrá-la, mostrá-la/ Eu sou sexy e sei disso."

E o segundo climão, aquele que não acabou ainda: Mila.

Aí foi meio que um climão estratosférico: o atual dela, que sabe que eu sou o ex, a Mila com a Branca e a Branca com a Mila. Ah, e rolaram uns olhares da Mila para o meu lado também.

E eu? Ah, eu sou de boa.

Bom, vou pular a parte do atual da Mila me encarando e contar como foi o momento de tensão entre Mila e Branca, porque eu sei que é onde está o interesse da nação. Ainda mais se eu contar que eu meio que estava envolvido nisso aí.

Quando a Mila chegou, eu estava saindo da sala, depois de me trocar, porque o Rafa tinha me jogado na piscina. Imediatamente vi Branca na varanda, com Clara e Viviane.

Segui na direção oposta e peguei bem o fim de uma conversa entre Rafa e Lucas:

— É, cara, não foi dessa vez — Rafa disse, parecendo chateado e colocando a mão no ombro do primo.

— Eu só soube que havia algo entre os dois depois que ficamos, e aí eu meio que estava envolvido também. Mas deu pra sacar que eu não tinha chance — Lucas respondeu, cabisbaixo.

— Aquilo é história antiga, Lucas. Se eu não fosse tão tapado, teria visto antes e te avisado — expliquei, me sentando ao lado deles e pegando uma cerveja.

— Falando em história antiga... — Rafael apontou Mila e Branca com o queixo. — É hoje, hein? Será que esta casa vai ver de novo uma surra como aquela que eu dei no Bernardo?

— Mas que merda, Rafa! Tem um monte de testemunhas de que eu te bati tanto quanto você me bateu. — Bernardo apareceu do nada e se sentou também.

— Não é como eu lembro, cara. E como eu lembro é o que conta. — Rafa fez sinal de positivo com a mão para ele e Bernardo balançou a cabeça.

— Foco, gente. Olhem lá as duas. — Aponto discretamente com a cabeça para Mila e Branca.

E todos eles prestaram atenção.

— O que que está acontecendo? — Vivi chegou com Pri no colo, e todos esticamos os braços para pegar a bebê. Ela escolheu Lucas. Acho que até a pequena sabia que ele estava meio mal. — Ai, vixe... Acabei de falar pra Mila não ficar muito perto da Branca.

Todos ficamos em silêncio, observando.

— Rodrigo! — tio Túlio me chamou e todos nos assustamos, menos a Pri, que estava brincando com o chaveiro do Lucas.

— Puta merda! — Rafa exclamou e se desculpou em seguida.

— Já volto.

Saí e fui ver o que o tio Túlio queria. Era algo com a churrasqueira. Na hora de voltar, eu sei que podia ter dado a volta, mas, já que eu estava por ali, por que não passar pela varanda?

— Nossa, moleque, eu nem vi que você tinha chegado! — Branca disse, chamando minha atenção.

Opa! Na hora saquei que tinha algo rolando, mas era tarde para escapar. Não que eu estivesse pretendendo escapar do que quer que fosse, né?

Branca me apresentou para o namorado de Mila. Dei um beijo no rosto da minha ex e estava me preparando para voltar para a minha rodinha quando Branca se aproximou e tocou minha cintura.

Captei em segundos o que ela queria fazer, mas, por mais que ela quisesse mostrar que estava por cima da situação com Mila, eu a vi engolir em seco. Então é óbvio que me aproximei e beijei seu rosto, descendo a mão até sua cintura, devagar.

— Precisa de algo, linda?

Quando nossos olhares se cruzaram, minha mão continuou lá e ela não a tirou, como normalmente faz. Ergui as duas sobrancelhas para ela, em uma pergunta muda, e ela levantou apenas uma em resposta. Dois sacanas se conhecem bem e não precisam de mais do que isso para uma boa comunicação. A danada queria mesmo provocar Mila!

Se eu fosse um cara sensato, me afastaria e não me envolveria na briga das duas. Mas sensatez nunca foi o meu forte...

Branca se aproximou ainda mais e colocou a mão no meu peito.

— Vai me acompanhar nessa tequila, né? — ela disse quase num sussurro, apontando para a garrafa na mesinha.

— Hoje eu tô pretendendo te acompanhar em muita coisa — respondi no mesmo tom.

Branca estreitou os olhos, e eu sei que queria me dizer que havia limites e que ela só estava jogando comigo. Mas não é assim que a banda toca, loira.

Não tô nem aí. Ela pensa que pode ditar regras. Se era para jogar assim, ela que se preparasse. *Vai, Branca, vai que você sabe que quer.*

A tensão no ar era gigantesca. Ela entreabriu os lábios e me olhou, devagar. Analisando quanto queria ceder, quanto queria provocar. Era sempre a mesma ladainha. Mas dessa vez, independentemente de quais fossem suas motivações, havia uma rachadura em sua armadura de gelo.

Movi o polegar vagarosamente em sua cintura, louco para vê-la fora daquele vestido. Ela tamborilou os dedos em meu peito, as unhas pintadas de vermelho, me enlouquecendo.

Era quase como se soasse uma sirene para que eu me afastasse, mas, porra, eu queria tudo menos me afastar.

Não sei explicar. Por alguns segundos, foi como se estivéssemos sozinhos. Dei um meio sorriso e estava prestes a convidá-la para abandonar o Natal e sair comigo quando ela se afastou, sorrindo.

Meu olhar recaiu sobre Mila, que revirou os olhos e saiu da varanda.

Tô até agora tentando entender aquele olhar. Cara, ela tá namorando. O que quer de mim? E o que a Branca tem em mente?

26

LEX

It takes a lot to know a woman
A lot to comprehend what's coming
The mother and the child
The muse and the beguiled
It takes a lot to give, to ask for help
To be yourself, to know and love what you live with
It takes a lot to breathe, to touch, to feel
*The slow reveal of what another body needs.**

— Damien Rice, "It Takes a Lot to Know a Man"

EU TINHA TRÊS opções para o Natal: ir ver minha mãe e meus irmãos em Curitiba, aceitar o convite do Tião e passar com ele e a família ou voltar para São Paulo.

Ah, eu podia ficar sozinho em casa também. Então eram quatro.

Ir para São Paulo não fazia sentido, já que Rafa e Vivi passariam com a família da Branca. Ir para Curitiba também não, afinal eu realmente não estava a fim de responder todas as perguntas sobre minha ex-mulher, entre outras coisas que só me fariam mal.

---

* "É preciso muito para conhecer uma mulher/ Muito para compreender o que vem por aí/ A mãe e a filha/ A musa e a iludida/ É preciso muito para dar, para pedir ajuda/ Para ser você mesmo, para saber e amar aquilo com o que você convive/ É preciso muito para respirar, para tocar, para sentir/ A lenta revelação do que outro corpo precisa."

Ficar em casa com um engradado de cerveja até que era sedutor, mas Tião apelou com o convite quando fez seu sobrinho-neto, Bruno, insistir que eu fosse.

Bruno tem se tornado o mais próximo de uma família que tenho por aqui, e quando penso nisso não consigo evitar ficar preocupado.

Não sei por quanto tempo pretendo ficar, mas há algo no menino que me faz lembrar de mim mesmo quando criança, e eu não consigo ser o adulto prudente e não deixar que o garoto se apegue tanto a alguém que pode ir embora a qualquer momento.

Comprei um presente para ele, e não sei o que Flávia vai achar disso. Espero que não se importe... muito.

Quando toco a campainha, dona Rita abre a porta.

— Olha se não é a melhor cozinheira do Rio de Janeiro. — Eu a cumprimento e lhe entrego uma garrafa de vinho e um buquê de flores.

— Você é mesmo o jovem mais galante que conheço. — Ela me abraça.

— Não seja modesta. Já me avisaram que eu vou sair daqui rolando.

— Isso é verdade. — Ela balança a cabeça.

Sigo-a pelo corredor até a cozinha, mas não chego a entrar porque Bruno me vê e corre até mim, abraçando minha perna.

Eu me agacho e ele transfere o abraço para o meu pescoço.

— E aí, garotão? Feliz Natal!

— Feliz Natal, Lex! — Ele me aperta mais.

— Ei... Preciso respirar, sabia? — Brinco, fazendo cócegas em sua barriga. Ele se afasta um pouco, sem tirar o sorriso gigante dos lábios. — Agora me diga: está ansioso para descobrir o que o Papai Noel vai trazer pra você?

— Ele já me deu o que eu pedi.

— Já? — Estranho.

— Sim. — Ele balança a cabeça afirmativamente, com empolgação.

— E o que foi?

Ele sorri, encantador, e bate com a ponta do dedo no meu peito. Depois se vira, como se não tivesse dito nada, e corre pela casa, sumindo do meu campo de visão.

Levanto o olhar, sem saber como reagir, e me deparo com Flávia parada perto de mim. Pela expressão emocionada, ela ouviu tudo, mas a sombra que em seguida cobre seu rosto é um total mistério para mim.

27

Branca

That's all they really want
Some fun
When the working day is done
Oh girls... they wanna have fun
*Oh girls just wanna have fun.**
— Cyndi Lauper, "Girls Just Want to Have Fun"

Quem diria que ia chegar o dia em que esse moleque ia me servir pra alguma coisa? Camila está soltando fogo pelos olhos, e eu quero mais é que ela se foda!

Rodrigo obviamente está tirando proveito da situação, mas vou relevar.

— Branca, o que você está fazendo? — Clara pergunta quando todos se afastam.

— Até parece que você não sabe. — Eu rio, me jogando no sofá ao lado dela.

— Procurando encrenca — ela diz, mas sorri.

— Me divertindo. Apenas. Decidi que, em vez de me preocupar se devo ou não mandar uma mensagem para o meu ex-marido, vou me divertir. É Natal na casa dos Albuquerque, Clarinha. Tudo pode acon-

* "É isso que elas realmente querem/ Se divertir/ Quando o dia de trabalho termina/ Ah, as garotas... elas querem se divertir/ Ah, as garotas só querem se divertir."

tecer. — Pisco para ela, que, sem conseguir se conter, lança um olhar para Bernardo.

Ah, esses dois!

Há poucas pessoas acordadas. A festa, como previamos, foi um sucesso. A casa ainda está cheia de gente, que vai passar o dia 25 por aqui.

Bebi muito mais do que devia e pedi para Clara esconder meu celular. Quando estou bêbada, meu telefone fica possuído pelo capeta e sai mandando mensagens que não deve.

Estou à procura de um banheiro desocupado quando tropeço e trombo com Rodrigo no corredor. Flertamos a noite inteira, e não vou negar que foi gostosinho.

Ele se desvia apenas o suficiente para eu passar. O espaço apertado faz nossos corpos roçarem, e ele sussurra um "desculpa" em meu ouvido. Mas seus olhos mostram que não está muito arrependido não. Para sorte dele, foi bom para mim também.

Rodrigo estreita os olhos e me encara, me desafiando. O garoto não vai usar suas técnicas de sedução baratas comigo e esperar que eu fique quieta.

Toco sua cintura para me equilibrar. Desço a mão vagarosamente, sem desviar o olhar, e umedeço os lábios. Meu quadril está encostado ao dele e eu me afasto devagar. Ele tira total proveito do que faço, e um gemido baixo escapa de seus lábios. Tudo isso sem interromper o contato visual.

É quando percebo que esse jogo pode ser mais arriscado do que eu pensava, porque um arrepio me toma de cima a baixo. Senhor! Que porra é essa?

— Se vocês dois quiserem transar, tem cama vaga lá em cima — Rafa diz, nos pegando no susto, mas Rodrigo nem liga.

— Vai à merda, Rafa! — respondo, me afastando. — O dia em que eu precisar de moleque pra transar, o mundo pode acabar. — Corro para a lavanderia, onde fica o banheiro mais próximo, e fecho a porta.

Por um momento, me esqueci de onde estava. Culpa do álcool!

Comecei essa brincadeira para provocar Camila, admito. Sou humana e estou puta da vida. Mas agora, com esse arrepio que quase me mata, um pensamento me atinge com intensidade: *Por que não me divertir um pouco?*

28

Rodrigo

É só olhar
Que eu sinto a terra tremer
É só tocar
Que voam fagulhas entre eu e você.
— Capital Inicial, "Eletricidade"

TEM ALGO ROLANDO nessa porra!

Cacete! Será mesmo?

Puta merda! Não acredito que causei um arrepio em Branca.

Isso não tem nada a ver com ela querendo provocar Mila. Foi uma reação a mim. Nossa. Quem diria? Depois de todo o lenga-lenga de moleque pra lá, moleque pra cá, ela finalmente deu uma escorregada.

Quase posso ver uma gota de água escorrendo dessa pedra de gelo. Agora ela deve estar no banheiro se remoendo e pensando se vai se deixar levar ou não.

Não vou dar tempo para que ela recobre a sanidade e dê um passo atrás. Cara, até eu estou reconhecendo que é insanidade alguém querer ficar comigo.

— Moleque — Rafa coloca a mão no meu ombro e diz, como um pai orgulhoso. — É hoje! Eu disse que esse dia chegaria.

Apenas assinto e não respondo. Primeiro porque não sei o que dizer, segundo por conhecer Branca e saber que nada vai ser tão simples como ele acha.

Sem refletir mais, sigo na direção para onde ela foi. Talvez eu tome um toco. É bem possível, mas há uma chance, e eu nunca desperdiço uma chance.

Desde os meus tempos de garoto, é a primeira vez que sinto uma brecha real entre nós. Tanto que nunca mais tentei ficar com ela. E, embora tenha prometido a mim mesmo que ficaríamos um dia, não vou morrer se não cumprir a promessa. Não tô nem aí para essa loira. Era só conversa fiada mesmo. Para encher e vê-la me xingar. Mas dessa vez tem algo diferente no ar.

Espero, encostado na secadora de roupas, enquanto Branca abre a porta do banheiro da área de serviço.

Eu a encaro, sem dizer nada. Ela me encara de volta, estreitando os olhos e passando a mão pelos longos cabelos loiros.

A eletricidade percorre o ar. Não sei bem a razão de isso tudo estar acontecendo, mas, se há uma chance, é hoje.

Branca entreabre os lábios e nenhuma palavra sai dali.

Ah, foda-se!

Não espero mais nenhum segundo, sinal ou o que quer que seja. Estico o braço e a puxo pela cintura. Para minha total surpresa, não é um tapa na cara que recebo, mas um dos beijos mais loucos da minha vida.

Nossos lábios se chocam, bruscos, desenfreados.

Branca ergue a mão e me puxa pelo pescoço. Puta merda! Não se dá corda para quem não precisa, garota!

Eu a ergo e a coloco sobre a máquina de secar. Ela entrelaça as pernas em volta de mim e me puxa mais para perto.

Mas que caralho! Quando penso que estou dominando, ela se impõe! E, para minha total surpresa, estou gostando pra cacete disso.

O beijo é insano, intenso, enlouquecedor. O que tinha naquela porra de cerveja?

Meu corpo todo está eriçado, reagindo a ela. E eu sei que Branca pode sentir minha ereção crescendo contra sua virilha. Puta merda!

Minhas mãos descem por suas pernas, e já estou levantando seu vestido quando o choro estridente de Priscila ecoa em meus ouvidos. Ouvimos a voz de Vivi tentando confortá-la.

Da mesma forma brusca como nos aproximamos, nos afastamos. Branca me empurra, arregalando os olhos em pânico.

— Ninguém pode saber o que aconteceu aqui! — ela aponta o dedo e diz, entrando no banheiro de novo.

Eu saio pelo corredor e dou de cara com Rafa, que, pelo que parece, tentou impedir que Vivi fosse na nossa direção.

Minha irmã me olha sem entender. Pego Priscila no colo no automático e começo a acalmá-la pelo que nem sei que a aflige, enquanto penso nas palavras de Branca.

Como eu contaria para alguém quando nem sei o que aconteceu?

Aliás, se eu contasse, quem é que ia acreditar?

29

Branca

She's just a girl, and she's on fire
Hotter than a fantasy
Lonely like a highway
She's living in a world, and it's on fire
*Feeling the catastrophe, but she knows she can fly away.**

— Alicia Keys, "Girl on Fire"

Encosto-me na porta do banheiro, hiperventilando. Mas que cacete! Como isso foi acontecer? E, pior, o que aconteceu?

Eu me olho no espelho. Estou agitada, respirando descontroladamente, corada, toda desarrumada e com os lábios vermelhos.

Quando Rodrigo me puxou, eu quis empurrá-lo, mas algo me impediu. Não havia nada a perder se eu o beijasse, não é? Como não havia? E o meu orgulho, onde é que ele fica agora?

Ele quer bagunça. Eu quero bagunça. É a combinação perfeita. Além do fato de que ele me ajudou a dar uma naquela vaca, mesmo que provavelmente ele nem estivesse pensando nisso.

Bem, foi tudo por ela, certo?

Eu queria sair por cima por ela ter ficado com Lex e beijei o cara por quem ela sempre vai ter essa paixão enrustida.

É, foi só isso. Nada para me preocupar. Foi só uma revanche.

---

* "Ela é só uma garota e está em chamas/ Mais quente que uma fantasia/ Solitária como uma rodovia/ Ela está vivendo em um mundo em chamas/ Sentindo a catástrofe, mas sabe que pode voar para longe."

Mas, caramba, por que tinha que ser tão enlouquecedor? É carência. Só pode ser.

O garoto mal me tocou e eu já queria arrancar a roupa dele e transar bem ali, em cima da secadora, com todo mundo podendo descer a qualquer momento.

Meu Deus! Sempre fui maluca quando tinha sexo envolvido, mas há limites até para mim. Transar na lavanderia da casa dos meus pais era um deles.

Eu devia estar puta comigo mesma. Passei a vida dizendo que nunca ficaria com o Rodrigo. Cheguei até a brincar que mudaria meu nome se ficasse. Graças aos céus eu retirei isso. Só me faltava essa, ter que mudar de nome por causa desse moleque.

O que eu faço agora?, me pergunto enquanto molho a toalha e a passo no rosto, tentando diminuir a vermelhidão que o cobriu.

A melhor opção é sair daqui e me trancar no quarto até a insanidade passar. Mas, se eu sumir, eles vão desconfiar de que algo aconteceu, e não quero ninguém me enchendo ou se metendo. Ninguém pode saber disso. *Ninguém*.

Ajeito minha roupa e passo as mãos pelos cabelos até ficar apresentável outra vez. Saio do banheiro e vou para a sala. A única pessoa no recinto é Rafael.

Ele se levanta do sofá e passa por mim, com as mãos nos bolsos, assobiando um rock imbecil qualquer que eu não conheço. Ele sabe. Pelo sorrisinho arrogante que me lança, ele sabe. Dá uma piscadinha e sobe as escadas.

Sei que não vai se meter nem espalhar para os outros, mas não gosto da ideia de que ele sabe, porque é claro que vai me provocar quando tiver oportunidade. Mas é melhor nem pensar nisso agora.

Olho para cima e vejo Rodrigo passando com Priscila pelo corredor. Ele a balança no colo e me olha normalmente. Nada em seu rosto evidencia que ele se deixou afetar pelo beijo. Ele fala com a sobrinha, brincalhão como sempre, fazendo-a gargalhar quando finge que vai largá-la no chão e a segurando no último momento.

Mal me recuperei do que vivi há alguns momentos e um pensamento me toma: *Quando vou repetir essa experiência?*

Mas que inferno! Ele não parece nem aí e eu aqui, querendo repeteco. Ah, Branca. Quando você começou a ser tão idiota? É o moleque do Rodrigo, caralho! Acabou. Chega. Pronto.

30

LEX

Is there anybody out there waiting for me on my way?
If that somebody is you I just wanna say
Tonight, nothing will bring us down
*Tonight, we're at the lost and found.**
— Ellie Goulding, "Lost and Found"

FLÁVIA ME EVITA a noite inteira, mas perto da meia-noite eu a vejo sair para a pequena sacada na sala. Aproveito que Bruno está atento ao jogo de videogame do primo e saio atrás dela.

— Acho que precisamos conversar — digo logo, me aproximando.

— O que você quer, Lex? — Ela é direta e me encara como se quisesse descobrir uma verdade oculta em mim.

— Nada. Eu vim de São Paulo há alguns meses, como você deve saber. Não conheço ninguém aqui além das pessoas que trabalham comigo e do pessoal do quiosque.

— Por que se interessa tanto pelo meu filho?

— Ele é meu amigo — respondo e rio, balançando a cabeça. Ela não consegue conter totalmente o sorriso. Sabe bem como seu filho é adorável. — Eu sinto que ele precisa de mim. Estou maluco? — Ela não diz nada. — Sou esse tipo de cara, entende? O cara que não consegue deixar de se aproximar de alguém que parece precisar dele. Sei que é bem

---

* "Há alguém aí me esperando em meu caminho?/ Se esse alguém for você, eu só quero dizer/ Hoje à noite, nada vai nos derrubar/ Hoje à noite, estamos nos achados e perdidos."

difícil acreditar em alguém que já chega se abrindo assim, mas é quem eu sou. Se quiser, posso te dar o telefone do meu amigo Rafael. Ele vai te dizer: "O Lex é um cara legal. Ele tomaria um tiro por você, porra!"

Agora ela ri, sem imaginar que eu de fato levei um tiro pelo Rafa. Nunca contei a ninguém daqui o motivo da minha cicatriz no peito.

— Por que está aqui, Lex?

— Seu tio me convidou.

— Não. Por que não está com a sua família?

— Não me dou bem com a minha mãe e os meus irmãos. — A surpresa em seu rosto é evidente. É sempre assim quando eu conto. — E o resto da minha família, bem... é complicado.

— Você é casado? — Mais uma vez ela é direta.

— Não. Sou divorciado.

— Entendo. — É o que ela diz, mas o modo como franze a testa me mostra o contrário. — Você é um cara legal. O Bruno é arredio com estranhos, principalmente homens, você já viu isso. E ele confiar em você, depois de tudo... — Dou um passo mais para perto dela, esperando que me conte mais, mas Flávia se contém. — ... significa muito pra mim, mas eu não quero que ele se machuque.

— Não pretendo machucá-lo. Nem a ele, nem a ninguém.

— Ele passou por muita coisa, Lex.

Observo o modo como Flávia mede as palavras. É visível que ambos passaram por muita coisa, mas ela protege o filho e não demonstra qualquer sinal de que também foi machucada.

Suas mãos estão no murinho da sacada e seu olhar se perde na noite. Os cabelos cacheados caem sobre as costas. Ela está incrivelmente bonita hoje. Está usando um vestido florido em tons pastel, que contrasta com a pele negra. O decote do busto mostra apenas o suficiente. Nunca vi ninguém se esforçar tanto para ser discreta. Como se fosse possível para ela passar por alguém sem ser notada.

Acomodo-me a seu lado e apoio as mãos ao lado das dela, enquanto observo a lua cheia. Nós dois nos mantivemos distantes por esse tempo todo, e agora acho que não fui só eu que senti como se algo forte nos aproximasse. É quase como se soubéssemos que, se começássemos a falar, nossos segredos decidiriam se misturar uns aos outros.

O problema é que nenhum de nós quer se abrir no momento. Bem, talvez eu queira. Eu sempre quero. Mas não sei o que podemos encontrar se resolvermos confiar mais um no outro.

— Se você pudesse pedir um presente de Natal, o que pediria? — Quando me dou conta, já fiz a pergunta.

Acho que ainda estou impactado pelas palavras de Bruno.

Ela inspira e expira profundamente, depois responde, sem me olhar:

— Paz. É tudo o que eu quero. Poder viver em paz com meu filho.

Há tanta coisa oculta aí, mas não tenho muito tempo para pensar, porque ela me devolve a pergunta:

— E você?

— Confiança. Eu pediria que você pudesse confiar em mim.

— Não há nada que queira pra você?

— Tem muita coisa que eu queria mudar ou consertar na minha vida, mas agora, neste momento, quero que você confie em mim. É o que parece certo, e eu sempre faço o que acho certo.

Silêncio.

Ela considera.

Eu espero.

Flávia olha para a sala. Não pode ver o filho dali, mas sei que é nele que pensa.

— Então acho que você ganhou seu presente... — ela responde, baixo.

Nossos olhares se cruzam. Não sei bem o que estamos fazendo e nem quero pensar muito nisso.

Esta é a hora em que me prendo ao passado ou me jogo em uma nova tentativa de futuro. Não dá para saber o que pode acontecer, mas, acima de tudo, quando surge uma chance, devemos nos apegar a ela e não ficar presos ao que não vai voltar mais.

Pode não ser nada. E pode ser tudo. Se eu não me mexer, jamais saberei.

A vida é feita de recomeços, Lex, repito em pensamento.

31

Rodrigo

Todos os dias antes de dormir
Lembro e esqueço como foi o dia
Sempre em frente
Não temos tempo a perder.
— Legião Urbana, "Tempo perdido"

ESTOU SOZINHO NO quarto com Priscila, que aos pouquinhos adormece nos meus braços.

A luz está apagada e a luminosidade do corredor é suficiente para deixar o quarto claro.

Puxo o edredom da cama e uma estrelinha rosa de pelúcia cai no chão. Reconheço na hora o antigo chaveiro da primeira Priscila, irmã do Rafa, que morreu no mesmo acidente que tirou a vida dos pais e irmãos do Lucas. Abaixo-me para pegar o objeto e me sento na cama com minha sobrinha adormecida.

Aperto a estrelinha entre os dedos e abraço a Pri, sentindo o perfume dos seus cabelos. A fragilidade da vida na ponta dos meus dedos...

Priscila ressona baixinho. Ela se passaria por uma versão bebê da Branca de Neve, e eu amo essa pequena mais que tudo. Queria poder protegê-la das dores do mundo. Queria dizer a ela que não precisa ter medo de nada, mas sei que não posso fazer esse tipo de promessa.

— Não cresça, tá? — sussurro, e ela se mexe devagar. — Tá, pode crescer, mas demore bastante. Sério, seu pai não vai dar conta do trabalho e, se você puxar pra mim, ele tá perdido.

Coloco-a sobre o colchão, com a estrelinha, seu amuleto, ao lado.

Acaricio seus cabelos e saio do quarto devagar, dando de cara com Mila, saindo do banheiro do corredor.

— A Vivi tá usando o da lavanderia — ela se justifica, apressada.

Penso na última mulher que vi saindo do banheiro e no que Branca e eu fizemos sobre a secadora.

Fico no caminho de Mila e ela me encara, entre irritada e excitada. Eu conheço essa garota como a palma da mão. Pode namorar quanto quiser; eu sei que ainda se abala comigo por perto.

— Não vai sair da minha frente? — ela pergunta, levantando o queixo.

— Tô pensando — respondo. E estou mesmo.

Estou calculando o nível de filha da putagem que seria me pegarem com Mila no banheiro. É, seria o nível máximo de molecagem, mas, se eu der sorte, ninguém vai saber...

— Você nunca pensa em nada — ela provoca. Ela também me conhece muito bem. E eu até gosto disso, dessa nossa cumplicidade.

— Pois é. Pra você ver. Estava agorinha mesmo me questionando sobre isso. — Coço a cabeça, um pouco confuso.

Ah, foda-se. Vou beijar Mila também e pronto! Ela pode me impedir, se quiser.

Estico o braço e...

— E eu tô pensando se falo alguma coisa ou deixo a casa explodir com a porra da terceira guerra mundial que vai desabar aqui se você fizer o que tá pretendendo, moleque — Rafael diz atrás de mim. Ele está tranquilamente encostado na parede, no início do corredor. — Por mais que o meu lado rebelde queira ver, o lado que quer transar sabe que ia acabar sobrando pra mim com a sua irmã, que vai se desdobrar pra tentar resolver a sua confusão. Então, se vocês quiserem se pegar, vai ser na porra de um motel, no carro, na chuva, na fazenda ou numa casinha de sapê, mas aqui não.

— Quem vai pegar quem? — Branca pergunta, aparecendo com Viviane atrás de Rafael.

— Ah, inferno. — Ele passa a mão pelo rosto e não diz mais nada.

Branca me encara e eu a encaro de volta. Um brilho de desprezo surge em seu olhar. Primeiro quero discutir, depois quero que se foda. Não é porque demos um puta beijo que ela virou minha dona.

Parei de ficar com a Mila por causa dela, porque não queria me meter nessa porra de confusão. E daí se eu quiser relembrar os velhos tempos?

Olho para Mila outra vez, que visivelmente me desafia. Ela já esteve no lugar de Branca tantas vezes e em todas se lascou. Não sei se imagina o que aconteceu e também não faço ideia de onde esteja o namorado dela.

Minha irmã é a única a não dizer nada, mas ela também nem sonha que eu beijei Branca. Pela expressão dela, está achando que a bronca é só porque eu ia acabar transando com Mila no banheiro. Rafa e Vivi vivem tentando me proibir de pegar alguém na casa de membros da família. O que tecnicamente eu já descumpri hoje.

Branca me encara e estreita os olhos.

— Bom, seja lá quem ia pegar quem, eu tenho compromisso, então foda-se. — Ela dá de ombros e vai em direção às escadas, sem olhar para trás.

32

Branca

I cannot play myself again?
I should just be my own best friend
*Not fuck myself in the head with stupid men.**
— Amy Winehouse, "Tears Dry on Their Own"

Entro no meu quarto, furiosa. Como pude ser tão idiota e beijar o Rodrigo?!

Que ódio! Estou puta da vida. Ele já ia pegar a Camila de novo, nem uma hora depois de me beijar. Moleque imbecil!

Se tem uma coisa que aprendi é que há sinais em todos os lugares, e hoje recebi um bem grande. Quase uma placa de néon dizendo: NÃO FIQUE COM RODRIGO VILLA, SUA TROUXA!

Não que eu tivesse qualquer sombra de sentimento por ele. Não tenho. Mas, cacete, ele podia pelo menos ter respeitado o fato de que estamos na porra da mesma casa.

Bem feito para mim. Quem mexe com criança acaba mijado!

Ah, mas isso não vai ficar assim. Não vai mesmo.

Ainda mais porque o André, aquele amigo gatinho do meu primo Gustavo, está na casa também.

Hum... Será que ele está acordado?

Que merda! Por que fui deixar meu celular com a Clara?

* "Não posso ser eu mesma de novo?/ Eu deveria ser apenas a minha melhor amiga/ Não me foder pensando em caras idiotas."

Bom, só tem um jeito de saber.

Abro a porta e deixo o quarto, determinada. Vou ficar com alguém hoje, e não vai ser o moleque!

33

Rodrigo

Tô com saúde, tô com dinheiro
Graças a Deus e aos meus guerreiros
Tá tudo armado, vou pro estouro
Hoje eu tô naquele pique de muleke doido!
E quando eu tô assim
É só aventura
Tira a mão de mim
Ninguém me segura.

— Thiaguinho, "Caraca, muleke!"

— Vou dar uma volta no condomínio, Vivi — Rafa diz assim que Branca some das nossas vistas e Mila se afasta, sem dizer uma única palavra.

— São duas da manhã, Rafa — Vivi responde, confusa.

— Mas é Natal, amor. Tô sem sono. E preciso sair pra passear com o cachorro. — Ele dá um sorriso idiota.

— Nós não temos cachorro, Rafa. — Minha irmã está perdidinha.

— Ah, temos, sim. — Ele me puxa pelo braço. — Vou só dar uma volta. — Ele dá um beijo nela. — Pra ajudar na digestão. Volto logo.

— Está tudo bem? — ela pergunta, querendo captar algo.

— Tá sim — ele diz, seguro de si. — Não é nada de mais. Relaxa.

— Ah, Deus... — Ela coloca a mão na testa. — Se é por causa do que ele ia fazer com a Mila, ele não vai fazer mais, né, Rô?

Eu sabia que minha irmã era esperta. E ainda está tentando me defender, como sempre.

— Não. — Ele ri. — Relaxa mesmo. Sério. Só vou levar um papo com ele.

Priscila se remexe na cama, e é o suficiente para Vivi entrar no quarto e Rafael e eu sairmos da casa sem sermos parados pelas poucas pessoas que ainda conversam pelo jardim.

Assim que cruzamos o portão, ele me dá um tapa na cabeça.

— Mas que porra, Rodrigo!

— Que merda, Rafa. O que eu fiz? — Eu me afasto um pouco dele.

— Sei que você é meio burro quando quer, mas essa pergunta é séria?

— Claro!

Caminhamos lado a lado pelo condomínio. As ruas estão vazias, mas ainda há movimento pelas casas.

— Você finalmente ficou com a Branca hoje. — Rafa balança a mão.

— Como você pode ter certeza disso?

— Porque estava na cara de safados de vocês dois — ele responde, como se fosse superobservador e tivesse visão além do alcance, mas depois confessa: — Mentira. Eu meio que dei uma espiada.

— Porra. Ficou espiando, né? Eu sabia que você era desses — zombo, com a maior cara de safado.

Ele levanta a mão e eu dou um pulo para o meio da rua. Pode ter me acertado uma vez, mas não vai me bater de novo. Que mania! Não sou mais um garoto, não.

— Não, trouxa. Só vi e saí. Mas parece que hoje era dia de eu ver você pegando alguém, né? Não consegue se controlar?

— Não — respondo com toda a sinceridade que existe em meu ser.

— Ah, moleque... — Ele não consegue conter a risada. — Há limites. Até mesmo pra você.

— Não foi o que eu aprendi até hoje. Não tem merda de limite não. Faço o que quiser.

— Sem se importar com quem machuca?

— Ah, cara. A Branca não tá nem aí pra mim. Foi pegação louca só. Não vai achando que todo mundo é Rafa e Vivi. Alguns de nós, a maioria, quer só sexo mesmo. E quanto mais louco melhor.

— E era isso que você ia fazer com a Mila?

— Se você não tivesse chegado e ela quisesse, provavelmente. — Dou de ombros.

— Eu sei que já tive a minha fase "não presto, mas o sexo é do caralho", mas sei lá... Chega uma hora em que você tem que colocar os pés no chão e ver o que é melhor pra você.

— Eu sei o que é melhor pra mim.

— Sabe? — Ele para de andar e me encara.

— Sei. — Balanço a cabeça várias vezes para enfatizar o que falo.

— Duvido.

— Qual é, Rafa? Até parece que não sei o que tô fazendo. — Ergo as mãos, um pouco incomodado.

— Ok, Rodrigo, vai lá. — Ele recomeça a caminhada. — Segue nessa vida louca aí.

— Vida louca não. Vida loucamente incrível.

— Não acredito que vou bancar o responsável aqui, mas para tudo há consequências.

— Fodam-se as consequências. Vou viver e pronto. Quando as consequências chegarem, vejo o que faço.

Rafael aperta os lábios ao olhar para mim. Acho que nunca o vi tão sério, mas ele não diz mais nada. Não vai se envolver. E acho bom que seja assim. Não preciso de mais ninguém tentando me regular.

Fazemos a volta para seguirmos caminhando para a casa.

— Todo aquele amor passou? — ele pergunta depois de alguns minutos em silêncio.

— Que amor? — desdenho.

— Moleque, não me faça te bater de novo. — Ele ergue a mão e a balança na minha frente.

— Meu, até o Bernardo esqueceu a Clara! Por que é que eu não esqueceria a Branca?

Rafael dá uma gargalhada tão alta que precisa se curvar até que o acesso passe.

— Você é um imbecil — responde, puxando o ar. — Mas é o que eu sempre falo: suas ações, suas consequências. A Branca te deu uma brecha hoje. A brecha que você esperou por anos, e agora está aí, todo todo, desdenhando. Ok, vai se foder e eu vou ver.

Abro o portão e espero que ele passe para fechar. Quase não há mais ninguém no jardim.

— Cara, eu já gostei muito dela. Você sabe. Já sofri pra caralho por isso. Mas passou. Não sinto mais nada pela... — Rafa levanta o braço na altura do meu peito e me impede de seguir em frente. Antes que eu possa xingá-lo, noto sua expressão e olho na mesma direção que ele.

É a Branca. Pegando um cara que estava na festa, amigo do Bernardo ou do primo dela, não lembro nem me importa.

— Meu... — Rafa diz, parecendo não saber o que dizer.

— Cara, não fala nada não. — Minha voz sai estranha.

— Meu.

— Não. Tô de boa.

— Vocês têm que conversar — ele insiste, me encarando como se pudesse ver algo além do que existe.

— Não há nada pra falar. Eu quase fiz a mesma coisa com a Mila, lembra?

Rafa olha para o alto e passa as mãos pelo rosto, nervoso.

— Vocês dois me deixam maluco, porra!

Não digo mais nada. Tudo isso só prova que a melhor coisa que fiz foi entender que o amor não é para mim. A autoimunidade é o que me protege. Se eu não tivesse erguido minhas barreiras, estaria morrendo agora. Mas não estou. Estou bem.

E é dessa forma que eu passo pela varanda, sem nem olhar na direção de Branca. Ela que se foda.

34
LEX

It's just another day
It's just another year
"One step at a time" — they say
"One trip, and you're back that way"
I don't recognize these eyes
I don't recognize these hands
Please believe me when I tell you
*That this is not who I am.**

— Imagine Dragons, "I Was Me"

E O ANO acabou. Não tive escolha, precisei ir ver minha família. Apesar de tudo, eu estava com saudade da minha mãe e precisava saber como ela estava.

Acabei de cruzar a porta do meu apartamento. Jogo a mala no canto do quarto. Está um calor infernal, então ligo o ar-condicionado. Coloco o celular para carregar na mesinha e vou para o banho.

Deixo a água, quase fria, cair pelo meu corpo. Viver esses meses no Rio deixou minha pele naturalmente mais morena. Passo o sabonete pelo corpo e toco a cicatriz em meu peito, resultado do tiro que levei ao buscar Rafael no cativeiro.

---

* "É apenas mais um dia/ É apenas mais um ano/ 'Um passo de cada vez' — eles dizem/ 'Uma viagem, e você está de volta dessa maneira'/ Eu não reconheço esses olhos/ Eu não reconheço essas mãos/ Por favor, acredite em mim quando digo a você/ Que isso não é quem eu sou."

Mais de três anos se passaram e eu ainda lembro a sensação angustiante que me tomou. Achei que morreria. Achei que todos nós morreríamos naquele dia.

Mas toda vez que penso nisso sei que faria tudo igual. Jamais deixaria Rafa sozinho. Por mais absurdo que possa parecer, eu preferia morrer com ele naquele dia a abandoná-lo.

Termino o banho, visto uma cueca e me deito na cama. Assim que ligo o celular, ele vibra sem parar com as mensagens.

Há uma série de mensagens do Rafa, recheadas de palavrões, porque eu não estava respondendo.

Estava sem bateria, ô, desesperado!

Envio, rindo.

Tem celular pra quê, porra?

Você sabe que às vezes esqueço de carregar e...

Às vezes não carrega de propósito, porque você é uma alma livre que não gosta de ser controlado e encontrado o tempo todo... *me imagine revirando os olhos aqui*

É bem por aí mesmo, trouxa. Tudo bem com vocês?

Sim, tudo beleza.
Como foi lá na casa da sua mãe?

Tenso. Complicado. Bom.
Irritante. Agradável. Confuso.

Basicamente a mesma porra de sempre.

Isso.

Ele fica em silêncio por um tempo, e eu sei que está revirando os pensamentos em busca do que dizer para não me deixar refletindo sobre minha família.

A Pri andou ontem!
Lex, você não imagina, foi do caralho!
Aquelas perninhas gordas tentando se equilibrar...

Você chorou, né?

Porra. Mil litros.
Não tem amor maior, cara. Não tem.
Filmei. Peraí, vou te mandar.

Ele me envia o vídeo e eu observo Priscila dando seus primeiros passos.

Suspiro. Não vou mentir. Muitas vezes me imaginei na mesma situação. Casado, com uma filha ou um filho. Não sei explicar, mas só o pensamento de ter uma família me deixa feliz.

Linda, Rafa. Tô com uma baita saudade dela.

Precisa vir visitar a gente. Não dá pra se esconder aí pra sempre...

Ah, as reticências do Rafa.

Logo vou.

Sei.........................

Me fala mais daí. Como está o pessoal?
O Bernardo tá vindo pra cá de novo.
Ele tava meio pra baixo quando nos falamos.

Cara, é assim, você sabe que ele fala os detalhes pra Vivi, que só me conta o que acha que deve, então não sei exatamente, mas acho muito que rolou algo no Natal. Só que a Clara voltou com o Maurício agora.

Puta merda.

Pois é. Tem gente que só acorda depois de tomar muita porrada da vida. Não tem jeito.

Ah, é, Rafael?

Eu o provoco, porque ele deu um trabalho danado até aceitar que seu lugar era com Vivi.

VÁ. À. MERDA!

Ele responde e eu gargalho.

Ah, Rafa. Esses amores adolescentes são foda... O Bernardo carrega isso há muito tempo. É uma intensidade do cacete.
Já te falei uma vez sobre isso. Acho que quando um amor desses consegue chegar à vida adulta são dois caminhos: se concretiza ou te atormenta pra sempre.

É, então... Falando nisso, eu estava pensando aqui, cara.
Lembra aquela regra que a gente tinha quando moleque?

Eu o corto rapidamente.

Segue igual, Rafa. Eu não quero saber.

Ok.

Sei a que ele se refere. Quando éramos moleques, Rafa sempre queria saber se alguma ex dele estava com outro cara. Preferia saber por mim a topar com ela por aí. Eu nunca quis saber. O que passou passou. Eu dizia e ainda acredito nisso.

Conversamos sobre mais algumas coisas, mas de certa forma o recado está dado. Sei que Branca ficou com alguém. Na verdade, conhecendo Branca e a forma como ela se joga na vida, principalmente quando não quer pensar, ela já deve ter ficado com vários caras. Isso me faz pensar que talvez Rafa saiba de algo mais sério. De qualquer forma, prefiro não saber.

Rafa se despede e eu fico pensativo por alguns minutos. Envio uma mensagem para Flávia.

Cheguei.

Temos conversado bastante por mensagens.

Bem?

Sim. E feliz.

O melhor é que não é mentira. Estou realmente feliz por ter voltado.

Que bom. Algum motivo especial?

Você. VocêS, na verdade.

Também sentimos sua falta.

Quatro palavras que me fazem sorrir e pensar que talvez eu esteja me encontrando de novo.

35

Branca

This goes out to all the women
Getting it in
Get on your grind
To all the men that respect
What I do
*Please accept my shine.**

— Beyoncé, "Run This World (Girls)"

E minha sexta-feira começa com mais uma vitória no tribunal. É nisso que dá ser uma advogada bem-sucedida, diva e modesta.

Eu me sinto ótima ao entrar no escritório e me dirigir à sala do meu pai.

— Bom dia, filha — ele diz, levantando-se para me dar um beijo. — Meus parabéns. Já soube da novidade.

— Obrigada, pai. Estou superfeliz.

Estou mesmo. Trabalhei por meses em um processo de divórcio milionário. O ex-marido, mesmo depois de trair, quis dar uma de espertinho e deixar a mulher sem nada. Quer dizer, com os filhos dos dois e sem nada de dinheiro. Ele ainda tentou pedir a guarda, alegando maus-tratos. Isso fez meu sangue subir, porque Marta, a mulher em questão, é uma mãe muito amorosa. Enfim, eu venci, e o imbecil teve que dar

* "Essa vai para todas as mulheres/ Que estão conseguindo/ Alcançando seus objetivos/ Para todos os homens que respeitam/ O que eu faço/ Por favor, aceite meu brilho."

metade de todos os bens a ela, como era seu direito, e uma boa pensão aos filhos. E o escritório ganhou uma bolada. Adoro dias produtivos.

— Pode tirar o dia de folga — meu pai diz, sentando-se outra vez. — Vá fazer umas compras e comemorar.

— Vou comemorar muito, pai.

— Por que não leva a Clara com você?

— Ah, pai, não fo... — contenho o palavrão quando ele ergue uma sobrancelha. — Não força — conserto e ele balança a cabeça, pois conhece a filha que tem. — Eu não estou falando com a Clara e você sabe disso.

Desde que Clara ficou com meu irmão no Natal e depois voltou para o marido traidor, eu estou tão puta que não suporto nem olhar na cara dela.

— O Lucas me disse que a única coisa que ela tem feito é treinar no Ibirapuera com os amigos do Bernardo.

— Afe, pai. E desde quando sair para ser torturada conta?

Ele ri e me estende uma pasta.

— Pois é... Vai deixar sua amiga assim?

Bufo, sentando-me na cadeira. Já vi que ele vai querer falar e falar sobre o assunto.

— Agora não dá. Preciso processar o que ela fez com o Bê.

— Você não tem que se envolver nisso. Ninguém tem.

— Como é que é? — pergunto, cruzando as pernas e lançando-lhe um olhar acusador. — Todo mundo se mete nisso o tempo todo. Você mesmo. Foi perguntar dela para o Lucas por quê, hein? Pra se meter, sr. Albuquerque. Tô ligada.

Sem me dar atenção, ele folheia um arquivo e começa a falar sobre meu próximo caso.

Meia hora depois, espero o elevador, preparada para minha tarde de beleza.

Estou analisando a situação das minhas unhas quando a porta se abre. Levanto o olhar e dou de cara com Rodrigo. Não nos vemos há quase um mês.

— E aí, loira? — Quando entro no elevador e a porta se fecha, ele me cumprimenta como se nada tivesse acontecido entre nós.

— Tenho nome, ô imbecil — respondo sem olhar para ele.

— Você não devia me deixar perceber que se irrita tanto com isso — ele fala perto do meu ouvido, e eu dou um passo para o lado.

Cruzo os braços sem saber por que estou tão irritada.

Ele fingiu que não rolou nada já desde o dia seguinte. Estava bem tranquilo brincando com as crianças na piscina. Até bateu papo com André, o carinha que peguei. Bem normal, o mesmo Rodrigo de sempre.

— Você não tem mais o que fazer não? — pergunto.

— Não — ele responde, displicente — Vim falar com meu avô. Agora vou almoçar. Você está indo pra onde?

— Não é da sua conta — digo, mexendo no celular. Ele faz o mesmo e não parece se incomodar. Não sei o que me dá, mas, quando vejo, completo: — Mas vou almoçar antes, se quiser.

— Opa. Bora lá que eu tô a fim de comer uma coisa deliciosa.

Um segundo de troca de olhares foi suficiente para eu perceber que a "coisa deliciosa" não era exatamente a refeição.

Esse moleque é um idiota. Mas há algo em seu jeito aparentemente tranquilo e nem aí pra vida que tem despertado minha curiosidade.

Tipo, a gente ficou, e, puta merda, o que foi aquilo? Com um beijo só, cacete! E ele fica aí todo "tô de boa, não tô sentindo nadinha", enquanto eu, que fiquei com outro cara, tenho que lidar com uma série de arrepios estranhos.

Como ele faz isso? Será que essa porra de autoimunidade funciona mesmo?

— E ficamos olhando para o sofá sem entender como pegou fogo! — Rodrigo diz, e nós dois gargalhamos.

As pessoas do restaurante lançavam olhares curiosos na nossa direção. Em todos esses anos, nunca almocei sozinha com Rodrigo, nem sequer imaginei que ele pudesse ser uma companhia muito agradável.

Agora ele estava lembrando como ateamos fogo no sofá dos meus pais, quando éramos crianças. Quando Bernardo, Rodrigo, Clara, Viviane, Camila, Fernanda e eu nos juntávamos, o caos imperava. Éramos as crianças mais arteiras do mundo.

O evento do sofá aconteceu porque um de nós — ninguém nunca lembrou quem — disse que, se fizéssemos uma fogueira dentro de uma caixa de papelão, o sofá não se queimaria. Tínhamos menos de sete anos, ou seja...

Ainda me lembro da cara do meu pai ao notar a fumaça saindo por baixo da porta, enquanto tentávamos impedir que ele entrasse na sala.

— Aposto que a ideia foi sua — digo, depois de engolir um pedaço do meu salmão grelhado, mesmo sabendo que é mais provável que tenha sido eu a arquiteta daquele plano maluco.

— Ah, não duvido! — Ele nem tenta se defender.

Rodrigo dá um longo gole em sua água com gás e vagarosamente retribui o olhar de uma garota na mesa ao lado da nossa, enquanto respondo a uma mensagem de um dos meus peguetes. Que bela dupla formamos!

— Que merda... — murmuro momentos depois ao ver outra mensagem.

— Que foi? — A preocupação em sua voz me surpreende. E ele não volta a olhar para a garota. Está atento a mim e a meu problema.

— O imbecil do meu irmão ficou com a Juliana no Rio — conto, bufando de raiva.

— Tem certeza? Porque ele estava bem seguro do término.

— Sim.

— De repente é melhor, né? Ele estava bem com ela antes de a Clara se separar. — Rodrigo sai em defesa do melhor amigo.

— Melhor uma merda. Como eu resolvo isso agora? — Apoio a cabeça nas mãos, pensativa.

— É tão importante assim pra você que o Bernardo e a Clara fiquem juntos?

— É o meu irmão e a minha melhor amiga. Eles se amam. E é para ser, sabe? E eu não entendo como alguém que é pra ser não fica junto. Poxa, eles já não sofreram demais, não? — Deixo sair tudo o que sinto.

Rodrigo me observa em silêncio. Parece refletir sobre o que eu disse.

— Eu te ajudo — é o que ele diz depois de um tempo.

— Como assim?

— Ora, você diz que eles se amam e é pra ser, então vamos lá, vamos agilizar isso aí.

— E o que a gente vai fazer exatamente?

— Por favor, mulher. Você é Branca Albuquerque. É claro que você tem um plano, mesmo que nem tenha percebido ainda.

É óbvio que eu já pensei em milhões de coisas que poderiam ajudar aqueles dois a ficar juntos, mas será que é mesmo possível resolver essa situação?

— Bom, acho que o primeiro item dessa lista é trazer o Bernardo de volta para São Paulo.

Confiante, Rodrigo passa a mão pelos cabelos.

— Considere feito.

Sorrio e ergo o copo. Rodrigo junta o dele ao meu e devolve o sorriso.

E não é que eu tenho um plano mesmo?

36
Rodrigo

Night is young, so are we
Let's get to know each other better, slow & easily
Take my hand, lets hit the floor
Shake our bodies to the music
Maybe then you'll score
So come on baby, won't you show some class
Why you want to move so fast?
We don't have to take our clothes off
*To have a good time.**

— Ella Eire, "We Don't Have to Take Our Clothes Off"

Missão dada é missão cumprida.

É a mensagem que mando para Branca, depois de meses daquela conversa. Sim, meses. Porra, Clara!

Do que você está falando, moleque?

Acho que ela nem lembra mais da nossa conversa naquele almoço.

---

* "A noite é uma criança, assim como nós/ Vamos nos conhecer melhor, lenta e facilmente/ Pegue a minha mão, vamos para a pista/ Agitando nossos corpos ao som da música/ Talvez então você marque uns pontos/ Então vamos lá, baby, você não vai mostrar alguma classe?/ Por que você quer se mover tão rápido?/ Nós não precisamos tirar a roupa/ Para nos divertir."

Acabei de ver o Bernardo e a Clara se pegando na minha sala, aqui na agência!

MINHA SANTA DEUSA DA PAUDURECÊNCIA! SÉRIO?

Sério! haha

Respondo, sentando-me no sofá da minha sala e olhando para os lados, pensando se ele teria sido usado por Bernardo e Clara se eu não tivesse aberto a porta.

Mas eles te viram? Você atrapalhou? Ah, te mato!

Eu não tinha como adivinhar que eles estavam quase transando na minha sala, tinha?

É, não tinha.

Levanto-me e caminho distraidamente até a janela que um dos meus amigos deixou aberta. O movimento segue intenso na Avenida Paulista.

Bora beber e comemorar?

Digito e envio sem pensar muito. Depois aguardo.

Eu vou sair de qualquer jeito, e ela é uma boa companhia.

Merecemos, não é mesmo?

Espero que ela responda aonde quer ir mais tarde e me obrigo a estudar a campanha que meu avô pediu. É um bom dia. Por que não deixar aquele velho mandão feliz?

Horas mais tarde, estou saindo do banho quando meu celular vibra na pia. É uma mensagem de Branca.

> Vou ter que desmarcar. Não tô no clima pra sair.

Releio a mensagem e coloco o aparelho sobre a pia novamente, enquanto me troco. Estranho o fato de Branca desmarcar assim em cima da hora, mas tento não analisar muito a situação.

Visto a roupa que deixei separada e decido sair mesmo assim.

Na garagem, opto pelo carro em vez da moto e, assim que saio do prédio, sei para onde vou.

Um vislumbre de pensamento cruza minha mente: *Quando eu precisei, ela ficou comigo.*

— E aí, loira? — digo quando Branca abre a porta e me olha, espantada.

— O que está fazendo aqui? — ela pergunta, fechando o roupão e me fazendo imaginar o que é que tem ali embaixo.

— Eu trouxe comida. — Ergo as sacolas do restaurante japonês. — Você disse que não estava no clima para sair.

Ela abre a boca e, por um segundo, parece que vai me xingar, mas em seguida dá um passo para o lado e permite que eu entre no apartamento.

Só consegui entrar no prédio sem interfonar porque ela mora no mesmo prédio que Bernardo e os porteiros me conhecem.

— O que deu em você?

Essa é uma boa pergunta, e eu sigo até a cozinha, procurando ganhar tempo para responder. Não sei o que me deu. Nem sei o que estou fazendo aqui.

A ideia inicial era sair para beber, mas, quando me dei conta, já tinha passado no japa e feito o pedido para dois. Não é preciso achar que isso é grande coisa, porque depois do jantar eu ainda vou sair para beber.

Como eu explico para ela que algo na sua mensagem me deixou preocupado? E como eu explico para mim mesmo como isso aconteceu? Branca e eu mal somos amigos.

Ela me segue até a cozinha. Coloco as embalagens sobre o balcão e me viro para ela, devagar.

Franzindo os olhos, Branca me encara. Essa mulher não vai sossegar enquanto eu não der uma boa explicação. Só que eu não tenho nenhuma!

— Eu estava com fome e não queria comer sozinho.

— Sei.

— Ah, Branca. Você me conhece. Deu vontade e eu vim, ué. Precisa ter um motivo específico? Você já comeu? — Abro uma das embalagens, provocando-a com uma porção generosa de sushis e sashimis. Seu estômago ronca alto, e é a resposta de que preciso para encerrar esse assunto chato. — Vamos comer?

Passamos os minutos seguintes comendo e conversando sobre Bernardo e Clara. Há algo estranho com Branca, mas ainda não sei o que é. O que mais me surpreende? Ela ainda não me xingou nenhuma vez.

— Admita, eu sou foda — digo, me referindo ao fato de Bernardo e Clara estarem juntos.

— Mas você não fez nada além de usar seu avô pra trazer o Bernardo do Rio. — Ela não cede.

— Como não? E você acha que chegou uma gata pra dar em cima do Bernardo na recepção da agência do nada?

— Você tá brincando! — Ela se inclina sobre o balcão, interessada em saber mais.

— Não. É uma amiga minha.

— Amiga. Sei.

— Caso antigo — confesso o que ela já sabe, bebendo um gole de cerveja. — Eu já não estava aguentando o tanto de doce que a Clara estava fazendo. É claro que eu não imaginei que eles iam se pegar. Só achei que ia rolar um ciuminho. E lembra do Rafa com ciúme do Bernardo? No fim, foi o que o motivou, né?

Branca ri, mas logo em seguida volta a ficar quieta.

— Você tá bem? — pergunto, deixando o prato de lado, satisfeito.

— Perdi um caso importante hoje. — Ela balança a cabeça, triste, me surpreendendo com sua sinceridade.

— Não dá para recorrer?

— Vou recorrer. — Ela suspira, agora sem se importar em fingir que não está triste. — É que... eu vi um pai chorando hoje por não saber quando vai poder ficar com o filho outra vez, e isso me mata.

— É normal ficar com a mãe, né? Não teve como fazer um acordo amigável?

— Não. A mulher quer o cara de volta e está usando o filho pra isso. Não sei como vai ser ainda. Não entendo por que alguns pais e mães resolvem agir assim. A cabeça da criança fica um caos. E estou com um pouco de medo de perder, confesso. — Ela prende os cabelos em um rabo de cavalo e começa a colocar a louça na pia, tentando manter a expressão de sempre, mas sua tristeza é visível. — Às vezes a gente perde, não importa quanto a razão esteja do nosso lado.

— Sinto muito. — Não sei bem como confortá-la. Todos sabem que Branca é uma baita profissional e que odeia perder.

— Vou resolver. — Ela abre a lixeira e joga as embalagens fora. — Você não ia sair pra beber?

— Vou, vou sim — é o que eu respondo, mas começo a falar sobre uma das novas travessuras da Priscila e a conversa rende cada vez mais. E estou bebendo aqui, não é mesmo?

Branca e eu pegamos uma garrafa de vinho e duas taças e nos sentamos no tapete da sala.

A televisão está ligada em um episódio aleatório de *Friends*, mas não prestamos atenção e embalamos cada vez mais na conversa.

Ela já não parece tão triste, e isso me deixa feliz.

E mais uma vez, nesta noite estranha, eu não consigo entender a razão.

37

Branca

It's the strangest feeling
Feeling this way for you
There's something in the way you move
Something in the way you move
With you I'm never healing
This heartache through and through
Something in the way you move
*I don't know what it is you do.**

— Ellie Goulding, "Something in the Way You Move"

Depois de meses de uma odisseia do cacete envolvendo até um acidente de carro que quase me matou do coração, Bernardo e Clara finalmente estão namorando, mais firmes do que nunca, e se casam em dois meses. Porque é claro que o meu irmão vai amarrar essa mulher o mais rápido que puder. Ah, porra, agora tô imaginando merda!

Enfim, os dois estão juntos e foram curtir o feriado numa viagem linda a Arraial do Cabo, no Rio, enquanto nós estamos no Guarujá com os meninos. Por "nós", entenda-se: Rafael, Viviane, Priscila, Maurício, Fernanda, Felipe, Augusto, Rodrigo, Lucas e eu.

É quase um milagre que a Fernanda tenha vindo com a família. Nos últimos tempos, ela tem ficado mais com a família do Augusto. Ela diz

* "É a sensação mais estranha/ Me sentir assim por você/ Há algo na maneira como você se mexe/ Algo na maneira como você se mexe/ Com você, nunca estou curada/ Essa dor no coração/ Algo na maneira como você se mexe/ Eu não sei o que é que você faz."

que não há nada de errado, e realmente não parece haver mesmo. Vai entender.

Agora mesmo ela está deitada ao meu lado e de Viviane, tomando sol, enquanto Rodrigo dança "Baby", do Justin Bieber, com as crianças.

Um lado meu quer revirar os olhos e reagir como sempre, mas há uma parte minúscula que me faz sorrir. Pedrinho, Davi e Felipe tentam imitá-lo. Até Priscila, que nem completou dois anos ainda, tenta uns passinhos e olha com adoração para o tio.

Mais cedo, David estava triste e ninguém sabia o motivo. Só Rodrigo conseguiu resolver. Agora ele dança como se fosse o garoto mais feliz do mundo, como deve ser.

Observá-lo com as crianças não é muito bom não. Se tem alguém que tira o melhor dele são esses meninos e a sua princesinha. É quase como conhecer duas pessoas completamente diferentes.

— Ih... Conheço esse olhar, mulher — diz Maurício, puxando uma cadeira para se sentar ao meu lado. Pelo menos ele foi discreto e seu tom baixo não foi ouvido por mais ninguém.

— Cala a boca, Mau — respondo, fazendo sinal para que ele não chame a atenção dos outros. É só o que me falta. — Não tem olhar nenhum. — Nego o inegável.

Pelo menos foi ele, não Rafa. É o que eu penso até olhar para a churrasqueira e perceber que Rafael está conversando com Lucas e Augusto, mas bem ligado em mim. Se bobear, ele tem rojões guardados para soltar.

— Ele foi ótimo com meu filho — Maurício conta, e eu presto atenção, já que estou mesmo curiosa para saber o que houve. — David ouviu de um coleguinha da escola que vai ser gay porque eu sou, entre outras idiotices.

— Não acredito! — Meu sangue sobe na hora. Ninguém machuca meus afilhados.

— Infelizmente é verdade. — Ele se ajeita na cadeira. — Os meninos estão crescendo bem resolvidos com isso. O problema é que ele gosta de uma menina na escola, e agora ela também acha que ele vai ser gay. São apenas crianças desinformadas, mas..

— Começa assim — respondo, chateada pelo fato de os meninos e Maurício precisarem passar por esse preconceito imbecil.

— Ei, Maurício, chega aqui! — Rodrigo chama, nos interrompendo. É como se, mesmo de longe, ele pudesse sentir que o clima está pesando. — Bora mostrar pra esse povo como se dança.

As crianças começam a pular, chamando Maurício, que, depois de se fazer de difícil por um momento, fica de pé e se junta a eles.

Do outro lado da piscina, Rodrigo me olha e sorri. Não tem nada de "eu te peguei me secando, gata" em seu olhar. É mais um sorriso sem explicação. Ele não sabe. Eu não sei. Preocupante isso.

Quando ele segue me encarando e Vivi troca um olhar com Fernanda, faço uma careta, como se não estivesse ligando para aquilo.

Mas é meio difícil quando parece que ele está usando Justin Bieber parar falar comigo. Sim, Justin Bieber! E ele ainda faz a dança igualzinha, pelo amor de Deus!

Are we an item? Girl, quit playing!
We're just friends? What are you saying?
Said there's another and looked right in my eyes
My first love broke my heart for the first time.

And I was like
Baby, baby, baby, ooh
Baby, baby, baby, no
Baby, baby, baby, ooh
*Thought you'd always be mine, mine.**

Depois ele volta a atenção para as crianças, que dançam alegremente à sua volta, sem lembrar o que quer que as afligisse antes.

* "Nós somos um casal? Garota, pare de brincar!/ Nós somos apenas amigos? O que você está dizendo?/ Disse que há outro e olhou direto nos meus olhos/ O meu primeiro amor partiu meu coração pela primeira vez// E eu fiquei, tipo/ Baby, baby, baby, ooh/ Baby, baby, baby, não/ Baby, baby, baby, ooh/ Achei que você seria pra sempre minha, minha."

Como lidar com isso? Passar a vida vendo alguém como um moleque idiota e de repente deixar isso de lado e enxergar apenas o coração gigante que ele tem?

Uma certeza: encrenca à vista.

38

Rodrigo

Tu me miras y me llevas a otra dimensión
(Me leva a outra dimensão)
Tus latidos aceleran a mi corazón
(Seu brilho acelera o meu coração)
Que ironia do destino não poder tocar você
*Abrazarte y sentir la magía de tu olor.**
— Enrique Iglesias feat. Luan Santana, "Bailando"

Quando volto da corrida com Lucas, encontro David sentado na borda da piscina, os pezinhos balançando na água.

Maurício está com ele, com a mão no ombro do garoto. Penso se devo me aproximar, mas pode ser uma conversa entre pai e filho. Fico na minha.

— Disseram na escola que a gente é gay — Pedrinho diz a meu lado, dando de ombros. Ele segura uma maçã.

— Como? — pergunto, sentando-me a uma das mesas do jardim e sinalizando para que ele faça o mesmo.

Ele repete enquanto observo sua reação. Diferente do irmão, ele parece realmente não se importar com o que dizem. Mas me pergunto se é verdade ou se é o que ele quer que acreditem.

---

* "Você me olha e me leva a outra dimensão/ (Me leva a outra dimensão)/ Seus batimentos aceleram o meu coração/ (Seu brilho acelera o meu coração)/ Que ironia do destino não poder te tocar/ Te abraçar e sentir a magia do seu perfume."

— É por causa do papai. Disseram que ser gay é contagioso, e que o David devia ser, porque gosta do Justin Bieber. Alguns garotos podem ser bem burros, sabe? — ele diz e morde a maçã, como se tivesse setenta anos, não sete. Mas foi-se o tempo em que eu me assustava com a maturidade dos filhos da Clara, especialmente Pedrinho. Ele é precoce demais.

— Bom, você sabe que não tem problema ser gay, não é? E que gostar do Justin Bieber não faz ninguém gay.

— Sim. Eles é que não sabem, e aí atormentam o meu irmão.

Pedrinho e David são gêmeos e acabaram de completar sete anos. Não deviam se preocupar com nada além de fazer bagunça, mas já enfrentaram o divórcio dos pais e agora precisam lidar com piadinhas sobre a sexualidade do pai deles.

Espero um tempo e me aproximo dos dois, sentando-me ao lado de David.

— E aí, garoto? — Toco seu ombro de leve e ele me olha. Acho que percebeu que o irmão me contou algo.

— Tô meio triste, mas meu pai disse que não devo ficar assim pelo que os outros pensam — ele explica, sério, como se fosse muito mais velho do que é.

— Seu pai está certo. Os pais sempre estão. Quer saber o que o meu diria?

— Quero.

— O meu pai diria que não importa quem você é, desde que esteja feliz. E que quem tem preconceitos bobos provavelmente nem é feliz consigo mesmo. Ou seja, você está em vantagem. Consegue perceber isso? — Ele coloca a mão no queixo e parece refletir por longos segundos, até que assente. Maurício me olha com lágrimas nos olhos. — Eu vou te mostrar uma coisinha, quer ver?

— Claro — ele responde, curioso.

— Vou dançar Justin Bieber e isso não vai fazer de mim menos ou mais homem. — Eu me levanto. Ele e o pai fazem o mesmo.

— Sério?

— Sério. — Bagunço seus cabelos.

— Eu posso dançar também?

— Não teria graça sem você, né? E cadê os outros? Pri, Lipe! — chamo, e Felipe, o filho de quatro anos da minha prima Fernanda, vem correndo com minha pequena atrás.

Ligo o som, e nem preciso me esforçar muito para achar Justin Bieber na playlist da minha irmã.

Aos poucos, os acordes de "Baby" invadem o espaço. Coloco no repeat. Vai tocar até eu sentir que David esqueceu essa besteira.

Aprendi com meu pai que crianças devem ser crianças. Não devemos permitir que o mundo as magoe, mas, se acontecer, cabe a nós cuidar das feridas para que não fiquem cicatrizes.

Do outro lado da piscina, Branca me olha. Há algo diferente nela, mas não sei o que é. Nós nos aproximamos depois daquela noite em seu apartamento.

Não ficamos de novo. Por mais que eu quisesse ter tentado naquele dia e em outros, algo me segurou. Porém hoje eu não sei. Acho que é um dia daqueles em que tudo pode acontecer.

39

Branca

How bout baby?
We make a promise
To not promise anything more than one night
Complicated situations
Only get worse in the morning light
*Hey I'm just lookin' for a good time.**

— Lady Antebellum, "Lookin' for a Good Time"

A música eletrônica alta é contagiante. Ainda não sei por que aceitei o convite do Lucas para vir com ele e o outro moleque para a balada, enquanto o restante do pessoal ficou na casa da praia.

— E aí, quando é que você e o Rodrigo vão parar de negar as aparências e disfarçar as evidências de que estão querendo se pegar? — Lucas pergunta, depois de me entregar a caipirinha de saquê que foi buscar para mim.

Engasgo com um gole da bebida e tenho um ataque de tosse.

— Cala a boca, Lucas — respondo, quando me recupero.

— Neguem quanto quiserem. Vocês dois — ele me provoca, depois se joga na pista, sendo logo rodeado de garotas. Com certeza não vai sair daqui sozinho hoje.

Não faço ideia de onde está Rodrigo. Assim que chegamos, ele sumiu. Não estou nem aí. Posso me divertir sozinha.

---

* "Que tal, baby/ Fazermos uma promessa/ Não prometer nada além desta noite/ Situações complicadas/ Só ficam piores à luz do dia/ Ei, só estou procurando um pouco de diversão."

E nem fico sozinha por muito tempo, porque um cara se aproxima. Não faz muito o meu tipo. É desses que se acham o rei da sedução, mas é bem sem gracinha.

Dou conversa por um tempo e depois me afasto em direção ao bar. Minha bebida acabou.

É uma pena que nem Viviane nem Fernanda quiseram vir comigo. Augusto e Rafael ficaram por lá também com as crianças.

— Misericórdia... — ouço a voz de Maurício atrás de mim e dou um pulo, assustada e feliz ao mesmo tempo.

— Está fazendo o que aqui, seu louco?! — Abraço-o calorosamente. — Você disse que não vinha.

— E não vinha mesmo, mas os meninos insistiram que eu precisava vir dançar. — Ele sorri, emocionado com a preocupação dos filhos. — Aí eu resolvi vir ver se é hoje que desencanta.

— Desencanta o quê? — pergunto, desconfiada.

— Você e o dançarino sexy ali. — Ele aponta para a pista e eu finalmente encontro Rodrigo.

Há algo sobre ele que odeio admitir: Rodrigo é mesmo um dançarino sexy pra caralho. O melhor no nosso grupo de amigos. Não sei explicar se é o sangue latino que o ajuda a mover o quadril de um jeito insuportavelmente sensual, ou se é só o diabo dando munição para esse moleque que não precisava de mais nada para causar nesta vida.

— Nossa... — Engulo em seco quando ele balança o corpo para frente e para trás, roçando em sua parceira de dança.

— Pois é. Deve ser uma merda cuspir pra cima e cair na testa, né? — Maurício diz e pede uma cerveja para o barman.

— Podia ser pior. — Dou de ombros. — Pelo menos ele é uma delícia.

A gargalhada de Maurício é tão estrondosa que me contagia, e quando me dou conta estamos rindo sem parar.

Não estou dizendo que tenho sentimentos pelo moleque, porque não tenho, mas que hoje eu estou querendo arrancar as roupas dele e devorá-lo inteiro, isso estou, sim.

Na pista de dança, Rodrigo vira a garota de costas para ele e sussurra algo em seu ouvido, olhando diretamente para mim. Pela cara de decepção dela, foi dispensada.

Então ele se vira para o DJ e faz um sinal. Em seguida, caminha diretamente até mim.

É hoje.

40

Rodrigo

Because when I arrive
I... I bring the fire
Make you come alive
I can take you higher
What is this, forgot?
I must now remind you
Let it rock
Let it rock
*Let it rock.**

— Kevin Rudolf feat. Lil Wayne, "Let It Rock"

É HOJE.

Caminho decidido até Branca. Não há uma gota de dúvida em mim. De hoje não passa.

Antes que eu a alcance, Maurício evapora, confirmando minhas suspeitas: está todo mundo ligado nessa porra!

— Dança comigo. — Estendo a mão, e ela estreita os olhos por um segundo, considerando.

Não vou repetir o convite. Ela sabe o que significa. Em todos esses anos, nunca dançou comigo. Afinal, ela sabe bem como eu danço e aonde isso leva.

* "Porque quando eu chego/ Eu... eu trago o fogo/ Faço você viver intensamente/ Eu posso te levar mais alto/ O que foi, esqueceu?/ Eu devo te lembrar agora/ Deixe agitar/ Deixe agitar/ Deixe agitar."

Não desvio os olhos dos dela e abro um meio sorriso, desafiador. É agora ou nunca, garota.

Quando estou prestes a abaixar a mão, ela a segura, firme.

Sem dizer mais nada e sem soltá-la, viro-me em direção à pista de dança ao mesmo tempo em que a música que pedi para o DJ começa a tocar.

Pelo som da risada de Branca, ela compreendeu a mensagem ao ouvir os primeiros acordes de "Tonight", do Enrique Iglesias com Ludacris. E é da versão explícita que estou falando. Aquela que, em vez de cantar "Tonight I'm loving you", diz "Tonight I'm fucking you". É, eu não estava brincando quando disse que é hoje.

Quando chegamos ao centro da pista, eu me viro outra vez para ela e a puxo devagar até que ela esteja a centímetros de mim e me deixe guiá-la no ritmo da música.

Branca usa um vestido perolado curto sem mangas. O tecido é tão fino que desce por seu corpo e balança levemente conforme ela se move.

Desço as mãos pela lateral do seu corpo e a viro bruscamente, puxando-a de costas para mim, sem parar de dançar.

Cada movimento é uma soma de prazer e angústia. Porque não posso ultrapassar limites, estamos em público. Não que eu não pretenda dar um show mesmo assim.

Seguro-a com força e sei que ela pode sentir minha ereção se avolumando. Gemo baixinho em seu ouvido, enquanto ela se move, me provocando ainda mais.

Deslizo os dedos um pouco mais para baixo e alcanço a borda do vestido. Em um impulso, ela se vira de frente para mim outra vez. Hesito por um segundo, afinal é a Branca. Mas a forma como ela se aproxima, colocando uma coxa entre minhas pernas e roçando meu pau sensualmente ao dançar, mostra que nesta noite não há nada com que nos preocuparmos.

Ela desliza o olhar pelo meu corpo, deleitando-se com o momento tanto quanto eu, e umedece os lábios.

Engancho os dedos em seus cabelos desde a nuca e os seguro com firmeza, fazendo-a olhar para mim.

— *Tonight I'm fucking you...* — canto com a música, absorvendo o que estamos vivendo.

— Não. — Ela sorri sensualmente, colocando a mão entre nós e apertando meu pau. — Eu é que vou.

Minha gargalhada é sufocada quando ela me beija.

41

Branca

Ele não vale nada nem uma nota furada, não
Ele não presta com essa pose toda descarada, não
Tento fugir, mas parece que a gente se encaixa
É um perigo esse menino, mas é uma graça
É que eu adoro essa adrenalina
Bota gasolina pra me acelerar
É que eu gosto que a gente combina
A sua gasolina vai me acelerar.

— Julie, "Gasolina"

Puxo Rodrigo pelo pescoço e não me acalmo nem quando nossas bocas se encontram. Seus dedos estão entre os meus cabelos e ele me puxa com força. Porra! Ele suga minha língua e não para de dançar, descendo a mão livre para a minha bunda, me segurando com firmeza.

Nunca pensei que diria algo assim, mas, se esse moleque não me comer hoje, eu morro.

Não quero só transar com ele. Quero devorá-lo. Inteiro. Cada pedaço dele. E quero que faça o mesmo comigo. E, por Deus, quero agora.

— Rodrigo. — Uma única palavra é suficiente para que ele saiba que estou no limite.

Sem dizer nada, ele me guia novamente pela mão por entre a multidão. Às vezes para e me puxa para um beijo, me enlouquecendo, e só retoma o caminho quando acho que vou explodir.

Não sei para onde estamos indo, nem quero saber, desde que possamos transar.

Rodrigo me guia por um corredor à meia-luz e destranca uma porta. É claro que Rodrigo Villa conhece o dono desta balada. E eu não me surpreenderia se fosse isso o que ele estava arranjando quando sumiu.

Ele abre a porta. Me puxa. Fecha a porta. Me joga contra a parede e toma meus lábios outra vez. O beijo é intenso, firme, avassalador.

Afastando o corpo do meu, ele distancia nossas bocas e eu tento puxá-lo. E sou surpreendida quando ele segura minhas mãos contra a parede, mordiscando meu pescoço. Só para me deixar louca e se afastar mais uma vez.

— Quer parar de me deixar maluca?! — esbravejo.

Vou acabar enlouquecendo se não o tiver dentro de mim logo.

— Fica quietinha, fica. — Ele me provoca e segura meu rosto, apertando minha boca devagar.

— Moleque! — Movo o corpo o suficiente para parecer que vou me debater, mas adorando esse seu lado dominador.

— Fala de novo. — Ele me aperta contra a parede, sugando o lóbulo de minha orelha. Não me rendo de imediato. E ele segue com as provocações, levantando meu vestido e enfiando dois dedos na minha calcinha. — Fala. — Não é um pedido.

— Moleque... — Eu me rendo, sentindo meu corpo estremecer por antecipação.

Rodrigo me toca vagarosamente entre as pernas, e eu busco o ar, desesperada.

— Vou te fazer engolir cada uma das vezes que me chamou de moleque — ele promete, a testa colada na minha.

E tudo o que consigo responder é:

— Eu tô contando com isso.

42

Rodrigo

Dame un minuto contigo, disfruto se fuerte y deja bruto
Si me das la verde, ejecuto, si tu eres la jefa me recluto
Deja que ocurra, caliente que el tiempo transcurra
El ambiente la pone ardiente
Se pega y en el oido me susurra
*Abusa y me engatuza.**

— Wisin feat. Jennifer Lopez & Ricky Martin, "Adrenalina"

Dois segundos é o tempo que levo para decidir rasgar o fino tecido de renda da calcinha de Branca.

— Ah, ogro! Precisava disso?! — ela esbraveja, me dando um tapa no peito, mas vejo o brilho do fogo em seus olhos.

Aprofundo o toque entre suas pernas, inserindo dois dedos dentro dela e a massageando, de forma que ela precisa se segurar em mim para se manter em pé.

Não consigo ficar distante por muito tempo e permito que nossas bocas se encontrem, famintas. Não estamos nos beijando. Estamos guerreando.

Mais uma vez, ela segura meu pau e o pressiona. Sinto-o pulsar dentro da calça. Querendo-a desesperadamente. Não vou aguentar por muito tempo sem entrar nela.

---

* "Me dê um minuto com você, desfruto, fico forte e bruto/ Se me dá o sinal verde, eu executo; se você é a chefe, me recruto/ Deixa acontecer, o calor, o tempo vai passar/ O ambiente fica ardente/ Me agarre e, no ouvido, sussurre para mim/ Abuse e me engambele."

Seus lábios me consomem enquanto seu interior umedece cada vez mais ao meu toque. Exploro-a, e estou prestes a me ajoelhar para apreciá-la melhor quando ela dá um impulso e envolve meu quadril com as pernas.

Uso as mãos para segurar sua bunda enquanto ela tenta tirar meu cinto, sem sucesso. Ajudo-a e, antes de ficar sem calça, puxo uma camisinha do bolso de trás. Interrompo o beijo para rasgar a embalagem com os dentes. Depois a coloco usando uma das mãos, enquanto a outra segue firme, segurando-a.

Branca ergue uma sobrancelha para mim, surpresa com a facilidade com que executo o movimento.

Anos de prática, loira. Acho que meu sorriso transparece o que pensei, porque ela me bate outra vez e, de novo, prendo suas mãos contra a parede.

Nós nos olhamos, e eu enfrento nosso passado a cada respiração. Este momento me engole e me consome.

Ela se ajeita sobre meu quadril, e meu pau fica muito próximo do que mais quer.

Não penso duas vezes e a penetro de uma só vez. Seu grito se mistura ao gemido de prazer, e eu solto seus braços, sentindo imediatamente suas unhas se cravarem em meus ombros.

Acomodo as duas mãos com firmeza em seu quadril e ela usa as pernas para puxar o meu ao máximo.

Nossos olhares não se desconectam. Meu coração dispara. Insanamente. De um jeito que eu não esperava e para o qual nem estava preparado. Sou menino de novo. E não posso ser. Não há lugar para o menino aqui. Não há lugar para nada além deste momento.

Não sei o que Branca pensa. Ela com certeza não está presa a lembranças que quer esquecer.

Fecho os olhos momentaneamente e sinto meu pau latejar dentro da mulher em quem ele sempre quis estar. Não. Balanço a cabeça, obrigando-me a não sentir nada além do prazer surreal que ela me desperta.

Abro os olhos. Força. Preciso de força.

Saio quase completamente dela e inspiro, retomando o controle. Em um puxão firme e um movimento intenso de quadril, a penetro de forma profunda e intensa.

Branca joga o pescoço para trás e meus lábios o acariciam, sugando e mordendo, enquanto ela puxa meus cabelos, gemendo.

A cada estocada estamos mais perto de chegar aonde nosso corpo espera em desespero. Minha boca procura a dela e minha língua a invade com a mesma veemência com que meu pau a golpeia. É intenso demais. Quase violento.

Branca me arranha. Eu a aperto. Ela morde meu lábio até sangrar. Eu me afasto e arremeto o movimento final, fazendo-a gritar e estremecer, perdida em meu colo.

Meu corpo é invadido por uma brutal onda de prazer e eu quase digo seu nome baixinho, confessando o que ela faz comigo. Mas me contenho, tentando recuperar o controle. Não posso mais ser o menino na mão dela. Tenho que ser o homem. E mais, sei que é do moleque que ela gosta. Sei que é o moleque que vai derrubar cada barreira que ela já levantou.

É isso. Estou decidido. Vou fazer essa mulher implorar por mais, ou não me chamo Rodrigo Villa.

43

Branca

Are you ready? Ha
It's time for me to take it
I'm the boss right now
Not gonna fake it
Not when you go down
Cause this is my game
*And you better come to play.**

— Demi Lovato, "Confident"

Entro no meu quarto, fecho a porta e me jogo na cama, olhando para o teto. Uau. Quem diria que, depois de inventar a classificação por paudurecência, eu cruzaria com o cara que me faria rever todos os meus conceitos.

Cruzar nada, porque eu vi esse moleque nascer. Ele sempre esteve na minha vida. Puta merda!

Já assumi para mim mesma que foi uma das minhas melhores transas. E olha que ele me pegou contra a parede de uma balada. Imagine o que faríamos em uma cama!

Aliás, foi o que imaginei no caminho de volta para casa, mas Rodrigo foi para o quarto dele, como se nada tivesse acontecido.

* "Você está pronto? Ha/ É minha hora de assumir/ Eu sou a chefe agora/ Não vou fingir/ Não quando você está caindo/ Porque esse é o meu jogo/ E é melhor você vir jogar."

Miserável! Mas talvez não esteja acontecendo nada mesmo, na cabeça dele. Talvez ele tenha conseguido o que queria há anos e agora está lá de boa, se vangloriando do feito.

Não. Preciso descobrir como é com ele numa cama. Não é nada de mais. Nada com que alguém precise se preocupar. Só estou curiosa. Apenas isso. É tudo questão de curiosidade. Pronto. E quem ele pensa que é? É com Branca Albuquerque que ele está lidando. Eu o farei comer na minha mão e implorar de joelhos para ficar comigo de novo.

Sou formada nesse jogo que ele acha que sabe jogar.

Ah, moleque, prepare-se!

44

Rodrigo

Upside inside out
She's living la vida loca
She'll push and pull you down
Living la vida loca
Her lips are devil red
And her skins the color mocha
She will wear you out
Living la vida loca
Living la vida loca
*She's living la vida loca.**

— Ricky Martin, "Living la vida loca"

— E aí, Lucas? — cumprimento, saindo da casa em direção à piscina. Ele já está na água.

O dia está ensolarado, combinando com meu bom humor. São quase duas da tarde, mas acordei há pouco.

— E aí, Rodrigo? — ele devolve o cumprimento e se protege quando pulo na piscina, jogando água para todos os lados.

— Cadê todo mundo? — Passo a mão pelos cabelos molhados.

---

* "Para cima, do avesso/ Ela está vivendo a vida louca/ Ela vai empurrar e puxar você para baixo/ Vivendo a vida louca/ Os lábios dela são vermelhos como o demônio/ E a pele cor de chocolate/ Ela vai usar e te jogar fora/ Vivendo a vida louca/ Vivendo a vida louca/ Ela está vivendo a vida louca."

— Rafa, Augusto e Maurício foram ao mercado. Vivi e Fernanda estão na sala de TV com as crianças, acho. A Branca foi à praia. Disse que precisava do mar. — Franzo a testa, e ele completa: — Ah, você conhece a Branca.

— É doida. — Rio e mergulho outra vez.

Nos minutos seguintes, atravesso a piscina várias vezes, até sentir meu corpo cansar. Quando saio da água, Lucas está se secando e me estende outra toalha.

— Voltou tarde da balada ontem? — pergunta, respondendo uma mensagem no celular.

— Acho que umas três horas. E você?

— Por volta da uma — ele responde, distraidamente.

— Pegou alguém?

— Não. — Ele estende a toalha sobre a cadeira.

— Não? — Estou surpreso.

— Não. — Ele dá de ombros.

— Mas, cara, tinha um monte de menina em cima de você.

— É, eu sei. Mas eu não estava no clima. — Ele está meio distante nos últimos dias, como se guardasse um segredo.

— Tá tudo bem? — Vejo-o responder outra mensagem.

— Tá. — Ele solta um longo suspiro. — Só tô cansado desta vida, cara.

— Como assim?

Lucas sempre foi o mais romântico de nós, e assim acaba sendo o que mais sofre.

— Autoimunidade não é pra mim — responde, balançando a cabeça. — Funciona bem pra você, mas não pra mim.

— Pera... Quem é a garota? — Tento me lembrar de alguém com quem ele esteja falando com mais frequência.

— Não tem garota nenhuma, meu.

— Tem sim. Você só fica com essa de "autoimunidade não funciona" quando tá apaixonado. Fora isso, você até que tira bastante proveito.

Que estranho. O problema é que ele parece dizer a verdade e realmente não tem saído muito. Está mais família que nunca.

Uma das crianças solta uma gargalhada e Lucas olha para a sala. Não podemos vê-las de onde estamos.

Não é só sua melancolia usual. Há tristeza em sua expressão, e isso me incomoda. Lucas é como um irmão para mim, e saber que ele sofre e não me deixa ajudar me faz sentir impotente.

— Vai passar, tá? — Coloco a mão em seu ombro.

— Não precisa se preocupar. — Ele me conhece bem e sabe que a única coisa que pode fazer com que eu deixe a bagunça da vida é me concentrar em resolver um problema se alguém da família estiver sofrendo. — E, por essas marcas aí — ele aponta para o meu lábio inchado e os arranhões nos meus ombros —, sou oficialmente o único que não pegou ninguém neste feriado.

— Bom, o feriado não acabou... Pera, e o Maurício? Ele pegou alguém ontem?

— *Foi pego* é uma expressão melhor. — Lucas ri e me conta que Maurício quase morreu de susto ao ser agarrado na balada. — Mas foi bacana. Ele ficou feliz. O Maurício ainda é meio travado com sua sexualidade. E ele é um cara legal, merece vencer essa barreira. Os dois trocaram o número de celular. Vai saber, né? Às vezes sai algo bom de uma balada louca. Falando nisso, eu vi você pegando a Branca na pista. — Ele realmente quer desviar o foco do assunto de si mesmo. Vou dar um tempo a ele e retomarei isso depois.

— Cara, foda. Foi foda demais — digo, sem saber mesmo como classificar de outra forma. — O pessoal já está sabendo?

— Eu não falei nada e acho que o Maurício também não, ou alguém já teria mencionado no café da manhã, né?

— Verdade. Nossa família e a eterna falta de discrição em abordar a intimidade uns dos outros.

— Você é o primeiro a fazer isso, Rô. — Ele dá dois tapinhas nas minhas costas, enquanto seguimos para dentro da casa. — E eu até que queria ter alguma intimidade pra alguém comentar, viu?

Gargalho. Sou mesmo um dos primeiros a me meter na vida dos outros. Mas estou cuidando deles, oras.

Seguimos zoando um ao outro até entrar na sala e ver as crianças assistindo a *Madagascar*, bem na parte em que o rei Julien dança "Eu me remexo muito". Elas dançam e cantam em cima do sofá. Viviane e Fernanda as observam, contentes.

Lucas e eu nos entreolhamos e nem precisamos falar mais nada. Começamos a fazer a mesma dancinha maluca das crianças, deixando para trás qualquer apreensão ou expectativa com o futuro.

45

LEX

I remember it now it takes me back to when it all first started
But I've only got myself to blame for it and I accept that now
It's time to let it go, go out and start again
But it's not that easy
But I've got high hopes
It takes me back to when we started
High hopes
When you, let it go, go out and started again
High hopes
When it all comes to an end
*But the world keep spinning around.**
— Kodaline, "High Hopes"

QUANDO BERNARDO ME falou que viria com Clara, avisei a Flávia que apresentaria as duas.

Não falei muito da Clara. Por exemplo, não anunciei: "Então, ela é a melhor amiga da minha ex". Na verdade, nunca disse nem que Bernardo era meu ex-cunhado. Ela acabou descobrindo depois. Foi meio complicado, mas ela lidou bem com isso. Afinal, não tem muito com

* "Eu me lembro disso agora, isso me leva de volta para quando tudo começou/ Mas eu só tenho a mim mesmo para culpar, e eu aceito isso agora/ É hora de se libertar, sair e começar de novo/ Mas não é tão fácil assim/ Mas eu tenho grandes esperanças/ Elas me levam de volta para quando começamos/ Grandes esperanças/ Quando você se liberta, sai e começa de novo/ Grandes esperanças/ Quando tudo chega ao fim/ Mas o mundo continua girando."

o que lidar. Branca e eu não nos falamos há meses. Isso até me surpreende, porque nosso histórico é recheado de momentos em que tivemos uma recaída e, bêbados, mandamos mensagem um para o outro.

Durante o almoço, não é surpresa para mim que Clara e Bruno se deem muito bem. Clara tem um jeitinho todo especial de falar com ele, fazendo-o se abrir. O passado de Clara, meu passado e a forma parecida com que Bruno interage com a gente fazem algumas teorias surgirem em meus pensamentos.

Talvez pelos mesmos motivos, perto dela Flávia se tornou alguém mais falante do que de costume.

Estamos saboreando a sobremesa, um delicioso sorvete de queijo com goiabada, quando Bernardo diz:

— O casamento é em dois meses, Lex. — E fica quieto, esperando minha reação.

Desde que soube que os dois se entenderam, eu tinha certeza de que esse dia chegaria. Já estou há mais de um ano no Rio e, a cada dia que passa, me sinto mais decidido a voltar de vez para São Paulo. Não por não gostar daqui. Gosto até demais. Mas meu lugar é em São Paulo.

A balada aqui está mais consolidada a cada dia, e o gerente é da minha total confiança. Não preciso mais ficar.

— Queremos que você vá — Clara completa quando não digo nada. — Já passou bastante tempo, e todo mundo seguiu com a vida, certo? — Ela olha de mim para Flávia e eu fico pensando quanto vai contar a Branca. A amizade das duas não é daquelas que guardam segredos.

— Todos vocês estão convidados — Bernardo diz, estendendo o convite a Flávia e Bruno.

O que ele não imagina é que um dos motivos para eu não saber bem o que fazer em relação ao futuro é que Flávia parece ter um pavor imenso de deixar o Rio. Há tanto sobre ela que eu não sei...

Ainda estou longe de descobrir a razão desse medo, e isso me perturba bastante.

Se vou ou não a esse casamento, só o tempo dirá.

46

Branca

Será que eu já posso enlouquecer?
Ou devo apenas sorrir?
Não sei mais o que eu tenho que fazer
Pra você admitir
Que você me adora
Que me acha foda
Não espere eu ir embora pra perceber.

— Pitty, "Me adora"

Saio da audiência e ligo para Clara. Marcamos de visitar sua casa nova hoje e ver como anda a reforma, afinal falta apenas um mês para o casamento.

Abro minha planilha no celular e vou marcando o que ainda falta organizar para o chá-bar da minha amiga. Viviane e Fernanda quiseram ajudar, mas, por favor, esse é o meu departamento.

Entro no carro e coloco a bolsa e o celular sobre o banco do passageiro. Aperto o volante entre as mãos e tento afastar meus pensamentos do que o dia de hoje significa.

Observo um senhor entrar no estacionamento, desativar o alarme do carro, abrir a porta, entrar, fechar e dar partida, enquanto inspiro profundamente.

— Ah, droga... — murmuro, pegando o celular outra vez e abrindo a pasta de mensagens.

É aniversário do Lex e eu não sei o que fazer.

Na teoria, ex bom é ex morto, não é? Então por que não consigo evitar o pensamento de que devo mandar uma mensagem a ele?

Lex não é só o meu ex. Ele é da família.

Ele foi embora por causa do divórcio, mas cedo ou tarde vai ter que voltar, e quando isso acontecer vamos ter que conviver. Ele é padrinho da Priscila e eu sou madrinha. Não dá para quebrar um vínculo desses. Que bela merda, viu?

— Não tem por que criar caso, Branca — falo comigo mesma. — Você superou tudo. Muita água em forma de caras deliciosos já passou debaixo dessa ponte.

Ouvi uma conversa de Rafael com Bernardo, e Rafa foi bem claro: "Lex está pensando em voltar de vez".

Acho que posso ser madura e lidar bem com isso, não é?

Um alarme dispara, e eu me sobressalto e solto um grito. Meus nervos estão à flor da pele. Melhor lidar logo com essa questão.

Mas mensagem é algo tão frio. Não é melhor ligar? Bom, vou ligar. Se ele não atender até o terceiro toque, desligo. Certo. Um toque... Dois toques... Três toq... Atendeu! Ai, Deus. O que eu digo?

— Alô? — A voz grave de Lex se repete, e eu continuo muda. — Branca? — Ele diz meu nome e eu aperto os lábios, sentindo o coração disparar. — Está tudo bem?

— Feliz aniversário — digo, quando consigo abrir a boca. *Que porra é essa, Branca?*

— Obrigado — ele responde, e eu quase posso sentir o sorriso em sua voz. — Como estão as coisas?

— Bem, estão muito bem, na verdade. — E eu não estou mentindo. Tudo está às mil maravilhas.

— Que bom.

Um gato passa na frente do meu carro e em seguida desaparece nas sombras. É estranho querer me prender a ele e não à ligação.

— E com você?

— Está tudo bem também. Com saudade de casa.

Silêncio.

— Ah, mas tem o casamento, né? Você deve voltar.

— Ainda não decidi se vou, na verdade. — Ele hesita. Há algo que não quer me contar.

— Por quê?

Ouço-o falar com alguém, mas não consigo identificar as palavras.

— Muitas coisas. Branca, preciso ir, ok? Obrigado por lembrar. Beijo.

E desliga.

Fico alguns segundos olhando para o celular, tentando administrar meus sentimentos. Talvez eu não devesse ter ligado, no fim das contas.

— Você ligou mesmo pra ele? — Clara pergunta, espantada, depois de engolir um pedaço do frango de sua salada caesar. — Uau. Depois de todo esse tempo?

— É aniversário dele, né?

— É, eu sei. Então, Branca. Foi mais ou menos por isso que eu quis almoçar com você hoje, e não para falar do chá-bar, que está todo organizado, como você bem sabe.

Estreito os olhos e a observo, desconfiada. Clara está mesmo estranha desde que voltou do Rio. Mas a minha vida também ficou meio maluca depois que passei a evitar os lugares onde pudesse trombar com Rodrigo, então mais falei com ela por telefone do que pessoalmente.

— Ele está com alguém — murmuro as palavras e a vejo engolir um gole de suco verde.

— Está. Quer dizer, ele não disse nada do tipo "Olha, esta é a minha namorada", mas acho que ele e a Flávia estão juntos, sim. — Agora é ela quem me observa atentamente.

— Flávia? Você a conheceu? — Eu me inclino para frente ao fazer a pergunta. — E está me contando só agora?

— Ah, Branca, quantas vezes nós brigamos por eu tentar falar do Lex?

— Várias. — Passo a mão pelos cabelos e assumo logo. Sei que ela não me falou porque eu a xingaria de mil nomes. Ao mesmo tempo em que eu gostaria de saber algo assim, não gosto muito de falar sobre ele.

— Eu sabia que o dia de hoje te faria pensar nele, então resolvi contar, mas cheguei tarde, né? Você já tinha ligado.

Com cuidado, corto um pedaço do meu filé ao molho madeira e levo o garfo à boca. Mastigo devagar, ganhando tempo. Limpo os lábios com o guardanapo depois de engolir e respondo:

— Não me arrependo de ter ligado, mas acho que ela me ouviu. Ele trocou algumas palavras com alguém e desligou rápido.

— Nossa, espero que não tenha causado problemas pra ele.

— Por quê? Essa Flávia é tão legal assim, é? — Minha curiosidade está me matando. — Como ela é?

— Normal — Clara diz com a voz um pouco estridente, e eu sei que está mentindo. Levanto uma sobrancelha só para deixar evidente que saquei. Ela se rende e balança a cabeça antes de continuar: — Negra. Bem bonita. Misteriosa. Acho que já foi bem machucada pela vida, mas aí é só "achismo" meu mesmo. Ela é discreta. Tem um filho de cinco anos, mas é novinha. Se tiver vinte é muito.

— Completamente diferente de mim, então... — respondo, não pensando na aparência física, mas em todo o contexto. — Um prato cheio para o instinto protetor do Lex.

— Foi o que eu senti também. Você está bem? — Ela segura minha mão sobre a mesa.

— Superbem — respondo, pedindo a conta.

— Branca... — ela tenta dizer, mas eu levanto a mão, impedindo-a.

— Clara, eu estou bem. Com quantos caras já fiquei? O que mais eu posso esperar dele? O Lex tem todo o direito de seguir com a vida. Assim como eu segui.

— Seguiu? — Seu olhar doce encontra o meu. Clara e seu jeitinho de me fazer ler sua mente.

— Cada um segue a vida do jeito que acha melhor, né? — Minha voz soa mais cansada do que eu pretendia.

— Pegação desapegada é viver?

— Ah, Clara. Sei que é lindo ter o que você tem, encontrar o cara com quem quer passar o resto da vida, mas não é tão simples. Eu achei que tinha isso e deu tudo errado. Tá bom do jeito que tá, certo?

Tenho vontade de ser rude com ela para que deixe de me atormentar sobre sentimentos. Normalmente é o que eu faria, mas não sei por que não consigo. Talvez seja porque não quero sentir nada, nem raiva.

Uma hora depois, entro em meu escritório e há uma sacolinha de papel lilás sobre a mesa.

Abro-a devagar e retiro uma caixinha preta, surpreendendo-me com o conteúdo: um conjunto de calcinha e sutiã de renda vermelho, com cinta-liga da mesma cor.

A peça é delicada e sensual ao mesmo tempo. Não tenho tempo de pensar em como ficaria nela ou quem a mandou, porque um bilhete escorrega das peças e cai no chão.

Sei que rasguei só a calcinha (da qual eu honestamente não lembro a cor) e aí tem um conjunto completo. Mas fazer o que se eu sou de sagitário e "exagerado" devia ser meu sobrenome?

Falando nisso, agora vou ter que mudá-lo por sua causa.

Passo na sua casa às 11. Vou entender o recado se não abrir a porta.

Ass.: Rodrigo exagerado que não cumpre a própria palavra Villa

A melancolia que me perseguiu ao longo do dia dá lugar a um sorriso safado.

Esse moleque e seu timing maravilhoso.

Não há dúvida do que eu farei em relação à porta, mas algo me diz que, se eu não abrir, ele vai derrubá-la.

47

LEX

And now I'm breaking at the britches
And at the end of all your lines
Who will love you?
Who will fight?
*Who will fall far behind?**

— Bon Iver, "Skinny Love"

ENCARO O CELULAR na minha mão, depois de desligar. A voz de Branca ainda ecoa em meus ouvidos.

Eu não esperava por sua ligação. Na verdade, cheguei a pensar nela em um momento do dia, mas não esperava.

Ela parecia tão perdida, como se não soubesse exatamente lidar comigo. Será que seremos sempre isso? Duas pessoas que se conhecem tão bem, mas não sabem como lidar uma com a outra?

Seria bom se os sentimentos fossem extintos no momento em que duas pessoas se tornam ex. Quer dizer, não todos os sentimentos. Poderiam permanecer a parceria, o carinho, a amizade, mas essa dor estranha que aperta o peito e nos faz questionar presente e futuro não deveria existir.

— Lex — Bruno repete, tirando-me dos meus pensamentos. — Toca uma música pra mim?

---

* "Agora estou rompendo as ligações/ E no final de todas as suas linhas/ Quem amará você?/ Quem lutará?/ Quem ficará para trás?"

— Claro — respondo, esticando o braço e pegando o violão que ele carrega.

Foi ele quem me chamou durante a ligação de Branca. Flávia disse que Bruno não teve uma noite fácil. Muitos pesadelos. Ele acordou chorando várias vezes, e eu tirei o dia de folga para ficar por perto.

Começo a tocar e cantar "Hero", do Nickelback. Ele está viciado nessa música desde que descobriu que foi o tema do primeiro *Homem-Aranha*.

Estou na casa em que ele mora com a mãe. Tenho passado bastante tempo aqui. Ele fecha os olhos e rodopia pela sala, dançando, alternando com pulos e movimentos que lembram os do Homem-Aranha.

Canto, observo, sorrio.

Às vezes sinto que o passado me assombra e quer encontrar uma fresta para invadir o presente, mas são as pequenas coisas que me mantêm onde estou. São esses prazeres, como observar a alegria desse menino ao ouvir uma música, ou sua mãe cantarolando baixinho ao entrar na sala, que me mostram que não há nada melhor do que viver este momento.

48

Rodrigo

Ela liga porque sabe que a minha carne é fraca
Tô indo te encontrar, é só mandar o mapa
Que eu te pego e a gente foge sem ter hora pra voltar
Você sabe muito bem aonde isso vai dar
Tá quente, tá quente
Vou te beijando e vai passando besteira na mente
Tá quente, tá quente
Cê tá ligada que a pegada aqui é diferente
E o passado vai perdendo pro presente.

— Michel Teló, "Tá quente"

— *Mãe!* — chamo, quando entro na sala da casa dela. — Cheguei. Cadê você? Vamos perder a sessão, dona Alice.

Minha mãe aparece no topo da escada, ajeitando os cabelos cacheados, enquanto desce apressada. Ela tem usado cachos desde que começou a namorar.

— Estou pronta — responde, tropeçando no último degrau e se apoiando em mim.

— Não precisa correr tanto.

— Claro que preciso. Seu tom parecia bem desesperado.

— Eu não diria desesperado. Talvez apressado.

— Sei. Cadê o Lucas? — ela pergunta ao mesmo tempo em que meu amigo cruza a porta.

— Acho que ele marcou algo com uma garota depois, tia Alice — o cagueta comenta.

— Sabia — ela responde, abraçando Lucas e dando um beijo em seu rosto.

Quando Viviane se mudou para Londres, Lucas e eu começamos uma rotina de sair com a minha mãe para jantar e ir ao cinema a cada quinze dias. Por um tempo foi o único passatempo dela. Agora ela namora e tudo o mais, mas o costume se mantém.

— Cala essa boca, vai — digo para Lucas, que ri ao sairmos da casa.

— E então, essa garota nova... — minha mãe começa depois de entrar no carro e colocar o cinto.

— Que garota? — Eu me faço de desentendido. — A que deixou o Lucas na sofrência? Acho que podemos falar dela mesmo.

Jogo para o meu amigo, que me lança um olhar incrédulo.

— Filho da puta — ele murmura, no banco do passageiro. Se a minha mãe escuta, finge que não.

— Que garota? — Agora é ela quem pergunta, em tom preocupado.

Lucas se remexe no banco e seu semblante se entristece na hora. Nós dois sempre nos provocamos na frente da minha mãe, e ela até sabe uma coisinha ou outra. Mais até dos namoros do Lucas do que das mulheres com quem saio. Mas agora é diferente. Essa tristeza normalmente aparece quando ele termina um namoro, só que até onde eu sei ele nem começou um.

Porra, é sério mesmo. O que ele tem que não me conta? Seja lá quem for, ela está acabando com meu amigo.

Minha mãe não para de perguntar sobre o assunto, e Lucas não parece saber o que fazer. Não há nada que a faça parar, a menos que...

— Eu meio que vou sair com uma garota pela segunda vez hoje e tô pensando em uma terceira, quarta ou até quinta vez. Quem sabe? — digo, para total espanto dos dois.

De repente, os dois ficam quietos, e tudo o que ouvimos é a voz do Michel Teló, no rádio, cantando "Ai se eu te pego". O que não deixa de ser irônico.

— Vai ser exclusivo? — Lucas questiona, com a testa franzida.

— Quer namorar a menina? — Minha mãe se ajeita no banco de trás, tentando me olhar melhor.

— Afe! Nem um nem outro. — Tiro uma das mãos do volante, pedindo calma. — Menos velocidade aí. Só pensei em deixar rolar um pouco mais.

— Não gosto muito disso, mas é um começo. — Ela me dá dois tapinhas no ombro.

— E isso é entre nós, mãe. Nada de contar pra Vivi, certo? — aviso, olhando-a pelo retrovisor.

— Tá certo — ela assente e parece sincera. Acho que, mais do que ninguém, ela quer que eu me "endireite".

Embora eu pense que isso é esperança demais. É questão de tempo até Branca e eu nos cansarmos desse joguinho e cada um voltar para a sua vida. Mas minha mãe não sabe disso, então acho que vai ficar quieta. E foi o único modo que encontrei de desviar as atenções do Lucas.

O telefone da minha mãe toca e ela se distrai com a ligação.

— Vai dar merda — Lucas murmura, como se lesse a minha mente.

Nós nos encaramos por alguns segundos e eu volto a me concentrar na direção. Sinto um calafrio e não sei se é pela dor que as palavras dele emanaram ou se é um pressentimento de que tudo isso pode mesmo dar merda.

Não sei quando deixei de ser o cara que não repete transas para querer sair com uma garota várias vezes depois.

Mas a verdade é esta: eu quero essa mulher.

Muito.

Um mês depois da nossa transa na balada, aqui estou eu na frente do apartamento da Branca. Parado. Olhando para a porta. Puta merda.

Suspiro. Querendo travar uma luta comigo mesmo, sabendo que estou fadado à derrota de qualquer jeito.

Toco a campainha e espero. Ela não demora a abrir a porta, mas não sai do caminho, me encarando.

Branca está vestindo um casaco preto fino, que a cobre até os joelhos.

Qualquer cara mais inocente sentiria medo e pensaria que ela está pronta para sair, mas eu sei que, por baixo dessa peça de roupa, está o conjunto que dei a ela. Delícia.

Sorrio e ela retribui, erguendo uma sobrancelha.

Ergo a garrafa de tequila que trouxe comigo.

— Antes ou depois? — ela pergunta, sem desviar os olhos de mim.

Dou uma risadinha sem abrir os lábios. Ela não perde por esperar. Por fim, respondo:

— Durante. — E a beijo, fechando a porta com a mão livre.

49

Branca

You've got too much of that sex appeal
Don't play around because I'm for real
You see that road isn't meant for me
*You know I want you amarrao aqui.**
— Shakira feat. Pittbul, "Rabiosa"

Eu tinha dois caminhos: aceitar mais momentos com Rodrigo ou sair e escolher outro cara.

O que eu não ia fazer era ficar em casa me remoendo por ter ligado para o Lex. Ele e eu somos passado. Um passado que ainda me incomoda se penso muito nele, mas mesmo assim já foi.

Por isso, abro a porta segundos depois de a campainha tocar. Pensei em deixá-lo esperando, mas uma adrenalina esquisita me incomodou.

Agora nossos olhares se cruzam um momento antes de ele me beijar, e um arrepio me atravessa da cabeça aos pés. É... Talvez eu não tivesse escolha.

Sua língua invade minha boca. Possessiva, segura, determinada. Ele desce a mão livre pelas minhas costas e agarra minha bunda, abrindo os olhos e me encarando.

Então coloca a garrafa de tequila sobre o aparador perto da porta, e eu posso ler a intenção em sua expressão, mas ele é rápido demais para que eu possa evitar.

* "Você tem muito sex appeal/ Não brinque, porque eu sou de verdade/ Sabe, essa estrada não foi feita para mim/ Você sabe que eu te quero amarrado aqui."

— Moleque! — digo alto, depois que ele segura meu casaco pela gola e o abre com um só movimento, fazendo os botões voarem para todos os lados.

Quero lhe dar um tapa por estragar um dos meus casacos favoritos, mas mordo o lábio inferior ao notar o fogo naqueles olhos verdes percorrendo meu corpo.

— Puta merda... — ele sussurra, tocando meu pescoço e deslizando os dedos lentamente até chegar ao vão dos meus seios.

Ele usa apenas a ponta dos dedos, queimando a pele por onde passa. Outra vez, sem que eu espere, me pega no colo. Em seguida estica o braço, alcança a garrafa e segue para o corredor.

— Qual é o quarto? — pergunta, apontando para as duas portas.

— A da direita.

Entramos. E ele me joga na cama e tira a camiseta preta, atirando-a no chão. Rio sozinha. Esse moleque alterna carinho, sedução e completo descaso. Dá vontade de bater e abraçar ao mesmo tempo.

De barriga para cima, apoio-me nos cotovelos. Rodrigo desafivela o cinto e eu aceno com a mão, fazendo-o se aproximar.

Sem pressa, ele percorre a curta distância, enquanto eu me ajeito na cama, me ajoelhando na borda do colchão.

Engancho os dedos no cós de sua calça jeans e o puxo para perto, com força. Suas pernas se chocam contra a cama, mas ele permanece em pé. Em todos os sentidos... Posso ver seu pau em ponto de bala dentro da roupa.

Começo a despi-lo devagar. Rodrigo coloca as mãos atrás da cabeça, entrelaçando os dedos enquanto espera.

Abaixo a calça devagar. Toco a boxer azul-marinho, envolvendo-o. Ele fecha os olhos e murmura, soltando os braços ao lado do corpo.

Dispo-o completamente e ele mexe as pernas, livrando-se das roupas e tirando as meias.

Quando Rodrigo coloca as mãos em meus ombros, sei que vai me jogar para trás e balanço um dedo em frente a ele, impedindo-o. Há algo que quero fazer antes.

Ele estreita os olhos e os abre bem logo depois, ao ver que me sentei na beira da cama, minhas pernas envolvendo as dele.

Seguro sua bunda, e agora sou eu quem o aperta, acariciando-o antes de desviar a atenção para seu pau. Suas pupilas se dilatam quando meus lábios o tocam, sugando-o devagar. Aprofundo as carícias e ouço seu gemido.

Imediatamente ele corre as mãos pelos meus cabelos, me segurando com firmeza, usando a força necessária para dar prazer e não machucar.

Essa segurança dele é tão sensual que meu corpo queima por antecipação a tudo o que faremos.

Como é que eu deixei esse moleque passar em branco por tanto tempo?

50

Rodrigo

It's a game (ha!)
That she plays
She can win with her eyes closed
It's insane
How she tames
She can turn you into an animal
Yeah yeah yeah
She don't want love
She just wanna touch
*She's a greedy girl to never get enough.**

— Enrique Iglesias feat. Usher & Lil Wayne, "Dirty Dancer"

Jogo a cabeça para trás ao sentir Branca fazer pressão nos lábios, sugando meu pau, enquanto meus dedos se enroscam em seus cachos platinados. Seguro-a com firmeza, mas sem forçar. Branca está no domínio agora. E acho, pelo brilho em seu olhar, que é exatamente o que ela quer.

Os minutos se passam nessa carícia insuportavelmente deliciosa. Uma de suas mãos se movimenta em torno de mim e a outra arranha minha bunda.

---

* "É um jogo (ha!)/ Que ela joga/ Ela pode ganhar de olhos fechados/ É insano/ O jeito como ela doma/ Ela pode te transformar num animal/Yeah yeah yeah/ Ela não quer amor/ Só quer tocar/ Ela é uma garota gananciosa que nunca se cansa."

Nesse ritmo não vou aguentar muito mais, e ainda há muito que quero fazer com ela, então toco seus ombros. Ela entende meu sinal e se afasta, deslizando o dedo indicador em torno dos lábios.

Meu pau fica ainda mais duro. É um prazer quase doloroso. Ela sorri, passando os olhos pelo meu corpo devagar até que o nosso olhar se encontra.

Em um impulso, puxo suas pernas para que ela não se machuque e a jogo para trás. Pego a garrafa de tequila que deixei no criado-mudo e a abro. Subo na cama e fico de joelhos sobre Branca, que franze a testa, curiosa.

Quando entorno um filete de tequila sobre sua barriga, ela se arrepia pelo contato do líquido frio com a pele quente, mas não me impede. A bebida escorre lentamente para o seu umbigo e eu me abaixo, beijando e lambendo sua barriga antes de sorvê-la por inteiro. Ela suspira, ergue os braços acima da cabeça e aperta as mãos, toda entregue. Isso me deixa louco.

Desço o corpo sobre o dela e mostro a garrafa. Branca entreabre os lábios e eu sirvo a bebida em sua boca, pouco antes de a beijar.

A tequila em nossa boca se mistura e eu me sinto prestes a entrar em combustão. Estico a mão para colocar a garrafa no criado-mudo e passo o braço por baixo dela, que se levanta um pouco, me ajudando a tirar seu sutiã em um movimento.

Minha mão toca seu seio e meus lábios descem por seu pescoço até parar no mamilo, sugando-o em diferentes intensidades. Cada gemido é uma resposta de que eu sei bem o que estou fazendo. Ela não esconde que está gostando disso tanto quanto eu.

Uso a mão livre para dedilhar seu corpo até chegar à calcinha. Ela arqueia o corpo e eu a toco, a estimulando.

Ergo-me e não hesito em tomar sua boca outra vez. Nos beijamos com voracidade e ela puxa meus cabelos pela nuca enquanto mordo seu queixo.

Mais uma vez busco a tequila, e nem tenho tempo de ajudá-la a tirar a cinta-liga e a calcinha, porque Branca se livra delas em desespero.

Abrindo-se para mim, Branca me encara. Pela sua reação, nunca viveu o que eu estou prestes a fazer.

Acaricio sua cintura e só então percebo a pequena tatuagem que a calcinha cobria. Uma pimenta vermelha.

— Uma tattoo escondida? — pergunto, tocando-a.

— Gosto de surpreender.

— Posso apostar que sim.

Quando despejo a bebida devagar entre suas pernas, ela diz meu nome baixinho.

Rodrigo. Não moleque. Não idiota. Não qualquer outra coisa. Rodrigo.

Meu coração dá um solavanco e eu balanço a cabeça, me convencendo de que não é nada de mais. É físico. É sexo. *Se concentre nisso.*

Ela ergue um dos joelhos e eu me abaixo, mordiscando sua coxa até deslizar a língua bem naquele ponto, bebendo tequila da forma mais louca e deliciosa que já bebi.

51

Branca

Oh my God, look at that face
You look like my next mistake
*Love's a game, wanna play?**
— Taylor Swift, "Blank Space"

Minha deusa da pauduresência! O que esse homem está fazendo comigo?, eu me pergunto, arqueando o corpo para que ele possa aprofundar ainda mais o contato da língua.

Sua boca percorre os lábios entre minhas pernas com a mesma habilidade com que me beijou há pouco. É mais do que sexo oral. Ele se movimenta como se estivesse mesmo me beijando, e todas as células nervosas do meu corpo reagem a ele.

Não demora e estou me contorcendo sob ele, explodindo em um prazer intenso que me faz gemer alto.

Estou desesperada para tê-lo dentro de mim. Por isso, quando Rodrigo coloca a camisinha, se ajeita sobre mim e toma minha boca, empurro-o para o lado e subo sobre ele.

Sua surpresa é logo substituída por um sorrisinho convencido. O miserável sabe que não estou me aguentando.

E, do mesmo jeito que ele me penetrou de uma vez só, na balada, agora sou eu que o devoro, com a mesma intensidade.

---

* "Ai, meu Deus, olhe esse rosto/ Você parece o meu próximo erro/ O amor é um jogo, quer jogar?"

Apoio as mãos em seu peito enquanto subo e desço sobre ele, fazendo movimentos circulares.

Quando ele solta um palavrão entredentes, sei que o guiei exatamente para onde eu queria. Estou no comando.

Rodrigo agarra minha cintura e arqueia o corpo em direção a mim, ao mesmo tempo em que aumento a intensidade. Ele me preenche inteira, indo cada vez mais rápido e fundo.

Estamos tão perto de nos perder que, se eu pudesse ser totalmente racional agora, me afastaria depressa. Mas não posso. Meu corpo o quer de um jeito que quase não me reconheço.

Atingimos o clímax juntos, e nosso olhar se enfrenta, questionador.

Estamos chocados com o prazer que demos um ao outro. Estamos assustados com a intensidade dos batimentos do nosso coração. Estamos inevitavelmente perdidos.

52
Rodrigo

A página vira, o são delira, então a gente pira
E no meio disso tudo
Tamo tipo
Passarinhos
Soltos a voar dispostos
A achar um ninho
Nem que seja no peito um do outro.
— Emicida part. Vanessa da Mata, "Passarinhos"

Eu devia ir embora. *Eu devia ir embora.* É o que minha mente repete sem parar, enquanto me deito na cama de Branca e a puxo de costas para mim.

Por que eu fiz isso?, me pergunto, encaixando o braço em sua cintura.

Por que ela deixou? Por que estou pensando tanto?

Tento controlar cada uma das ansiedades que parecem me dominar. Meus planos sempre foram vir até aqui, transar e ir embora.

Agora a chuva despenca lá fora, e talvez fosse mais prudente subir na moto e me encharcar até em casa do que ficar aqui.

— Acho que vou embora — digo por fim, sem me mexer.

— De moto na chuva? — Branca aponta o óbvio, sem pretensão de se virar.

Sua voz está sonolenta depois de três rounds de sexo insano, e provavelmente é efeito da tequila, que tomamos toda.

A mesma sonolência e estupor parecem se abater sobre mim. Enrosco um cacho dos seus cabelos nos dedos, sem perceber. Seu perfume me inebria.

— Por que não usa o cabelo assim? — Acaricio a mecha.

— Gosto mais dele liso.

— Eu gosto assim. Te dá um ar... selvagem.

Branca pensa por uns segundos e solta uma risada abafada.

— Vai dormir, moleque. — Seu tom é diferente do habitual. Eu diria que quase carinhoso.

Logo em seguida, ela começa a ressonar baixinho, adormecida. Ainda tento ficar acordado e me forçar a sair da cama para enfrentar a chuva. Melhor a chuva que as consequências que a luz do dia trará.

Eu tento, juro. Mas o calor do corpo dela contra o meu é quase como um anestésico que me impede de fugir para a racionalidade que a tempestade lá fora traria.

E, contrariando todos os avisos da minha mente, eu durmo e deixo que o coração leve a melhor hoje. Só hoje.

53

Branca

Cause you're hot then you're cold
You're yes then you're no
You're in and you're out
You're up and you're down
You're wrong when it's right
It's black and it's white
We fight, we break up
We kiss, we make up
(You)
You don't really want to stay, no
(You)
But you don't really wanna go, oh.

— Katy Perry, "Hot n' Cold"*

Um calor agradável envolve todo o meu corpo. Sinto um desejo absurdo de me espreguiçar como se tivesse tido a melhor noite de sono da minha vida.

Abro os olhos devagar e a memória volta à minha mente. Rodrigo e eu passamos horas apreciando o corpo um do outro.

Mas o que ele está fazendo aqui ainda?, é o que me pergunto, espantada. *E, por Deus, por que estamos de conchinha?*

* "Porque você é quente, depois é frio/ Você é sim, depois não/ Você está dentro, depois fora/ Você está por cima, depois por baixo/ Você está errado quando está certo/ É preto e é branco/ Nós brigamos e terminamos/ Nós nos beijamos e voltamos/ (Você)/ Você não quer realmente ficar, não/ (Você)/ Mas você também não quer ir, oh."

Tiro o braço dele de cima de mim e tento me afastar devagar. Rolo para o lado e me enrosco no lençol. Puxo o tecido e sinto a perna presa. Insisto no movimento e, nessa guerra para me desvencilhar, me aproximo demais da beira da cama. Antes que consiga me segurar, caio de bunda no chão.

— Puta merda — falo baixinho, e o observo grunhir dormindo e se virar para o outro lado.

Jogo o lençol para longe e corro para o banheiro. Tomo um banho rápido, e, quando retorno, Rodrigo ainda está desmaiado.

Coloco um vestido florido em tons pastel. Eu me olho no espelho enquanto desembaraço os cabelos e me convenço de que vou sair sem usar o secador e a chapinha porque não quero ter que falar com Rodrigo, não porque ele disse que gosta assim.

Deixo um bilhete e saio do apartamento.

Estou esperando o elevador e tentando ignorar completamente a noite anterior quando ouço o sinal de que ele está no meu andar e a porta se abre. Dou de cara com Bernardo, que franze a testa ao me ver.

— Bom dia. O que faz acordada tão cedo num sábado? — meu irmão pergunta assim que eu entro e a porta se fecha.

— Nem é cedo, Bernardo — rebato, e vou olhar o horário no celular. Ah, caramba. São sete da manhã. Ele ergue uma sobrancelha e aguarda. — Tá olhando o quê, idiota? Você também tá acordado.

— É, mas eu tenho uma corrida às oito. Está indo correr também?

Só se for do puta cara gostoso na minha cama.

Que inferno! É isso que dá lidar com moleque.

— Não é da sua conta, Bernardo. Dá uma meditada aí e cala a boca — digo, tentando parecer a mesma Branca de sempre e encarando minhas longas unhas pintadas de chumbo.

Meu irmão dá uma risadinha besta e eu não digo mais nada.

Afinal, tudo pode ser e será usado contra mim no momento em que ele descobrir que estou transando com o seu melhor amigo.

Essa situação pode ser complicada de lidar, mas não posso dizer que eu queira parar.

54

Rodrigo

E não é legal quando você acorda
E vê que é tarde demais pra deixar
E quando a gente ama assim é foda
Não vejo a hora de te encontrar
Me ignora, manda embora
Traz de volta
Eu não tomo vergonha na cara.

— Luan Santana, "Vergonha na cara"

Acordo e estico o braço para o lado. A fria temperatura do colchão me mostra que estou sozinho antes mesmo que eu abra os olhos.

Sento na cama e me espreguiço, alongando o pescoço.

Caminho pelado pelo apartamento e verifico que Branca não está. Aquela miserável me deixou mesmo sozinho.

Sento na cama outra vez para checar as horas no celular. São dez da manhã. Quando coloco o aparelho no criado-mudo, noto um pedaço de papel.

É um bilhete da Branca.

Você conhece a saída.
Vê se não quebra nada, moleque!

Filha da puta... Ô mulherzinha teimosa da porra! Quem vê pensa que eu não a fiz ultrapassar vários limites na noite passada.

Viro o papel. Pego a caneta e respondo.

Depois tomo banho e me visto para sair. Logo mais tenho que ir para a praia. Minha mãe está lá com o Henrique, seu namorado. Eles estão planejando uma viagem de três meses pela Europa, logo que Clara e Bernardo se casarem. Na verdade, vão embarcar na noite do casamento.

Minha mãe está empolgada, e é bom vê-la tão feliz. Henrique é um cara legal. Mais sério e reservado que meu pai, que era tão brincalhão e receptivo. Já me peguei fazendo comparações entre os dois, mas acho que isso não é muito da minha conta.

Estou mexendo no celular quando o elevador para no térreo, e então percebo que não tinha apertado o botão do subsolo.

A porta se abre e dou de cara com Bernardo.

— E aí, meu amigo?! Tô te esperando há meia hora! — Abro os braços para expressar ainda mais minha falsa reclamação, quando ele me olha surpreso.

— Marcamos alguma coisa? — Ele coça a cabeça, confuso.

— E os amigos precisam marcar pra se ver agora?

— Eu tinha corrida hoje. Tenho quase certeza que falei sobre isso com você ontem. — Ele aperta o botão do décimo terceiro andar.

— Devo ter esquecido. Sabe como é, né? — Dou de ombros.

— Sei... — Ele está cismado e não faz muita questão de esconder.

Pode cismar quanto quiser. Pela minha boca ele não vai saber. Se a família descobrir que Branca e eu estamos transando, vai ser um inferno.

Coloco as mãos nos bolsos e começo a assobiar uma música qualquer, me lembrando do bilhete que deixei para ela.

Queria ser um mosquito para ver a reação da Branca. Ela vai ficar puta por eu ter usado um slogan de padaria para me referir a nós dois.

Negue quanto quiser.
Mas servimos bem para servir sempre.
Então, aguardo a sua ligação.

E ela vai ligar. Pode apostar que vai.

55

Branca

E hoje você não escapa
Hoje vem que a nossa festa
Hoje eu tô querendo te pegar de novo.
— Ludmilla, "Hoje"

Estou almoçando com minha mãe e minhas tias. Depois que encontrei meu irmão, resolvi ir para a casa dos meus pais, sem saber que era dia de almoço da minha mãe com as irmãs.

A cada cinco minutos, tia Marcela me pergunta sobre meu ex-marido. Não sei o que é pior: isso ou a tia Vânia perguntando sobre os namorados. Na quinta vez, quando ela insinua que se eu ficar muito tempo sozinha vou desaprender a "arte do amor", me canso e respondo:

— Não precisa namorar pra transar, tia.

Minha mãe engasga, mas ri quando se recupera.

— Ah, Branca. — É o máximo que ela diz. Minha tia estava pedindo, não é mesmo?

Depois do almoço, elas falam sobre a vida de cada pessoa que conhecem, e estou começando a me entediar, mas ainda não sei se é seguro voltar para casa. Realmente não estou a fim de olhar para a cara do Rodrigo agora.

Dedilho sobre a tela do celular, pensativa. Até que decido lhe mandar uma mensagem:

Tá fazendo o quê?

A resposta chega em segundos:

Tá cuidando agora?

E eu tenho cara de babá pra cuidar de moleque? Só tô querendo saber se já tirou essa bunda da minha cama.

Tirei sim. Tô na praia.

Não são nem três da tarde. Ele saiu da minha casa e já foi curtir. Esse é o Rodrigo.

Reflito um pouco sobre o que estou prestes a fazer. Vim para cá para fugir dele e agora já estou querendo essa praga de volta.

Viu meu bilhete?

A pergunta chega depois do meu silêncio. Como é que eu ia ver se nem fui para casa ainda?

Que bilhete?

Ele me manda uma foto e eu leio a mensagem.

Afe. Trouxa!

É o que eu envio, mas estou rindo. É um idiota, mas que serviu bem não dá para negar.

Minha mãe me olha de longe, pensativa, depois volta a conversar com as irmãs.

Eu sabia que você ia gostar.
Pode pedir agora ou pode ligar depois.
Mas você sabe como é o sinal daqui.
Depois não reclama.

Sigo pensativa e ele continua:

Vou te ajudar, ok?
Foi bom pra caralho, não foi?
O que nós ganhamos fazendo jogo duro?
Ou melhor: o que nós perdemos?

Eu permaneço em silêncio. Inspiro profundamente e percebo que posso ficar nesse joguinho besta ou assumir que quero de novo mesmo e que não há nada de errado nisso.

Então desisto e digito:

Mesmo horário.
Na sua casa ou na minha?

Estamos a quilômetros de distância, mas posso ouvir a gargalhada de Rodrigo em minha mente.

Ah, foda-se. Eu quero e pronto.

56

Rodrigo

Sou pássaro de fogo
Que canto ao teu ouvido
Vou ganhar este jogo, te amando feito um louco
Quero teu amor bandido
Minha alma viajante, coração independente
Por você corre perigo
Tô a fim dos teus segredos, de tirar o teu sossego
Ser bem mais que um amigo.

— Paula Fernandes part. Eric Silver, "Firebird"

Não foi algo premeditado e não posso dizer que eu esperava por isso, mas os dias passam e Branca e eu seguimos com este jogo no qual, por enquanto, ambos ganhamos. Ela liga. Eu ligo. Não importa. Nós ficamos juntos, e a única regra é que seja bom para os dois.

É claro que fazemos tudo isso escondidos do restante da família. O que deixa tudo ainda mais excitante. Os únicos que sabem são Rafael e Lucas, mas mantêm segredo, e eu agradeço.

Mais cedo, Branca cancelou a noite, dizendo que precisava terminar a defesa de um caso e que estava com cólica. Bem, só a última parte já seria suficiente para me manter longe. Mas resolvi abrir uma exceção e fazer por ela o que já fiz por minha mãe e minha irmã uma infinidade de vezes.

Então toco a campainha, segurando minhas sacolas.

— O que você tá fazendo... — Branca nem termina a pergunta ao reconhecer as embalagens. — Donuts? Você me trouxe donuts? E Starbucks? — Não entendo por que ela parece tão chocada. Já trouxe comida para ela antes, não é nada de mais.

— Você disse que está com cólica. O que me fez pensar que é provável que esteja naqueles dias, e doses de açúcar vão te fazer muito bem.

— Como você sabe disso? Você usa isso com todas, né? Técnicas de conquista e essas merdas.

— Eu vivi boa parte da minha vida com duas mulheres, Branca. É óbvio que, enquanto as ajudava e cuidava delas, aprendi o suficiente para tirar proveito quando precisasse. E, não, nunca levei donuts pra outra garota antes. — Sou sincero. — Mas já levei chocolate e outras coisas. — Ela revira os olhos, puxa a embalagem de mim e pega minha mão. — Se estiver trabalhando, posso ir embora. Só vim deixar seu dia mais doce. — É mentira. Vim para ficar, mas ainda encontro certa dificuldade para assumir isso.

— Eu já terminei. — Ela aponta para a mesa de jantar, onde vejo seu notebook e anotações. — Só estou nervosa e não queria ver ninguém. — Viro a palma das mãos para cima, com a maior cara de desculpa do mundo. Ela para, dá um passo e me beija nos lábios, devagar. — Obrigada. — É o máximo que vou ganhar e o suficiente para me fazer sorrir. — Estava pensando em ver um filme agora.

— Acho ótimo. A gente come enquanto assiste. Eu trouxe comida pra um batalhão.

— Vou comer tudo, Rodrigo. Alguma coisa contra? — Ela me lança um olhar desafiador enquanto ajeita as embalagens e sacolas na mesinha ao lado do sofá.

— Claro que tenho. — Cruzo os braços, fingindo estar zangado. — Pode me dar dois, pelo menos? Os outros vinte e dois eu deixo pra você.

— Você trouxe mesmo duas dúzias de donuts?

— Eu não sabia de que sabor você gostava, então comprei um pouco de cada. E trouxe pouco, pelo visto. Tô achando que vou ficar sem.

— Vou te dar cinco, ok? — Ela mostra os dedos da mão e se aproxima outra vez. — Acho que é um bom número.

Dou risada e a puxo para o sofá. Branca me dá um tapa e abre a primeira embalagem, tirando um donut fresquinho. Ela dá uma mordida e o recheio escorre pelo canto de sua boca. Instintivamente eu a limpo com a ponta do dedo e depois provo o sabor.

— Banana. Meu preferido — digo ao mesmo tempo em que ela aproxima o donut da minha boca, sem falar nada.

Nós o dividimos sem pressa, e, ao terminarmos, eu a beijo antes que ela alcance outro na caixa. Até espero por um novo tapa, mas Branca me puxa pelo pescoço e se ajeita no sofá para que eu me deite ao seu lado, sem que nossos lábios se afastem.

Entre um beijo e outro, nos entreolhamos em silêncio. Não sei o que ela está pensando, mas, quando estamos juntos, minha mente costuma se alternar entre extrema euforia e deliciosa calmaria. Parece tão natural.

Fecho os olhos, tentando não me perguntar por que tenho pensado tanto em beijá-la e em estar com ela. Ah, essa mulher ainda vai me deixar maluco.

57

Branca

De dia, vou me mostrar de longe
De noite, você verá de perto
O certo e o incerto, a gente vai saber
E, mesmo assim, eu queria te perguntar
Se você tem aí contigo alguma coisa pra me dar
Se tem espaço de sobra no seu coração
Quer levar minha bagagem ou não?
E, pelo visto, vou te inserir na minha paisagem
E você vai me ensinar as suas verdades
E, se pensar, a gente já queria tudo isso desde o início.

— Tiê, "Dois"

Perdi o recurso. Não acredito que perdi o recurso. Passo a mão pelos cabelos, dentro do banheiro do fórum, e me olho no espelho, decepcionada.

— Se controla. Você vai dar um jeito nisso — digo para mim mesma, tentando sufocar o desespero e conter as lágrimas.

Não posso desabar. Sou uma advogada e preciso ser profissional. Perder faz parte. Preciso entender isso.

A porta do banheiro se abre e uma senhora entra. Dou graças a Deus por não conhecê-la e deixo o local. Passo pela porta do fórum e desço as escadas, desestabilizada. Não foi minha primeira derrota, mas é a que mais vai me marcar.

João Vitor, o pai que eu representava, chorou quando lhe contei a decisão do juiz. É difícil lutar contra o sistema quando um dos pais tem motivos pessoais para fazer um inferno da vida do outro. O ser humano pode ser terrível.

Ando apressada e tropeço, quase torcendo o pé. Paro, tentando me equilibrar, e vejo Rodrigo a um metro de mim.

— Achei que era melhor estar por perto caso... — Ele tenta se explicar e eu o abraço, interrompendo-o.

Não consigo dizer nada e sei que, se tentar, vou chorar. Então me concentro no calor do corpo dele e fico assim, sem me mexer, por um tempo bem mais longo do que eu gostaria.

Na minha profissão, ganho e perco — mais ganho do que perco, mas são as derrotas que mais me marcam. Nenhuma me abalou tanto quanto essa, e sei que eu não deveria estar tão frágil. Ainda mais perto do Rodrigo.

Não sei o que significamos um para o outro, e a cada dia ele se torna mais vital para mim. Há pouco, um segundo antes de vê-lo, tudo o que eu queria era ligar para ele, mas não precisei. Ele apareceu na minha frente, como se tivesse a capacidade de realizar desejos secretos.

Agora Rodrigo sussurra que vai ficar tudo bem e que, se ajudar, ele pode comprar uma tonelada de donuts. Não sei se ele quer me distrair ou se esse é seu jeito moleque de tentar consertar as coisas.

Com um sorriso triste e a cabeça encostada em seu peito forte, deixo que as batidas de seu coração me acalmem. Por mais que eu negue, por mais que queira correr do que estou sentindo, por mais que ainda tenha medo de dizer em voz alta como ele é importante para mim, não há outro lugar em que eu queira estar agora além de seus braços.

58
Rodrigo

Hoje eu admiti pra mim mesmo
Eu tenho um grande vício
Pra que mentir pro meu coração?
Tava cada dia mais difícil
Talvez eu seja um pouco sem juízo
Talvez eu queira mais do que preciso
Mas, pensando bem, diz o mal que tem
Querer mais de você.

— Malta, "Nada se compara"

Branca e eu passamos o último mês nos pegando em todas as situações possíveis e até nas impossíveis, como na minha sala, enquanto meu avô e o pai dela estavam em reunião na sala ao lado.

Nesse tempo, fiquei só com ela, e nem foi algo que premeditei. É que passamos basicamente todo nosso tempo livre juntos. E, por mais que eu odeie admitir, eu só queria a Branca.

Agora estou na igreja, ao lado da salinha onde Clara está se arrumando para o casamento. Branca, Viviane, Fernanda e Mila estão com ela. Pelas risadas que escuto de tempos em tempos, está tudo bem. Branca até que tem reagido bem a Mila. No meu aniversário de vinte e quatro anos, na semana passada, vi as duas conversando numa boa.

Não dá para acreditar em como o tempo passa rápido. Acho que todos ficamos tão atentos ao que acontecia entre Bernardo e Clara que não vimos a vida passar voando por nós.

Já chegou ?

É a mensagem de Branca.

Sim. Tô aqui na porta.

Viu aquele negócio lá?

Vi. Tá comigo.

Certo. Tô terminando de arrumar a Clara e já vou.

Minutos depois, ela sai com a expressão aflita. Não consigo corresponder a sua apreensão, porque me distraio, admirando-a.

Branca está usando um vestido azul-claro com algumas partes de renda. Ele desce justo pelo corpo e começa a afrouxar depois das coxas. As costas ficam descobertas, assim como o busto, marcado por um decote generoso.

Engulo em seco quando ela fala, me trazendo de volta à realidade:

— Tem que ser em algum lugar que ninguém veja. — Sua voz é baixa, mas sai em um tom estridente.

— Eu sabia que você ia dizer isso — respondo e aponto para frente. — Tem um quartinho descendo as escadas que está vazio e destrancado. Já olhei.

— Ótimo. Vamos lá.

Descemos até o quartinho. Entramos e eu fecho a porta, ficando de costas para ela, a fim de dificultar a entrada de qualquer pessoa. Levantando a palma da mão para mim, ela aguarda. Contrariando o que ela espera, eu a puxo e a beijo.

Por mais tensa que Branca esteja, ela não demora a ceder em meus braços. Sua boca já é familiar, e eu gosto dessa sensação. Pela primeira vez em anos, venho pensando em me comprometer com algo mais sério do que algumas ficadas. O sentimento que tentei negar durante todos esses anos vem batendo forte. Quero conversar com ela sobre isso depois da festa.

Não sei explicar o exato momento em que ela deixou de ser só uma transa e se tornou importante demais para mim. Acho que vê-la tão frágil, após ter perdido aquele recurso, me fez repensar muito do que eu sabia sobre ela. De certa forma, eu me vi naquele dia. Branca também não gosta de deixar que os outros saibam como ela é vulnerável. E, bem, quantas vezes eu me senti assim?

Ao longo dos últimos tempos, enquanto pensávamos que estávamos ficando por ficar, fomos nos aproximando. Passei a gostar de coisas bobas, como o sorriso dela. Eu não quero só que ela transe comigo. Não quero só dar e receber prazer. Quero mais. Quero o sorriso depois da vitória, quero o suspiro de felicidade, quero a viradinha de rosto quando ela sabe que está certa, quero a revirada de olhos quando faço uma molecagem, quero o ressonar baixinho depois do sexo. Quero até seus momentos tristes e a certeza de que estarei lá, fazendo-a se sentir bem da forma que eu puder. Quero tudo.

Será que dá para ter tudo e continuar bom como está?

Há muito tempo venho julgando compromisso como prisão, mas não me sinto assim com ela. Isso deve ser um bom sinal, acho. Ou talvez eu esteja completamente maluco, não é? Em vez de me embriagar com álcool, é ela que turva meus sentidos e me faz pensar besteira.

Sinto seu tapa no meu ombro e Branca se afasta, passando a mão nos lábios. Pensa numa mulher que me bate!

— Minha maquiagem, Rô! — Ela briga, mas sorri, enquanto procura algo na bolsa. — Esqueci o celular na sala em que as meninas estão. Se precisarem de mim, não vão me achar. Vamos logo com isso.

O meu está no bolso, vibrando sem parar, mas não há motivo para ninguém querer falar comigo agora, então não me importo.

Estendo a sacola que eu trouxe, e Branca tira de dentro dela uma garrafa de água e uma cartelinha de comprimido. Pílula do dia seguinte.

Na noite passada, a camisinha estourou em uma das vezes. Branca teve uma reação bem exagerada, então eu fiquei de comprar a pílula do dia seguinte e trazer para cá. Foi quando ela se acalmou.

Nunca vi tanto medo de engravidar. Não que eu queira ser pai agora, mas não precisava de tudo aquilo.

Depois de tomar o medicamento, ela descarta a embalagem na sacola e dá um nó, jogando-a em seguida em uma lata de lixo.

— Vamos lá. Logo vai começar a cerimônia — ela diz, tocando meu braço. Apenas a encaro, sem dizer nada. Ela bufa, fingindo birra. — Se eu não te beijar, você vai me agarrar de qualquer jeito, né?

Assinto, sem dizer nada. Ela sorri, balançando a cabeça, e me puxa pela lapela do paletó.

Imediatamente desço as mãos por sua cintura e a trago mais para perto, mas ela logo interrompe o contato.

— Depois! — reclama, tentando se afastar.

Mordisco seu pescoço, dou um beijo em sua bochecha e a solto.

— Precisamos conversar... — deixo escapar quando nosso olhar se cruza.

— Eu sei. — Branca toca meu rosto devagar e eu me permito fechar os olhos por um instante antes que ela recomece. — Depois do casamento, tá?

Concordo e saímos da sala.

Meu celular não para de vibrar, então eu o tiro do bolso e vejo milhares de mensagens da Vivi e do Lucas.

Viviane estava só nos procurando, mas Lucas diz que precisa falar comigo urgente e que é para eu sair da igreja e encontrá-lo lá fora.

Franzo a testa, preocupado.

— O que foi? — Branca pergunta.

Mostro a mensagem para ela, que teima em ir comigo. Não gosto muito da ideia, mas não dá para perder tempo convencendo-a do contrário.

Quando saímos, parece que toda a família resolve aparecer ao mesmo tempo. Levo alguns segundos para compreender o que está acontecendo, até que ponho os olhos em Lex.

Ah, droga...

59

Branca

No vão das coisas que a gente disse
Não cabe mais sermos somente amigos
E quando eu falo que eu já nem quero
A frase fica pelo avesso
Meio na contramão
E quando finjo que esqueço
Eu não esqueci nada
E cada vez que eu fujo, eu me aproximo mais.
— Ana Carolina, "Quem de nós dois"

Quando Rodrigo me beija na salinha, esqueço que fiquei preocupada quando a camisinha estourou, esqueço que estamos no casamento de Bernardo e Clara, esqueço até que, antes de começarmos a ficar com frequência, eu não via futuro nenhum para nós dois. A verdade é que eu tento ficar longe dele, mas não consigo.

Toda vez que penso em me afastar, ele me toca de um jeito, ou me olha de outro, ou ainda diz ou faz algo que eu não esperava. O fato de Rodrigo ser uma caixinha de surpresas acaba sendo instigante, em vez de assustador.

Rodrigo não é simples de compreender. Para olhos desavisados, ele é só um *bon vivant.* Para nossa família, é a alma mais alegre e amigável que já se viu e, às vezes, o causador de alguns problemas, claro. Para mim, a cada dia ele é um mistério sendo desvendado. Escondendo-se por trás de sua personalidade marcante, Rodrigo não deixa que as pessoas vejam que ele sofre.

Eu tento não me apegar mais a relacionamentos, porque sei como sofri com o fim do meu casamento com Lex. Ainda dói se eu penso nisso. Mas não tenho certeza se o sofrimento teve a ver com a perda real do Lex ou com a perda em si. Acho que já ficou claro que não lido muito bem com perdas, certo?

Rodrigo não quer pensar na causa da sua dor, que eu acredito que tenha a ver com a morte do tio Pedro. É difícil ficar longe de Rodrigo quando ele desperta a melhor parte de mim, mas eu tento me afastar, juro que tento. Só que, toda vez que fico longe, bate um medo desgraçado de não dar uma chance a ele e de o tempo me mostrar que esse foi o maior erro da minha vida. E eu realmente estou cansada de errar.

— Depois! — Eu me afasto dele.

Quando finalmente saímos e ele vê a mensagem de Lucas, decido ir junto.

Hoje é o casamento do meu irmão com a minha melhor amiga, a pessoa que ele ama desde sempre. Ninguém vai estragar esse dia, e, se for um problema, quero resolver.

Por isso, quando saio acompanhando o Rodrigo e ainda ajeitando o vestido, achando que nossa saída tem algo a ver com Lucas, sinto o chão sumir sob meus pés ao dar de cara com Lex.

Não acredito que ele veio.

60

LEX

Hello from the outside
At least I can say that I've tried
To tell you I'm sorry
For breaking your heart
But it don't matter, it clearly
*Doesn't tear you apart anymore.**
— Adele, "Hello"

SE ALGUÉM ME contasse há um mês o furacão que passaria pela minha vida, eu riria, sem acreditar.

Eu sei, por experiência própria, como a vida pode ser impiedosa. Às vezes tudo parece dar certo. Traçamos objetivos. Planejamos um futuro. E, quando menos esperamos, vem o baque e leva embora tudo o que mais amamos.

Em um intervalo de trinta dias, perdi Flávia, Bruno e a vida que esperava viver com eles. Ainda sob o impacto da perda, não sei bem como reagir, mas não estou disposto a desistir.

Se a vida conspirou para que tudo desse errado, me nego a aceitar de braços cruzados. Quando tudo parece dar errado, lutar ou ceder é o que determina quem você é. E eu luto.

---

* "Olá do lado de fora/ Pelo menos posso dizer que tentei/ Dizer a você que sinto muito/ Por partir seu coração/ Mas não importa, isso claramente/ Não o deixa mais em pedaços."

Resolvi voltar para o casamento de Bernardo e Clara, porque preciso espairecer e acredito que rever Rafa, Vivi, Pri e os outros é essencial nesse momento.

Não faço ideia de qual deve ser meu caminho agora.

Ando pela rua da igreja de cabeça baixa, pensativo. Ergo os olhos apenas quando estou em frente à escadaria.

Há momentos na vida em que parece que uma força superior resolve chacoalhar tudo, sem te dar tempo para reorganizar as coisas. Sua reação nessas horas é que vai mostrar sua capacidade de resistir à dor e à perda.

É quando eu levanto os olhos que me deparo com o inesperado.

Espere... Branca e Rodrigo? Por quanto tempo fiquei fora?

61

Rodrigo

Eu sou o teu segredo mais oculto
Teu desejo mais profundo, o teu querer
Tua fome de prazer sem disfarçar
Sou a fonte de alegria, sou o teu sonhar.

— Victor e Leo, "Meu eu em você"

MINHA IRMÃ TRATOU de pôr todos para dentro da igreja, porque a cerimônia ia começar. Não tive tempo de falar com Branca nem com ninguém. Estamos no altar, e Clara cruza o corredor ao som da marcha nupcial.

Clara está linda, radiante. E parece ser a única de nós que não sabe que há confusão por vir. Todos os outros olham de mim para Branca e para Lex, sentado entre os convidados.

Resvalo os dedos na palma da mão de Branca. Está fria.

Sinceramente, não imaginei que Lex viria. Talvez seja pelo meu lado orgulhoso, mas nessa situação eu me manteria o mais longe possível da igreja. Quer dizer, eu acho, né? Porque falei que não iria atrás da Branca e fui até ficar com ela.

Ao mesmo tempo, entendo por que ele voltou, só de ver a recepção do Rafa e sua alegria ao rever o velho amigo. Lex parecia sentir o mesmo. A Pri é sua afilhada e ele mal a conhece. Sei bem que é difícil ficar longe de quem se ama.

Não sei o que vai acontecer agora, procuro me convencer de que não me importo e fingir que não estou com medo, mas não sei se consigo enganar nem a mim mesmo.

62

Branca

As your shadow crosses mine
What it takes to come alive
It's the way I'm feeling I just can't deny
But I've gotta let it go
*We found love in a hopeless place.**

— Rihanna feat. Calvin Harris, "We Found Love"

Não estou acreditando que ninguém me avisou que Lex viria. Claro que eu pensei que isso fosse possível, mas esperava ao menos uma confirmação para estar preparada.

A minha cara de espanto ao vê-lo com certeza daria um bom meme no Facebook. Choquei mesmo. E, sim, me abalei consideravelmente.

Acho que ex devia ser tipo Lei de Newton: dois corpos de ex não ocupam o mesmo espaço. Inclua aí uma área de um quilômetro em comum quando se referir ao "mesmo espaço", pelo menos, ok?

Não sei o que é pior, de verdade: ver seu ex e sofrer o impacto disso ou vê-lo e não sentir nada. O segundo caso dá ideia de que o passado nem existiu.

Bato sem parar com a ponta do salto no chão, sob o olhar preocupado de Viviane.

Não sei o que pensar, não sei o que sentir. Acho que tudo o que eu quero saber agora é: que porra de bebê é aquele no colo do Lex?

---

* "Quando sua sombra cruza a minha/ É o que basta para que eu ganhe vida/ É como eu me sinto e não posso negar/ Mas preciso deixar pra lá/ Encontramos amor em um lugar sem esperança."

63
LEX

Hey!
There's something missing
Only time will alter your vision
Never in question, lethal injection
*Welcome to the family.**

— Avenged Sevenfold, "Welcome to the Family"

VOLTEI PARA SÃO PAULO esperando encontrar um refúgio, mas ao que tudo indica teremos confusão. Todos que conhecem a nossa história parecem estar com a respiração em suspenso, esperando que uma bomba caia sobre a igreja.

Óbvio que eu sabia que a Branca estava com alguém. Rafa insinuou isso muitas vezes, até mesmo quando eu disse a ele que não queria saber. Agora entendo: ele queria me contar por causa disso. Eu nunca imaginaria que era o Rodrigo.

É... Tem muita coisa acontecendo ao mesmo tempo. O jeito é ficar tranquilo e prestar atenção na cerimônia.

— Mas para isso eu preciso que a sua mãe chegue logo, não é mesmo? — sussurro para o bebê em meu colo.

Balanço-o vagarosamente em meus braços, e isso o mantém calmo. Seus olhos abrem e fecham devagar. Ele parece estar com sono.

---

* "Ei!/ Tem alguma coisa faltando/ Só o tempo vai alterar a sua visão/ Nunca em questão, injeção letal/ Bem-vindo à família."

— Certo. Tô começando a ficar preocupado. — Acaricio sua bochecha rechonchuda. — Onde é que está a sua mãe?

64

Branca

There's a fire starting in my heart
Reaching a fever pitch and its bringing me out the dark
The scars of your love remind me of us
*They keep me thinking that we almost had it all.**
— Adele, "Rolling in the Deep"

Quando a cerimônia termina e Clara vem me cumprimentar, eu a abraço e a felicito. Meu irmão e ela estão finalmente casados, e eu sei que essa união terá um futuro diferente da minha.

Clara está radiante. Acho que nunca vi olhos tão brilhantes. Depois que nos abraçamos, ela se afasta e me surpreende ao me abraçar outra vez.

— Te amo, Branca! — ela diz no meu ouvido, e eu sei que está chorando.

— Também te amo — respondo com a voz embargada.

— Você está bem? — ela pergunta, e eu percebo que viu o bebê.

— Você sabe alguma coisa sobre isso? — respondo sua pergunta com outra, e ela balança a cabeça, negando.

Bernardo se aproxima e percebe nossa troca de olhares. Ele me abraça e beija o topo da minha cabeça, então olha de Lex para Rodrigo e depois para mim.

---

* "Há uma chama surgindo no meu coração/Tomando conta de mim e me tirando da escuridão/ As cicatrizes do seu amor me fazem lembrar de nós/ Eles ainda me fazem pensar que quase tivemos isso tudo."

— Tenta não fazer merda, tá? — diz, naquele tom de irmão preocupado que me conhece bem.

— Olha, seu moleque, não é porque você casou que eu não posso te bater. — Meu tom é brincalhão, tentando aliviar a tensão que ele sabe bem que estou sentindo.

O "moleque" na minha frase chama a atenção de Rodrigo, que está a um metro de mim, conversando com a mãe.

— Nos vemos na festa — Bernardo se despede, oferecendo o braço a sua mulher.

Não consigo conter um sorriso emocionado ao ver os dois juntos. Pedrinho e David estão ao lado deles com Maurício, e nunca os vi tão exultantes. Família mais linda!

— Você vai comigo ou com seus pais para a recepção? — Rodrigo pergunta, segurando meu braço com delicadeza. Eu hesito.

Fernanda e Lucas tentam ser discretos, mas nos espiam de canto de olho. Rodrigo nunca agiu assim na frente dos nossos amigos. É quase como se ele quisesse que os outros soubessem.

Levo alguns segundos para responder. O suficiente para ver Rafael, nos fundos da igreja, que começa a esvaziar. Ele está conversando com Lex, que gesticula apontando para o bebê.

Não estou acreditando nisso. Então ele queria tanto um bebê que arrumou um rapidinho. Para já ter filho a esta altura, ele deve ter me superado à velocidade da luz.

— Não sei — finalmente respondo a Rodrigo com a verdade, e percorro o corredor da igreja até onde Lex está, decidida a tirar essa história a limpo.

— Ah, porra... — Rafael murmura quando me vê.

Lex, que estava de costas quando me aproximei, se vira.

— Oi, Branca. — Ele ajeita o bebê nos braços, em um movimento natural.

— Oi, Lex. — Meu tom é frio. Quero dar na cara dele. E, sim, eu sei que não tenho direito nenhum, mas quero mesmo assim. — Não vai me apresentar o Júnior?

Nesse momento, com exceção de Bernardo e Clara, todos os meus amigos já se aproximaram. Até a Camila. Sinto a presença de Rodrigo atrás de mim, mas não me viro. Uma coisa de cada vez, por favor.

Franzindo a testa, Lex passa a mão pelos cabelos escuros, que estão mais compridos do que quando éramos casados. Ele parece cansado e há um brilho triste em seu olhar.

Quando ele finalmente abre a boca para responder, estou quase surtando. Mas sua resposta me deixa ainda mais surpresa:

— Esse bebê não é meu, Branca.

65

LEX

Got no reason
Got no shame
Got no family
I can blame
Just don't let me disappear
*I'mma tell you everything.**
— One Republic, "Secrets"

— **BRANCA** — repito seu nome e ela me olha, espantada.

O que ela esperava? Que eu fosse para o Rio, engravidasse uma menina e agora voltasse com o resultado? Como se ela não tivesse significado nada e eu não tivesse demorado para superar?

— Nós temos que ir para a recepção, gente — Viviane avisa, ajeitando o vestidinho azul de Priscila.

Meu Deus, como a Pri cresceu! As fotos e os vídeos não são nada perto de vê-la saltitando, toda serelepe.

— Não posso ir, Vivi — explico, me preparando para a comoção que virá logo mais. — Preciso esperar a mãe dele.

Vários pares de olhos me encaram, curiosos. É, realmente estou em casa outra vez. Onde nada é resolvido em particular.

Então reproduzo o que estava contando para Rafa quando Branca nos interrompeu.

---

* "Não há razão/ Não há vergonha/ Não há família/ Que eu possa culpar/ Só não me deixe desaparecer/ Vou te contar tudo."

— Eu já estava sentado, pouco antes de a cerimônia começar, e uma garota se acomodou ao meu lado com o bebê. Eu a vi entrando na igreja com mais uma porção de gente. Achei que fossem da família dela. Ela puxou papo comigo. Sabia quem eu era, inclusive. Disse que frequentou a balada algumas vezes. Por isso acreditei que ela fosse mesmo uma convidada. Trocamos algumas palavras e eu reparei que ela estava tremendo. Perguntei se estava bem e ela disse que não. Estava pálida pra caramba mesmo. Me pediu que eu segurasse o bebê para que ela fosse ao banheiro. Fiquei meio sem saber o que fazer, mas ela parecia prestes a desmaiar a qualquer momento, então segurei, né? — Aponto para o bebê. — E estou segurando até agora. Ela não voltou mais.

Branca estreita os olhos, analisando tudo o que acabei de falar.

— Meu Deus. E se ela estiver caída no banheiro? — Fernanda pergunta, a preocupação explodindo em seus olhos cor de mel.

— Foi a primeira coisa que pensei — respondo e faço barulhinhos para confortar o bebê, que começa a se agitar em meus braços. — Então contei para a Mila e pedi que fosse comigo ao banheiro para verificar.

Há fogo no olhar de Branca. O que ela queria que eu fizesse? Podia haver uma mulher desmaiada no chão do banheiro. Recorri à única médica presente que eu conheço.

— Mas não tinha ninguém lá — Mila conta, chamando a atenção de todos. — Falei com algumas pessoas, e o motorista do vô Fernando disse que uma mulher com a descrição que o Lex deu passou por ele chorando logo que a cerimônia começou. Aí fui falar com a moça da recepção, e ela disse que uma mulher com um bebê entrou com outras pessoas e que não estava achando o convite na bolsa. Como pareceu que ela estava com os outros, a moça permitiu que ela entrasse. Era uma mulher com um bebê, né?

— Ela simplesmente largou o bebê aqui e foi embora?! — Branca está incrédula, mas não a condeno. Acho que estamos todos assim.

— Exato.

— O que ela estava vestindo? — ela pergunta.

Ergo a sobrancelha, irônico.

— Você realmente espera que eu tenha reparado nisso? — Mesmo nesse momento tenso, Rafael deixa uma risada escapar. — Ela era ruiva. Bonita. Novinha. Fim. É tudo o que eu posso dizer.

66

Rodrigo

I, I, I
I did it all
I, I, I
I did it all
I owned every second that this world could give
I saw so many places, the things that I did
Yeah, with every broken bone
*I swear I lived.**

— One Republic, "I Lived"

TODOS OS MEUS amigos começam a falar ao mesmo tempo, e Lucas me lança um olhar preocupado. Acho que sabe que estou meio confuso com tudo isso.

Pelas reações de Branca, não parece que ela superou Lex. Isso muda o rumo das minhas próximas ações. Eu estava decidido a me arriscar, mas agora não sei. Precisamos conversar.

Estamos distraídos com o bebê, que parece ter no máximo um mês.

— Que mãe faz isso? — Fernanda protesta, se aproximando de Lex e tocando as bochechas do bebê. — Posso segurar? — Ela pede e em seguida pega a criança.

* "Eu, eu, eu/ Eu fiz tudo/ Eu, eu, eu/ Eu fiz tudo/ Eu aproveitei cada segundo que este mundo podia dar/ Eu vi tantos lugares, as coisas que eu fiz/ Sim, com todos os ossos quebrados/ Eu juro que vivi."

— Ela não te disse mais nada, Lex? — Viviane pergunta, soltando a mão de Priscila e pegando a sacola de bebê que estava no banco ao lado de Lex.

— Não — ele responde, abaixando-se para abraçar Priscila.

Dá para ver que sentiu saudade dela. Não sei como conseguiu ficar longe por tanto tempo.

— Essa sacola é da moça, certo? — minha irmã pergunta, e já está mexendo dentro dela quando Lex assente. — Não há documentos, nada. Peraí. — Ela tira uma folha de papel de um dos bolsinhos da bolsa de ursinhos amarela.

Viviane desdobra o papel e começa a ler, depois me encara, arregalando levemente os olhos.

Não sei o que eu fiz, mas, pelo seu olhar, estou numa encrenca das grandes.

67

Branca

You sound so innocent
All full of good intent
Swear you know best
But you expect me to
Jump up onboard with you
*Ride off into your delusional sunset.**
— Sara Bareilles, "King of Anything"

— *O que foi,* Vivi? — pergunto, arrancando o papel da sua mão antes que ela possa me impedir. Tem algo pesado rolando.

— Branca, não faz assim. — Ela tenta pegar de volta, mas eu a ignoro. Não aguento mais essa tensão.

Meus olhos estão percorrendo as letras arredondadas que preenchem a folha.

Rodrigo,
Sei que é assustador, mas você é pai.
Essa bebê é a minha pequena Anna.
Queria poder ficar com ela, mas não posso.
Eu devia ter te procurado logo que descobri a gravidez, mas tive medo.

---

* "Você parece tão inocente/ Todo cheio de boas intenções/ Juro que você sabe bem/ Mas você espera que eu/ Suba no mesmo barco com você/ E viaje para o seu pôr do sol ilusório."

Ela tem apenas um mês, e no verso da folha estão algumas instruções de como cuidar dela, mas sei que você terá quem te ajude com isso.

Sei que será uma grande responsabilidade para alguém como você, mas todos sabem que, por mais que você goste de farra, a família vem sempre em primeiro lugar.

Acredite: se eu pudesse, ficaria com ela.

Cuida da nossa filha. Ela só tem você agora.

— Puta que pariu... — murmuro, devolvendo o papel para Viviane e encarando Rodrigo.

O tempo todo eu, com o orgulho ferido, achando que era do Lex, meu ex com quem não tenho mais nada, e é muito pior. É do cara que vem despertando as mais diferentes sensações em mim.

Não sei como lidar com isso agora.

— O que está havendo? — Rodrigo pergunta, mas eu sei que ele pressente que é com ele. Vi bem o olhar que ele e a irmã trocaram.

— É seu, moleque. O bebê é seu — respondo enquanto ele lê a carta. — É sua filha.

Ele olha do papel para mim e para a bebê. Faz menção de dizer algo, mas não fico para ouvir. Afasto-me, saindo da igreja.

Não dá. Sério, não dá.

68

Rodrigo

Então foge, foge, foge da verdade
Foge, foge, da felicidade
Vai tentar se convencer que acabou
E vê se consegue, segue
Segue esse seu caminho
Tenta me deixar sozinho
Vai sentir na pele a falta de um grande amor.

— Marcos e Belutti, "Então foge"

— Como? — pergunto, olhando de relance para o papel outra vez e me virando para minha irmã.

— Aí está dizendo que é do Rodrigo? — Rafa se aproxima, preocupado. — Bom, temos que ver direito, né? Fazer um exame antes de explodir essa bomba na família.

— DNA, né? — Lucas acrescenta.

Todos olham para o bebê e depois para mim.

— Cara, ela meio que parece a Pri quando era bebê... — Rafael coloca a mão no ombro. — E não ia ser tanta surpresa assim.

Passo a mão pelos cabelos, aflito. Não acredito no que está acontecendo. Dou um passo na direção de Fernanda e toco a bochechinha da bebê, que pisca para mim, sem entender.

Como um sinal de que ela também não concorda com o que está acontecendo, seu choro estridente preenche a igreja.

Ergo as mãos para o alto, confuso. Preciso encontrar Branca.

69

LEX

You can't play on broken strings
You can't feel anything
That your heart don't want to feel
*I can't tell you something that ain't real.**
— James Morrison feat. Nelly Furtado, "Broken Strings"

O CERTO SERIA chamar a polícia e entregar o bebê às autoridades, mas nenhum de nós tem coragem de fazer nada antes de ter certeza. Não dá para acreditar apenas em uma folha de papel, e a dúvida maior se resume a: é ou não é do Rodrigo?

Se bem que, do jeito que Viviane está segurando possessivamente a pequena Anna, acho que a bebê não sai dessa família nem que não seja filha do irmão dela.

— Não posso ir para a recepção do casamento com um bebê. — Ajeito a sacola no ombro, já que ficou claro que terei que ficar com ela até que os outros sejam liberados do casamento.

— É... E nós não podemos não ir — Fernanda responde, olhando para o celular, preocupada. — Preciso ir. O Augusto já está no carro com o Lipe.

Fernanda passa por mim, um pouco sem jeito. Eu estranho o fato de ninguém mais notar, além de Lucas, que a observa se distanciar com o semblante fechado.

---

* "Você não pode tocar com cordas quebradas/ Você não pode sentir nada/ Que seu coração não queira sentir/ Eu não posso te dizer algo que não é verdade."

— Eu posso ficar com ela — Mila se oferece, não sem hesitar. — A Clara não vai estranhar se eu não estiver. Podem dizer que me chamaram no hospital. A questão toda é essa, não é? Não preocupar o Bernardo e a Clara no dia do casamento deles.

— Sim. É isso. — Viviane entrega a bebê a ela. — E evitar que o vô Fernando saiba de algo antes de termos certeza. Ah, Deus, somos adultos e parecemos crianças quando se trata do meu avô. — Ela tenta sorrir, mas a expressão de preocupação a vence. Ela sabe que isso não vai estourar em ninguém além de seu irmão e quer protegê-lo como sempre.

Sigo Mila para dentro de seu apartamento. No caminho, passamos em um supermercado para comprar algumas coisas de que a bebê poderia precisar: fraldas, leite para recém-nascido etc.

Havia um pouco na bolsa, mas, como não sabemos se vamos resolver a situação logo, preferimos nos precaver.

Ela coloca as sacolas sobre a mesa da pequena cozinha e caminha para o quarto. Eu a sigo, já que nunca estive aqui.

No quarto, Mila pega Anna dos meus braços, forra a cama com um lençol dobrado e a acomoda, sentando-se a seu lado. Depois começa a desabotoar seu macacãozinho vermelho.

— Acho que já deve estar na hora de trocá-la — ela explica sem olhar para mim.

Caminho pelo quarto, um pouco incomodado. Pego o celular, esperando ver uma mensagem que há um bom tempo não chega.

— Awn, como você é boazinha! — Mila acaricia a barriga de Anna, que abre e fecha os olhos devagar, sonolenta. — É hora de mamar também, não é? — Segue falando com ela, depois se vira para mim: — Lex, pode fazer uma mamadeira para ela?

Mila me fala onde está a chaleira para ferver a água e dita a quantidade de leite que devo acrescentar.

Vou para a cozinha e minutos mais tarde, quando retorno, ela está embalando a bebê nos braços.

Entrego a mamadeira e a observo alimentá-la, depois de checar a temperatura. Mila cantarola baixinho, e imediatamente Anna adormece.

— Parece que ela está acostumada à mamadeira. — Mila franze a testa, refletindo.

— Você tem jeito com crianças. — Encosto na parede.

— Por isso escolhi pediatria. — Mila sorri e uma mecha da franja escura cobre seu rosto. Da última vez em que nos vimos, ela usava os cabelos loiros, e agora estão quase negros. — Veio para ficar, Lex? — Ela é direta, como sempre.

Inspiro profundamente, ganhando tempo para responder a questão que mais me confunde.

— Não sei — digo por fim, estalando os dedos das mãos. — É complicado voltar depois de mais de um ano.

— Muita adaptação. Eu fico fora das saídas e festas por causa do trabalho e quando retorno já encontro diferenças. Imagina você, depois de tanto tempo. — Ela ajeita a bebê, a pequena cabeça em seu ombro.

— E como está a sua vida?

— Tranquila. Tô namorando há uns meses. Mas não sei... Tá naquela fase dos desentendimentos que não sabemos se vai passar, sabe?

— Sei.

— E você, está namorando? — ela me devolve a pergunta.

— Não. Conheci alguém e achei que ia dar certo, mas...

— Não deu. É mais difícil do que dizem.

Anna dá um arroto alto demais para um bebezinho tão pequeno, atraindo nossa atenção, e Mila a acomoda na cama, adormecida, colocando vários travesseiros grandes a sua volta e me fazendo sinal para sairmos do quarto.

Um segundo antes de sair dali, olho para a bebê e penso nas mudanças que ela vai acabar gerando e que vão refletir na vida de todos nós.

70

Branca

And I don't blame ya dear for running
Like you did all these years
I would do the same you best believe
And the highway signs say we're close
But I don't read those things anymore
*I never trusted my own eyes.**

— The Lumineers, "Stubborn Love"

Não sei o que é. Não sei explicar. Não quero falar a respeito. Quero curtir o casamento do meu irmão e da minha melhor amiga e esquecer o resto.

Por isso, danço na pista com minhas primas e finjo que não vejo quando Rodrigo cruza a porta do salão e entorna uma taça de vinho.

A caminho daqui, no carro dos meus pais, me acalmei e sei que minha reação foi estourada demais. Sem contar que agora todo mundo sabe que estava rolando algo entre a gente. Culpa da minha impulsividade.

Não há mais nada a fazer no momento. Ele com certeza vai pedir o DNA e aí eu vejo o que fazer.

O problema é que, mesmo que não seja dele, essa situação me lembrou do que eu nunca devia ter esquecido: ele é Rodrigo Villa, o playboy conquistador de São Paulo.

* "E eu não te culpo, querida, por correr/ Como fez todos esses anos/ Eu faria o mesmo, pode acreditar/ E os sinais na estrada dizem que estamos perto/ Mas eu não leio mais essas coisas/ Nunca confiei em meus próprios olhos."

E pensar que eu estava quase me apaixonando por ele. Preciso tomar as rédeas dessa situação, mais uma vez. O sexo com ele é maravilhoso, mas um envolvimento só vai trazer dor de cabeça. Isso sem contar que a camisinha estourou ontem, né? Tomei pílula hoje e espero estar protegida. Mas quantos casos como esse o Rodrigo deve ter por aí?

Ah, não quero pensar nisso. Não quero.

71

Rodrigo

I've been looking for a lover
Thought I'd find her in a bottle
God make me another one
I'll be feeling this tomorrow
Lord, forgive for the things I've done
I was never meant to hurt no one
*I saw scars upon a broken hearted lover.**

— Ed Sheeran, "Bloodstream"

Entro normalmente no salão. Ninguém que olhar para mim imagina o turbilhão de emoções que se digladia em meu peito.

Passo os olhos por todo o ambiente, à procura de Branca. Minha mãe e minha vó me veem e cochicham entre si.

Não demora e eu a avisto na pista de dança. Sei que ela me viu e espero alguns minutos para conferir se sairá de lá, para que possamos conversar. Já dei pistas demais de que estamos juntos hoje, e isso está começando a me incomodar. Acho que no final terei feito papel de idiota.

Toda vez que tento falar com Branca, alguém nos atrapalha. No único momento em que ficamos lado a lado, foi para tirar foto com Bernardo e Clara, como padrinhos.

* "Estou procurando por um amor/ Achei que a encontraria em uma garrafa/ Deus, faça mais uma para mim/ Eu sentirei isso amanhã/ Senhor, me perdoe pelas coisas que fiz/ Eu nunca quis machucar ninguém/ Eu vi cicatrizes em uma amante de coração partido."

As horas passam e ela segue fazendo de tudo para me evitar. Minha irmã e meus amigos tentam falar comigo, mas eu mal ouço suas palavras. Minha mente está um caos.

Vou até o bar montado em um dos cantos do salão e peço mais uma cerveja. Mais uma das várias que tomei esta noite. Bebo um gole sem tirar os olhos de Branca.

Estou completamente perdido. Não sei o que a volta do Lex significa, e agora essa é a menor das minhas preocupações. Posso ser o pai daquela bebê e não estou pronto para isso.

Tento me lembrar de todas as ruivas com quem saí no último ano, mas foram muitas, a maioria casos de uma noite só. Como descobrir quem é a mãe?

Quando Branca dança sensualmente com um cara na pista, entorno a cerveja de uma vez, bato a garrafa no balcão e vou para a pista.

— Precisamos conversar. — Seguro seu braço.

— Não temos nada para falar. — Ela faz menção de puxar o braço, mas acho que percebe que isso seria uma grande cena no meio do casamento, então só me encara. Ao notar que uma de suas tias está de olho, eu a solto.

— Branca, precisamos conversar — insisto, mas ela dá de ombros.

— Algum problema aqui? — pergunta o carinha com quem ela estava dançando.

Ignoro o imbecil que nunca vi na vida e enfrento o olhar de Branca. Ela reflete por um segundo e depois diz:

— Acho que nós dois sabemos que já deu, né, Rodrigo?

Abro a boca para falar, mas a fecho em seguida.

Pra mim chega.

72

LEX

Crying out for more
Just a little more
Tied down on the floor
Like a prisoner of war
I've been down so long
Day is nearly gone
I must carry on
*With this wasted love.**

— City and Colour, "Wasted Love"

— **CONSEGUI MARCAR** o DNA para amanhã — Mila me avisa ao desligar o telefone. — O resultado sai em quarenta e oito horas.

— Bem rápido.

— É... Normalmente não é tanto, mas o laboratório é de um amigo.

— Que ótimo. — Jogo a cabeça para trás, massageando o pescoço.

Passamos as últimas duas horas tentando acalmar a bebê, que teve uma crise de choro intensa. Mila a examinou e não parecia ter nada de errado com ela, então provavelmente só estava estranhando as mudanças de sua vida.

O apartamento ainda mantém o aroma da pizza que dividimos enquanto nos revezávamos para cuidar da pequena.

---

* "Implorando por mais/ Apenas um pouco mais/ Amarrado no chão/ Como um prisioneiro de guerra/ Estive por baixo por tanto tempo/ O dia já quase acabou/ Eu preciso seguir em frente/ Com esse amor desperdiçado."

A televisão está ligada, quase sem som. Mila e eu conversamos sobre várias coisas, nada muito íntimo. Nunca fomos tão amigos assim. Na verdade, eu sabia pouco sobre ela até ficarmos juntos, antes da minha ida para o Rio.

— Por que o seu namorado não foi ao casamento com você? — A pergunta me ocorre.

Estamos sentados no sofá e ela se vira, ficando de frente para mim.

— Então... Um dos problemas de que eu falei é esse. Ele sabe do Rodrigo e não consegue aceitar que eu seja amiga do meu ex.

— A maioria das pessoas não entende — respondo, pensando no que ele diria se soubesse que ela está em casa com um cara com quem ficou.

— Acho que o nosso grupo é meio maluco. Não sou só eu que tem ex ali.

Nós nos entreolhamos e rimos. Lucas já ficou com Clara, que casou com Bernardo. Rodrigo namorou Mila. Eu casei com Branca e depois fiquei com Mila. Rafa já surtou por achar que Bernardo e Viviane tinham ficado, mas pelo menos isso não aconteceu, apesar de os dois terem trocado um beijo quando eram bem novinhos.

— É, sim. — Balanço a cabeça. — Mas também tem a ver com confiança. Se estou com alguém é porque confio, aí pouco importa o passado. Acho que o Bernardo lida bem com o Lucas, por exemplo.

— Lida mesmo. — Mila fica em silêncio em seguida, e eu quase posso ler seus pensamentos. — Você sabe que a Branca e o...

— Rodrigo. Sei — completo, assentindo. — Percebi assim que cheguei.

— Ninguém sabe oficialmente, mas acho que rola desde o Natal.

— Ninguém sabe? Com todo o clima entre os dois na igreja?

— Ah, mas foi a primeira vez que eles agiram tão passionalmente. Acho que parte da culpa é sua.

Abro a boca para falar, mas o celular dela toca, anunciando uma mensagem.

— O Rafa e a Vivi vão vir para cá assim que encontrarem o Rodrigo — ela me avisa. — Parece que ele bebeu e sumiu... — Há preocupação em sua voz.

Começo a falar sobre Bruno, nem sei exatamente por quê. Acho que quero distraí-la de seus pensamentos e tenho algumas histórias divertidas relacionadas àquele menino. Mas logo o celular toca outra vez, agora uma ligação.

Ela atende e fica pálida quando ouve o que a pessoa diz.

— Estou indo praí. — Desliga e fala, passando a mão pelo rosto: — O Rodrigo sofreu um acidente.

73

Branca

A drop in the ocean
A change in the weather
I was praying
That you and me
Might end up together
It's like wishing for rain
*As I stand in the desert.**

— Ron Pope, "A Drop in the Ocean"

São quatro da manhã quando entro no meu apartamento, sozinha. Decididamente não é o fim de noite que eu esperava.

Depois que eu disse aquilo para Rodrigo, me arrependi. Foi orgulho estúpido e um pouco de medo, confesso. Mas, ao mesmo tempo que quero ligar para ele, não quero me precipitar. Vou deixar rolar e vai ser o que tiver de ser.

Tiro o vestido e removo a maquiagem enquanto o som baixinho da televisão me faz companhia. Algum filme antigo está passando, mas não faço questão de saber qual é.

Estou pronta para dormir quando o telefone toca e eu atendo, sem imaginar que a resposta de que eu precisava estaria ali.

* "Uma gota no oceano/ Uma mudança no clima/ Eu estava rezando/ Para que você e eu/ Pudéssemos acabar juntos/ É como desejar a chuva/ Enquanto estou no deserto."

Meia hora depois, cruzo a porta do hospital com o coração aos solavancos. Quando Rafael me falou que Rodrigo tinha batido o carro num muro, minha visão ficou turva e eu achei que desmaiaria pela primeira vez na vida.

Agora, na recepção, encontro Rafael, Viviane, Lucas, Fernanda e meu pai.

— Como ele está? — pergunto, abraçando Viviane, cujo rosto está vermelho de tanto chorar.

— Não nos disseram nada, mas a Mila está lá dentro.

Rafael está a seu lado, quieto, apertando as mãos ao longo do corpo. Acho que nunca o vi com a expressão tão fechada.

O mesmo ocorre com Lucas, que está de pé em um canto da recepção, de braços cruzados. Fernanda olha para ele com apreensão. Depois de perder toda a sua família dessa forma, acho que não deve ser fácil ficar numa recepção de hospital sem ter notícias.

Como se pudesse ler minha mente, Lucas sai apressado dali e cruza a porta, muito abalado. Rafael faz menção de se levantar e Fernanda o impede, fazendo um sinal com a mão.

— Eu vou. Fica com a Vivi. — Os dois trocam um olhar compreensivo e ela deixa o ambiente também.

Sento-me ao lado do meu pai e fico observando a reação de cada um deles, como se isso me impedisse de ter as minhas. Mas basta meu pai segurar minha mão e dizer que vai ficar tudo bem para que as lágrimas comecem a fugir de mim. Ele me abraça e eu choro baixinho, com um medo irracional de tudo que estou sentindo.

74

Rodrigo

Up on the hill across the blue lake
That's where I had my first heartbreak
I still remember how it all changed
My father said
Don't you worry, don't you worry child
See heaven's got a plan for you
Don't you worry, don't you worry now
*Yeah!**

— Swedish House Mafia feat. John Martin, "Don't Worry Child"

DIZEM QUE ANTES de morrer toda a nossa vida passa diante dos nossos olhos. Quando perdi a direção e rodei na rua até estourar o carro contra o muro, tudo o que vi foi: nada. E achei que seria isso. O fim.

Senti um vazio imenso e acreditei que morreria ali, sozinho.

Depois da batida, em segundos, tudo mudou. Com a cabeça aberta e a consciência se perdendo, pensei em meu pai e que não poderia cumprir a promessa de viver por ele.

E foi aí que eu o vi. Meu pai. Em meio à dor que eu sentia. Em meio à escuridão da pista. Em meio ao cheiro de sangue e borracha queimada... meu pai apareceu para mim.

---

* "Lá na colina, do outro lado do lago azul/ Foi lá que meu coração se partiu pela primeira vez/ Ainda me lembro de como tudo mudou/ Meu pai disse/ Não se preocupe, não se preocupe, garoto/ Veja, o céu tem um plano para você/ Não se preocupe, não se preocupe agora/ Sim!"

Eu não sabia se era alucinação ou se meu pai tinha vindo me buscar, mas não queria estar em outro lugar. Queria estar com ele. Queria que pudesse ser possível.

— A família vem em primeiro lugar... — ele disse, tocando minha mão.

Não entendi por que ele me falou aquilo. A família sempre esteve em primeiro lugar para mim.

— Eu vou morrer, pai? — perguntei, tentando colocar a mão na cabeça, que doía tanto. — O vô Fernando vai me matar depois dessa. — Dei um sorriso triste.

— A gente vive depois que cresce também, sabia? — Ele insistia em falar e estava cada vez mais difícil compreendê-lo.

— O que quer dizer, pai?

— Não precisa ter medo de crescer, filho. Você não vai perder nada. Pelo contrário. Ela precisa de você.

— Quem, pai? Eu sou só um cara que entra e sai da vida das pessoas. Ninguém nunca fica por muito tempo.

— Precisa ficar na dela. Ela só tem você agora.

As palavras da carta. Como o meu pai sabia da carta que a mãe da bebê deixou?

Podia ser meu inconsciente, podia ser a dor, podia ser meu pai. Mas de um jeito ou de outro eu tinha que fazer o que era certo.

Eu só precisava acordar primeiro.

75

Branca

Se tudo fosse fácil
Eu me jogaria em seus braços
Me afogaria em seus beijos
Me entregaria de bandeja pra você.

— Paula Fernandes part. Michel Teló, "Se tudo fosse fácil"

— O Rodrigo acordou. — Camila aparece na recepção, pela manhã, acompanhada de outro médico. — Ele teve muita sorte. Pelo estado em que o carro ficou... — Ela tinha visto fotos, assim como todos nós. — Ele tem muita sorte de sair dessa só com uma concussão. Está bem confuso, mas é normal nessas situações. Deve ter alta em dois dias.

— Graças a Deus — Viviane diz e volta a chorar, emocionada. — Posso vê-lo?

— Claro.

Viviane me olha, incerta, e peço que ela vá primeiro. É oficial, todo mundo já sabe o que rolou entre a gente. Mas isso não importa muito agora. Preciso que ela vá na frente para que eu ganhe tempo.

Lex está ali também e me observa, pensativo. Fernanda está com a bebê agora. Eles têm se revezado até que o teste de DNA fique pronto.

Viviane pediu que Camila colhesse a amostra de Rodrigo. Ainda mais nesse momento, ela precisava saber se a bebê era filha do irmão.

Meu pai já sabe o que está acontecendo e está preparado para fazer o que for necessário caso seja confirmada a paternidade, afinal a mãe não deixou documento algum da bebê.

A verdade é que, por mais maluca que essa história possa parecer, ninguém duvida que essa criança seja do Rodrigo.

É só olhar para ela e vê-lo.

Abro a porta do quarto devagar. Fecho os olhos e inspiro profundamente, tentando manter o foco nos bipes dos aparelhos que monitoram Rodrigo e não nas batucadas do meu coração, que parece querer sair do peito e correr para ele.

— Oi... — Rodrigo diz ao me ver.

Há uma marca arroxeada sobre seu olho direito e a área está inchada. Toco meu peito, contendo toda a aflição que senti ao pensar que o perderia.

— Você está bem? — pergunto sem me aproximar.

— Tô. A cabeça dói bastante e o corpo um pouco, mas tô bem. Sabe do Rafa e do Lucas? A Vivi disse que eles não estão aí, mas eu acho que eles não querem me ver.

— É difícil pra eles... pelo passado. — Sou sincera, porque sei que foi por isso que ele tocou no assunto comigo.

— É... Acho que fiz a maior merda da minha vida mesmo. — Ele fica em silêncio por um instante e depois estende a mão para mim.

— Por que você pegou o carro depois de beber tanto? — pergunto, hesitando em me aproximar.

Rodrigo desvia o olhar e aperta o lençol branco que o cobre.

— Isso não importa, Branca. Agora já foi. Sempre tive esse cuidado. De todas as merdas que fiz, não achei que incluiria uma dessas na lista. Meu vô vai me matar, né? — Ele franze a testa, parecendo estranhar as próprias palavras.

Dou um passo para perto, e ele me olha outra vez. Mordo o lábio inferior. Ele me estende a mão novamente, tremendo. Não sei se é insegurança ou efeito do que passou. Percorro o caminho que falta para alcançá-lo e seguro sua mão entre as minhas. Rodrigo está gelado.

— Você quer me dizer que acabou, né? — ele pergunta depois de beijar a ponta dos meus dedos.

— Não é hora disso, Rô.

— Gosto quando você me chama de Rô... — Sua voz é triste. Há algo nele que não consigo compreender.

Dou um sorriso melancólico. Rodrigo abre a boca para falar, mas se detém. Acho que, como eu, ele não entende o que somos, quanto gostamos um do outro e por que parece que não daria certo.

Será que ele imagina o medo que sinto de me entregar e como acho mais fácil viver algo superficial?

— Tá tudo bem, Branca. Minha vida vai ficar maluca agora mesmo.

— Você sempre gostou de vida louca. — Tento brincar.

— Verdade. Parece carma. — Ele usa a mão livre para passar pelos cabelos. Boa parte do lado direito da cabeça foi raspada para que fizessem a sutura do corte causado pela batida.

Não sei o que dizer a ele, porque não sei nem o que dizer a mim. Tento encontrar as palavras, mas a enfermeira aparece dizendo que o avô dele chegou e quer vê-lo. Felizmente sua mãe já estava no avião para a Espanha quando ele sofreu o acidente. Ninguém contou para ela ainda. Como Rodrigo acordou, querem que ele mesmo ligue e conte, já deixando claro que está bem.

— Vixe... Foi bom te conhecer, Branca. Agora Fernando Villa Sanchez Del Toro vai acabar com o que restou de mim.

Não consigo evitar e rio de sua capacidade de fazer graça com algo tão sério. Talvez isso seja parte do problema. Rodrigo simplesmente não consegue enxergar que precisa amadurecer.

Eu me abaixo sem que ele espere e beijo seus lábios. Mesmo sendo pego desprevenido, ele reage rápido e, antes que eu me afaste, aprofunda o contato, puxando-me pelo pescoço.

Permito-me ir. Uma despedida. Acompanhei tudo o que Viviane passou com Rafael. E, por mais que Rodrigo não seja viciado em drogas, ele tem alguns problemas que não sei se mudarão e não posso enfrentar isso.

Não é por mim que ele vai mudar e eu nem espero isso, então me afasto devagar e saio do quarto.

Dizem que quando perdemos uma pessoa é que percebemos quanto ela significa para nós. Não vou mentir: quando achei que o tivesse perdido, percebi que gostava muito mais dele do que queria admitir. Mas a dor que senti só com a suposição da perda me fez enxergar que não estou pronta para isso e que me manter longe é a melhor forma de me proteger.

Não posso me apegar a alguém que tem a capacidade de me machucar tanto assim.

76

Rodrigo

I'd take another chance, take a fall
Take a shot for you
And I need you like a heart needs a beat
*But it's nothing new — yeah.**
— Timbaland, "Apologize"

NÃO TENHO TEMPO de refletir sobre o término de sei lá o que eu tinha com Branca, porque meu avô entra no quarto, com as mãos para trás.

Sei que não sou mais criança, mas é exatamente assim que ele se referirá a mim. E, depois desse acidente, não tenho como me defender.

— Eu podia dizer muitas coisas — ele começa, aproximando-se da cama. Seus olhos demonstraram dor ao me ver machucado, mas ele se contém. — Podia dizer que sua avó quase teve um infarto ontem e que está sob cuidados médicos. Podia dizer que vi sua irmã se desesperando. Podia dizer que você deixaria uma filha sem pai. — Meus olhos se arregalam. — É claro que eu sei, pelo amor de Deus. No minuto em que vi o bebê no colo do Lex na igreja, eu soube que era um Villa. E o meu motorista me contou que perguntaram para ele sobre a mãe da criança. Não foi difícil juntar todas as peças. Mas retomando... eu podia dizer que você deixaria uma filha sem pai, mas não é isso o que vou dizer, porque você, nessa situação, não sei se vai dar um

* "Eu me arriscaria outra vez, levaria a culpa/ Levaria um tiro por você/ E preciso de você como um coração precisa de uma batida/ Mas não é novidade, sim."

pai como ela merece. Eu podia dizer que você poderia ter morrido. Podia dizer que você destruiria sua mãe, logo agora que ela decidiu recomeçar. — Ele não consegue disfarçar a voz embargada. — E eu não sei se essa família resistiria a mais uma tragédia.

— Vô. — Tento interrompê-lo, mas ele não cede.

— Eu podia dizer tudo isso, mas sabe o que vou dizer? Que morrer é pouco. Morrer teria sido uma bênção perto do que poderia ter acontecido. — Seu tom é duro, frio e calculado, como se ele tivesse pensado em cada palavra. — Você poderia ter assassinado uma família inteira ontem.

Seus olhos buscam os meus e ele repete cada palavra como se quisesse me cortar com cada uma delas. Não consigo sustentar o olhar. A vergonha e o arrependimento me assombram. Desde que acordei, esse pensamento me atormenta. Sei que Rafael e Lucas não querem me ver pelo mesmo motivo. E parece que meu avô também sabe disso.

— Rafael e Lucas voltaram no tempo. Lucas mal conseguiu ficar na recepção. Não há diferença entre você e o rapaz que matou a família deles.

— Eu sei... — Minha resposta sai em um fio de voz, chamando a atenção do meu avô. Talvez ele esperasse que eu negasse minha responsabilidade. Tive sorte por não ter ferido ninguém. E eu não ia suportar viver com essa culpa. É por isso que, quando Branca quis se afastar, eu deixei. Sei muito bem o que eu podia ter me tornado na noite passada. — Eu envergonhei a memória do meu pai.

— Entendo... — meu avô diz, e não sei se entende mesmo. Ele ajeita o casaco cinza e mexe nos bolsos, meio perdido. Não demora e pega seu lenço, limpando lágrimas que eu sei que não quer deixar sair.

— Vô... — Eu me ajeito na cama e o puxo para um abraço.

Fungando contra meu pescoço, ele permite ser abraçado e me aperta.

— Eu não sei o que faria se você tivesse morrido. — Suas palavras saem atropeladas, entre soluços. — Já enterrei o meu filho. Isso não é certo. Não é natural. Eu não suportaria enterrar meu neto também.

— Eu tô bem, vô. Passou. E, graças a Deus, ninguém se machucou.

Imediatamente Branca vem aos meus pensamentos. Acho que as cicatrizes desse acidente serão maiores do que imagino, mas não sei se consigo lidar com isso e com todo o resto ao mesmo tempo.

Meu avô se afasta e enxuga o rosto, se recompondo.

— A vó está mesmo mal? — pergunto, preocupado.

Ele dá um sorrisinho culpado.

— Bom, ela precisou tomar um calmante. A Camila receitou, então vamos dizer que é mais ou menos o que eu disse. — Balanço a cabeça, sorrindo. — Exagerei um pouquinho nisso, mas o resto é sério.

— Eu sei. — Meu sorriso se esvai.

— Bem — ele balança a mão no ar —, agora vamos falar desse bebê. Quem é a mãe?

— Olha, vô, o que eu posso dizer é que... — Coço a cabeça, sem jeito, mas sem conter um novo sorriso. — Ela é ruiva.

77
LEX

Yes, I'm leaving 'til the sun brings me home
'Til I know longer lust is free to roam
And in this life, may I never be alone
*Cause I'll be going 'til the sun brings me home.**
— Half Moon Run, "Sun Leads Me Home"

— **COMO QUE** ela some assim, cara? — Rafael me pergunta na garagem de sua casa, enquanto dou uma olhada no escapamento da minha moto, que veio fazendo um barulho estranho.

Cheguei há pouco e começamos a conversar sobre Flávia.

— Sumindo. Cheguei ao quiosque um dia e ela não estava. Perguntei ao tio e ele me disse, todo sem jeito, que ela tinha ido embora. Fui até a casa dela e não tinha mais nada lá.

— Cara, que estranho.

— Nem me fale. — Eu me levanto com a mão suja de graxa e ele me estende um pano.

— E o celular?

— Desativado. — Dou um suspiro, triste. — Há um mês que não tenho nem sinal dela. Fiz o que eu podia, mas, se ela não quer me ver, o que eu posso fazer? — Não é tão simples assim, mas falar sobre isso não vai adiantar.

---

* "Sim, estou indo embora até que o sol me traga para casa/ Até que eu saiba que a luxúria é livre para vaguear/ E, nesta vida, que eu possa nunca estar sozinho/ Porque vou continuar até o sol me trazer para casa."

Rafael coça a cabeça, pensativo.

— Mas vocês estavam bem?

— Até onde eu sei, sim. Tivemos uma discussão, mas não era motivo para um sumiço desses.

Sei que ele vai me perguntar mais sobre isso, mas Priscila vem correndo e abraça sua perna, nos interrompendo.

— Sua vez! — Ela levanta os bracinhos.

— Vez de quê? — pergunto a ele, abaixando-me para pegá-la. Ela abraça meu pescoço e beija meu rosto. Como pude viver tanto tempo sem isso?

— Ver televisão — ele me explica e ri, entrando na casa. — Tem filho pra ver, tem.

— E o Rodrigo vai ter alta amanhã mesmo? — pergunto para Rafael assim que me sento em seu sofá, depois do jantar.

— Vai. Cinco dias internado só. E isso porque a Mila o segurou lá até se certificar de que ele estava totalmente zerado. Deu sorte aquele moleque — ele responde, aproveitando que Priscila saiu da sala para mudar o canal da TV do desenho de porquinhos que ela estava assistindo.

— Vocês se entenderam?

Logo depois do acidente, Rafael estava possesso. Claro que ele queria que Rodrigo ficasse bem, mas todas as suas lembranças voltaram à tona pela semelhança da situação. Felizmente Rodrigo não feriu ninguém.

— Ãhã, eu bati nele. — Dá de ombros.

— O quê? — Eu me ajeito no sofá, surpreso.

— Não foi nada de mais. Nem foi murro. Só um tapão mesmo, pra largar de ser besta — ele diz, todo orgulhoso.

— Lex, ele queria bater na cabeça do Rodrigo! — Viviane aparece na sala, carregando Anna no colo.

— Queria mesmo, mas não bati. — Ele cruza os braços. — E ainda fui bonzinho em me certificar que aquele filho da puta estava bem antes de acertá-lo.

Priscila dá um gritinho e aparece correndo de trás do sofá.

— Não pode! — Ela ergue o dedinho em riste para o pai. — É feio, papai! Olha a bebê. — Aponta para Anna, aninhada nos braços de sua mãe.

Rafa, Vivi e eu nos entreolhamos, tentando não rir da reação espontânea dela, provavelmente por já ter ouvido Viviane repreendê-lo muitas vezes.

— Ok, princesa. — Rafael a puxa para seu colo.

— Como é que fala? — ela insiste no meio de uma gargalhada, enquanto ele morde sua bochecha e faz cócegas em sua barriga. — Como é que fala, papai?

— Desculpa, meu amor. Desculpa! — Rafa responde e beija a filha, que o abraça com força.

— Isso. Bem bonito. Igual um mocinho.

78

Rodrigo

Tá faltando eu em mim
Pergunto, mas não sei quem sou
Não sei se é bom ou se é ruim
Quero ficar, não sei se vou.

— Gustavo Lima part. Jorge e Mateus, "Tá faltando eu"

NO CARRO, COM Viviane me levando para casa, ligo para minha mãe. Decido não falar nada sobre o acidente nem sobre o bebê. Sei que ela vai ficar possessa comigo quando souber, mas, como bem lembrou meu avô, ela está vivendo pela primeira vez desde que meu pai faleceu, e não sou eu quem vai estragar isso.

Quando ela voltar, daqui a três meses, conto tudo. Ou quem sabe daqui a um tempo, mas não hoje.

— Acho que é o melhor. — Minha irmã desvia a atenção da rua por um segundo e segura minha mão.

— É, sim. Ela voltaria na hora. Presta atenção. — Aponto para a rua. Ela está bem longe do carro da frente, mas é a primeira vez que estou dentro de um carro depois do acidente, e a sensação não é boa.

— Está tudo bem, Rô.

— É, eu sei...

Fico quieto e me ajeito no banco, me concentrando no que se passa do lado de fora.

Durante meus dias no hospital, Mila me entregou o resultado do exame de DNA. Anna é mesmo minha filha.

Não faço a mínima ideia de como proceder agora. Nos dias em que estive internado, Viviane e Fernanda se revezaram na atenção à criança, mas ambas têm seus próprios filhos e vidas para cuidar.

Se minha mãe estivesse aqui, o problema estaria praticamente resolvido, mas eu jamais seria tão egoísta. Vou ter que me virar.

Nestes últimos dias, tentei me lembrar de qualquer garota que pudesse ser a mãe e falhei. Saber que ela é ruiva não ajuda muito. Talvez a cor do cabelo nem fosse essa quando ficamos.

Seja lá o que vier pela frente, sei que estou perdido.

Assim que entramos no apartamento, as pessoas comemoram. Rafael, Bernardo, Clara, Maurício, Lex, Mila, Fernanda e Augusto estão lá. Assim como as crianças deles. Percebo a ausência de Lucas e Branca, mas não comento nada. Segundo minha prima deixou escapar, Lucas me visitou um dia quando eu estava dormindo e não esperou que eu acordasse, porque não estava pronto para conversar.

Há uma faixa de boas-vindas também. As crianças seguram balões e pulam sem parar.

— Ok, sem gritaria — Viviane pede e eu agradeço. Minha cabeça ainda dói um pouco, apesar de eu saber que estou totalmente fora de perigo.

— E a bebê? — pergunto, percorrendo o lugar com os olhos.

— Ela está com a vovó. Vou pegá-la quando sair daqui. Você quer vê-la? — Minha irmã parece surpresa. Na verdade, até eu estou surpreso por ter perguntado dela tão rápido, mesmo estando apavorado com a situação toda. — Eu ia trazê-la só amanhã e te deixar ter uma noite tranquila. Depois vai ser pesado. — Ela me lança um sorriso complacente.

— Tudo bem. Amanhã, então — respondo, pensando que estou adiando por um dia aquilo que vai tomar minha vida inteira.

— Os móveis chegam amanhã também.

— Móveis? — Eu me surpreendo.

— É, Rô. Você vai precisar se adaptar.

— Você não pretende deixar a bebê dormir em um engradado de cerveja, né? — Augusto brinca, me dando um tapinha nas costas. — Está perdido sem uma mulher pra criar sua filha, cara.

— Ai, Guto, não fala assim — Clara se intromete, me abraçando. — O Rodrigo vai dar conta, e todos nós vamos ajudar. Filhos não são um bicho de sete cabeças.

— Ah, são sim — Augusto insiste, rindo, mas sei que está querendo me assustar.

Percebo que eles também trouxeram comida e bebida. Todos confraternizam, felizes por mais essa oportunidade de recomeço que a vida nos deu. Não foi o primeiro acidente de carro pelo qual passamos, mas esperamos que seja o último.

Pouco mais de uma hora depois, estou passando pela porta do quarto onde tenho alguns equipamentos de ginástica e que provavelmente será o quarto da bebê, quando escuto duas pessoas discutindo.

Estico a cabeça e vejo Fernanda e seu marido. Não gosto do modo como Augusto segura os braços dela. Nunca os vi assim antes.

— Está tudo bem? — pergunto ao ver minha prima com os olhos cheios de lágrimas.

— Está sim — ela se apressa em dizer, e Augusto a solta na mesma hora.

Eu o encaro. Tenho muita consideração por ele e não quero me meter no que não é assunto meu, mas algo me diz que há mais do que eu vejo aqui.

— Tem certeza? — Estreito os olhos, preocupado.

— Sim. Nós já vamos, tá? — Ela beija meu rosto e se afasta rápido, chamando seu filho e não me dando tempo de reagir.

— Foi só uma briga de casal, Rodrigo — Augusto diz ao passar por mim, e eu assinto.

Espero que seja só isso mesmo e que fique tudo bem.

— Se precisar chama, cara. A hora que for — Bernardo diz, se despedindo. Ele e Clara voltaram antes da lua de mel por minha causa. — E não faz merda. — Ele me dá um murro de leve no ombro.

— Não tô pretendendo, não, mas... — provoco.

— Se segura até eu voltar, pelo menos. — Ele sorri, referindo-se à nova viagem de lua de mel que farão depois de amanhã e se aproximando de Clara e das crianças, que esperam o elevador.

Fecho a porta. Finalmente estou sozinho em casa.

Sento-me no sofá, pensativo. A última vez em que saí deste apartamento, foi para ir ao casamento do meu melhor amigo com a mulher que ele amou a vida inteira.

Esses meses todos observando Bernardo concretizar esse amor me fizeram refletir sobre aspectos da minha vida e a autoimunidade que criei. Funcionou bem por muito tempo, mas descobri que a única pessoa a quem não sou imune é a mulher por quem decidi me imunizar.

Branca derrubou cada barreira que ergui. Agora acabou, e eu preciso erguê-las de novo e seguir com a vida. Ela era boa antes e vai voltar a ser, mesmo com um bebê no meio.

A campainha toca, me tirando dos meus pensamentos. Acho até bom, eu estava ficando melancólico demais. Abro a porta, pensando que um deles deve ter esquecido algo, e dou de cara com Lucas. Sua expressão não é muito melhor que a minha, com a diferença de que não rasparam parte de sua cabeça e ele não tem hematomas.

— Eu tentei vir mais cedo, cara, mas não deu. Eu... — Lucas parece muito desconfortável, procurando palavras como se me devesse desculpas.

Reajo da melhor forma que sei. Puxo-o para um abraço, e meu amigo chora em meus braços. Choro junto. É o Lucas, meu irmãozinho. O cara que a dor trouxe para perto de mim e que agora teve que reviver seu pior pesadelo por minha causa.

— Desculpa, Lucas. — A gente se afasta e ele assente, entrando em casa.

— Voltou tudo, Rô. Tentei administrar, mas foi foda. Quando o Rafa foi para a clínica, achei que nunca mais ia enfrentar algo assim, alguém que eu amo tentando morrer.

— Eu não tentei... — Eu me detenho, entendendo o que ele quis dizer. Dirigir bêbado já foi uma tentativa, mesmo que não fosse a minha intenção. — Não vai se repetir.

— É o que eu espero. — Ele caminha pela sala, olhando ao redor. — Cadê a pequena?

— Só vem amanhã — respondo, me sentando. — Se quiser beber alguma coisa, sobrou cerveja na geladeira.

— Tô tranquilo. — Suas palavras não correspondem às suas ações. Lucas está agitado. Ele balança a ponta do pé o tempo todo e não para com as mãos quietas.

— O que houve? — Não parece ter a ver só comigo. — Já faz um tempo que te vejo assim, cara. O que tá pegando?

— Aquela merda de autoimunidade não rola, cara. Desisto de vez dela.

— Tô ciente. — Ele arregala os olhos quando me vê concordar. — Na verdade funciona, mas não para todas as pessoas. Pensei muito no meu pai nesses dias em que estive internado, no que ele diria sobre a forma como eu levo a vida. Não só eu como muita gente que conheço.

— Como eu tento viver.

Assinto. Lucas luta contra isso há tantos anos e acaba se envolvendo muito na tentativa de amar. Mas de uns tempos para cá até parecia que ele ia conseguir desapegar. Essa nova garota, que ele esconde a sete chaves, deve ser realmente especial.

— Acho que a vida nos machucou tanto que agora tentamos de todas as formas não nos apegar. Criamos uma autodefesa. Ou autoimunidade, como preferir. Que é a capacidade de se envolver com alguém sem criar uma conexão de sentimentos. Só que uma parte de nós quer amar, quer criar laços e se conectar. Aí começamos uma guerra interna pra lutar contra esse desapego rebelde do coração. E, no fim, quem se machuca somos nós.

Ele franze a testa e me encara por alguns segundos. Por fim, diz:

— A batida na sua cabeça foi bem forte, né?

Não sei se é a intenção, mas nós dois rimos, aliviados.

— Tô falando sério. — Tento me defender.

— Eu sei. E isso é um pouco assustador.

— Nossa, cara. Eu aqui abrindo o coração e você sendo idiota. Eu devia ter chamado o Bernardo pra uma conversa dessas. — Jogo uma almofada nele, que desvia, e acabo derrubando um porta-retratos.

— Eu entendo o que você quer dizer. É isso mesmo, com a diferença de que eu nunca quis ser o desapegado. Eu me tornei assim porque era o caminho mais seguro. Mas a questão é: do que a gente precisa ser protegido? De quebrar a cara? O que de pior pode acontecer? A que nós não sobreviveríamos, me diz?

Reflito sobre suas palavras. Passamos por tanta coisa e ainda estamos aqui. Compreendo seus sentimentos, mas para mim, depois de tantos anos, é mais fácil voltar para a vida que conheço do que tentar ser diferente.

— A Branca te procurou?

— Quem é a garota?

Nós perguntamos ao mesmo tempo e rimos.

— Não — digo.

— Melhor você nem saber — Lucas responde ao mesmo tempo.

Eu estranho sua resposta.

— Como assim, Lucas? Eu sempre soube dos seus rolos.

O celular toca e ele lê uma mensagem. Seu semblante se fecha na hora. Algo muito grave machuca meu amigo, e hoje vou descobrir nem que tenha que arrancar esse celular dele na marra.

— Desse rolo é melhor que você não saiba. Vai por mim. — Ele guarda o telefone no bolso e se levanta. — Acho que vou aceitar aquela cerveja.

Ele vai e volta da cozinha e me encontra de braços cruzados.

— Conta. — É tudo o que eu digo.

— Você não vai sossegar hoje se eu não falar, né?

— Não. — Assumo, me inclinando para frente enquanto ele se senta na poltrona. — A partir de amanhã, minha vida vai mudar. De uma hora para outra vai ser diferente de tudo o que eu conheço. Eu tô apavorado e não quero pensar nisso agora. Preciso de uma noite sem toda a pressão que vai desabar sobre mim. Então me conta logo essa merda e me distrai com o seu rolo, porra.

Lucas suspira e, finalmente, confessa o que eu quero saber.

E eu teria caído para trás se não estivesse sentado.

79

Branca

História de sempre, tão repetida
Já não me cabe
Por isso corre, corre, corre coração
De nós dois eu nunca fui a mais veloz
Leve tudo o que quiser mas não volte atrás
Minhas lágrimas jamais vou te dar
— Gabi Luthai, "Corre (corre)"

Passo o dia entrando e saindo do fórum. Me jogar no trabalho é sempre uma boa pedida para afastar a vida pessoal da mente

Eu soube por Clara que Rodrigo estava em casa e bem. Meu grande dilema foi decidir se mandava ou não uma mensagem de boa recuperação a ele, mas preferi ficar na minha

Sei que parte disso é covardia. Na teoria não há motivo para não tentarmos retomar as coisas aos poucos. Mas, se já era difícil a fórmula Rodrigo + eu, imagina Rodrigo + eu + um bebê. O resultado é imprevisível demais para arriscar

Clara teima que, se dermos tempo ao tempo, tudo vai se resolver, mas eu sei bem que, se der tempo a Rodrigo, ele vai arrumar outra ruiva ou qualquer uma que cruzar seu caminho. Então nada melhor que voltar a viver a vida como era antes de ficarmos

É fim de tarde quando entro no escritório do meu pai para atualizá lo do que fiz durante o dia e pedir orientação sobre um caso

Ele está ao telefone e eu me sento, aguardando

— Sim, Fernando. Penso da mesma forma — ele diz e sorri para mim, apontando para uma pasta.

Eu a pego e começo a ler. É o exame de DNA que prova que Anna é mesmo filha de Rodrigo.

Assim que ele desliga, me diz:

— Fernando quer que eu encontre a moça. Ele tem medo que ela retorne daqui a um tempo tentando recuperar a criança. — Ele suspira, um pouco triste. — Não dá para acreditar que uma mãe abandona a própria filha. A bebezinha está muito bem cuidada e saudável, segundo os exames que Camila pediu. Há algo errado. Meu instinto me diz isso.

— E você nunca se engana.

— É bem raro — ele concorda, fazendo uma anotação em um pedaço de papel.

— O que acha que pode ser? Ela vai voltar pedindo dinheiro ou algo assim?

— Fernando contratou um detetive particular, mas parece que a tal mocinha ruiva sumiu sem deixar nem sinal de fumaça. Ela deu um nome para conseguir entrar na igreja sem convite, mas parece ser falso. Não quer ser encontrada. — Remexo-me na cadeira, incomodada. Esse é o último assunto do qual eu queria falar. — Como você está com tudo isso, filha?

— Ah, Deus... Quem eu vou ter que matar? — pergunto, ciente de que alguém contou para ele sobre mim e Rodrigo.

— Bernardo — ele confessa, porque sabe que eu descobriria fácil.

— Maldito.

— Ele nem precisava ter dito que você teve a reação que teve. Eu venho observando você e Rodrigo desde o Natal.

— Opa! Como o Bernardo sabe da minha reação se ele nem estava na hora? — Estreito os olhos, tentando analisar a fofocaiada dessa família. — A Vivi contou para ele, certo?

— Certo. Você sabe que isso não importa. Rodrigo vai assumir a menina. Não acha que é uma boa hora para vocês dois se acertarem?

— Não, não acho. E é estranho você dizer isso. É meio sexista, né, pai? Achar que ele precisa de uma mulher só porque tem um bebê —

esbravejo, mas sei que estou descontando no meu pai a raiva com a qual não estou sabendo lidar.

— Não, filha. Ele não precisa de uma mulher para cuidar da própria filha. Precisa de uma parceira. Vocês dois estavam indo bem, e eu achei que já era hora. — Ele ergue a mão e me impede de continuar. — Em todo caso, não está mais aqui quem falou. Só espero que não se arrependa depois.

— Não vou me arrepender. Essa foi uma decisão muito bem pensada — insisto e saio da sala.

Não há mais nada para falar.

80

Rodrigo

I've got sunshine on a cloudy day
When it's cold outside
I've got the month of May
I guess you'll say
What can make me feel this way
My girl (my girl, my girl)
*Talking about my girl (my girl).**

— The Temptations, "My Girl"

Os móveis chegam após o almoço. Na parte da manhã, pedi que viessem retirar os aparelhos de ginástica e levassem para a casa da minha mãe. Até ela chegar, eu resolvo o que fazer com eles.

De braços cruzados, encostado na porta, observo, tentando não surtar, o pessoal da loja montar o berço, a cômoda e o guarda-roupa.

Também chega uma infinidade de roupas, fraldas e brinquedos. Viviane passou um bom tempo fazendo compras.

Um dos montadores pergunta se minha esposa não quer verificar a entrega e eu respondo que está tudo certo. Um bebê já é demais. Só me falta essa, me arrumarem uma esposa também!

---

* "Eu tenho a luz do sol num dia nublado/ Quando está frio lá fora/ Eu tenho o mês de maio/ Aposto que você diria/ O que pode me fazer sentir desse jeito?/ Minha garota (minha garota, minha garota)/ Falando sobre minha garota (minha garota)."

O lençol, o edredom e a cortina são em tons de verde, e eu sei que Viviane os escolheu pelo fato de eu ser palmeirense. Se é para ter uma filha, que seja para levá-la para o bom caminho, não é mesmo?

Uma filha... Meu Deus, eu tenho uma filha. Como foi que isso aconteceu?

Estou andando de um lado para o outro no apartamento. Conversei com Viviane mais cedo, por telefone, e ela não parecia muito certa de que o melhor era me entregar a bebê. Mas ela retomou a faculdade de psicologia há um semestre, e, eu estando apavorado ou não, essa criança é minha responsabilidade.

Não deve ser tão difícil assim, né? Dei uma pesquisada no Google e vi que bebês pequenos dormem a maior parte do tempo.

Também marquei algumas entrevistas de babás para amanhã. Vai ser tranquilo. Só preciso pensar positivo. O começo pode ser difícil, mas, depois que nos adaptarmos, não vamos ter problema. Assim espero.

São quatro da tarde quando a campainha toca e eu corro para atender. Viviane entra com a bebê no colo. Rafa está atrás, trazendo um carrinho fechado e uma cadeirinha para transporte no carro.

Anna está dormindo quando chega, e Viviane a coloca no berço para me explicar algumas coisas sobre como lidar com a bebê.

— Amanhã eu te ajudo a encontrar uma babá. Você vai precisar, mas esta noite você dá conta sozinho. Não é difícil, Rô. Você é perfeitamente capaz. Deixei tudo escrito aqui, ó. — Ela me mostra uma caderneta, depois morde o lábio, hesitando. — Pensando bem, eu posso ficar até você contratar a babá, se quiser.

— Não precisa. É só esta noite. Amanhã vou avaliar algumas pessoas. Achei uma agência de babás e a Fê disse que é boa.

Viviane arregala os olhos, surpresa. Estou começando a achar que minha família acha que não posso fazer nada sozinho.

— Fica tranquilo em relação ao bar — Rafa diz, depois de montar o carrinho e deixá-lo no canto da sala. Está tudo acontecendo tão rápido. — Vou te cobrir até você se ajeitar com tudo. Não que você fizesse muita coisa por lá... — ele me provoca. Acho que sabe que estou tenso pra caralho.

— Meu, eu vou pra lá quase toda noite — eu me defendo, já preparado para sua resposta.

— Vai mesmo, mas não pra trabalhar, né? — Ele franze a testa, pensativo, depois completa: — Ah, relaxa. A gente vira pai e fica parecendo seu avô. Pode curtir seu tempo. Na hora certa você vira adulto e volta.

— Rafa! — Vivi o repreende, mas ele já está agachado conversando com Priscila. — Vai dar tudo certo, Rô. Qualquer coisa me liga. A qualquer hora do dia.

— É isso aí, moleque. — Rafa fica de pé, com Pri no colo. — Essas coisinhas assustam mesmo. — Ele aponta para a própria filha. — Mas rapidinho aprendemos a lidar com elas.

— Eu sou o bebê do tio Bô! — Pri diz, esticando os braços para mim. Deve ser difícil para ela ter que dividir atenções.

— Sim, você é! — Eu a pego no colo e a abraço, pensando no tempo em que ela era a única bebê com quem eu tinha que me preocupar.

Rafael olha para Viviane, e eu percebo que eles precisam ir, mas ela não se move. Parece aflita.

— Acho que é bom eu ficar até ela acordar. Assim eu posso te acompanhar na primeira fralda, mamadeira e essas coisas.

— Vai tranquila, Vi. Esqueceu que eu já fiz tudo isso com a Pri?

— É diferente...

— Uma fralda suja é sempre uma fralda suja — eu rio, fazendo sinal com a mão para que ela vá embora e entregando minha sobrinha ao pai.

E eles vão.

Estou há quarenta minutos sentado, encostado no guarda-roupa branco e delicado, enquanto observo minha filha dormir no berço.

O quarto começa a escurecer conforme a tarde vai morrendo. Meus braços estão apoiados nos joelhos, e eu me sinto tão perdido quanto aparento. Anna segue dormindo. Ela não faz nenhum barulho, mas seu peito sobe e desce devagar.

Sempre ouvi dizer que não é bom os bebês dormirem de barriga para cima, mas estou com medo de movê-la e ela acordar. Então fico aqui, olhando atentamente para ela.

Reli a carta que a mãe dela deixou até quase decorar as palavras e a guardei com a carta do meu pai. Acho que um dia vou ter que mostrar a Anna.

Como se diz a uma criança que sua mãe a abandonou? Entendo que é assustador. Sei bem o que estou sentindo. Mas como ela pôde ir embora e deixar a bebê comigo sem saber o que eu faria?

Estou tão distraído com a respiração cadenciada de Anna que dou um pulo quando o celular toca. Que droga! Esqueci de tirar o som.

O barulho estridente assusta a bebê, que começa a chorar bem alto, como se competisse com o telefone.

— Puta merda. — Eu me levanto e levo a mão ao rosto, sem me aproximar. — E agora?

Coço a testa e cruzo a distância entre mim e o berço. Toco a madeira branca e me abaixo, colocando as mãos na cintura da bebê, que está vermelha de tanto chorar.

Eu a pego, devagar, e a aconchego nos braços. Não parece que ela vai ceder, e eu respiro profundamente, tentando não surtar.

Não sei o que fazer. Quando me dou conta, estou conversando com ela:

— Ei, pequena. Está tudo bem. Eu sei que você está com medo. Mas quer saber? É normal. Eu tô apavorado pra caralho. Ai, merda! Putz! — Solto uma infinidade de palavrões tentando consertar e só pioro, mas me surpreendo com o fato de ela ir se acalmando aos poucos. — Olha só você. Vai ser o xodozinho do tio Rafa. Que mocinha danada que se acalma com palavrões. — Vou caminhando com ela pelo apartamento e paro em frente à porta de vidro da sacada. A noite vem chegando.

No rack tem uma fotografia minha com meu pai. Olho da foto para minha filha. Não acredito nisso. Eu tenho uma filha.

O medo que sinto quase faz meu corpo tremer, mas, assim como ela, vou me acalmando gradativamente. Lembro da carta do meu pai, quando ele diz que eu poderia vê-lo em meus filhos. Admirando os olhinhos brilhantes de Anna, é exatamente o que sinto. Meu pai está conosco.

— Eu não soube de você antes. Não sei o que sua mãe passou e sinto muito por não estar presente. A família deve sempre estar presente. Você nasceu há um mês e parece que hoje eu nasci como seu pai. — Ela me encara fixamente, e eu me questiono se pode entender alguma coisa — Você vai ter que me ensinar, garota. Não sei muito sobre bebês. Mal sei cuidar de mim. Acho que você pode ver pela marca roxa na minha testa, não é? Não posso prometer que não vou fazer besteira. Na verdade, me conhecendo como conheço, quase posso garantir que vou fazer besteira. Você chegou em uma hora inesperada. Tô meio perdido... Mentira. Tô completamente perdido. Eu queria ser alguém melhor pra você e queria entender o que você precisa, mas não faço ideia nem de por onde começar. Não estou pronto. Se eu pudesse escolher, não seria pai agora. — Penso um pouco depois de ter dito essas últimas palavras. — Será que isso pode traumatizar você? Espero que não. Você ainda é nova pra entender que eu escolheria não ser seu pai, certo? Aparentemente eu sei fazer bebês e, acredite, já treinei bastante — sorrio —, mas cuidar e proteger não é muito a minha área, nem dizer as coisas certas. Como posso cuidar do que não entendo? — Acaricio sua bochecha e juro que a vejo sorrir. Mas não é muito cedo para isso? — Quero que você saiba que eu não estou pronto. Não vou fazer nenhuma promessa que não possa cumprir, nem vou dizer que tudo vai dar certo. São tantas variáveis que sinto que vou me perder em meio a tudo isso. Já desejei que você fosse um sonho e que eu acordasse, porque estou apavorado e sinto que não sou o melhor para você. Mas nós não temos escolha, não é? Sou tudo o que te sobrou, e eu jamais abandono minha família.

Algumas lágrimas escorrem pelo meu rosto e eu me espanto por não ter percebido que chorava. Começo a cantar uma música espanhola sobre lobinhos, que meu pai cantava para mim quando eu era pequeno. Sinto meu coração disparar e uma imensa dificuldade de respirar quando Anna envolve meu dedo entre os seus.

Por mais estranho que possa parecer, tenho certeza de que ela me quer como pai.

— Anna Villa — murmuro, envolvido por uma paz que nunca senti antes. — Esse é o seu nome, pequena. E, repito, não vou prometer que não vou errar, porque sinto que isso é quase uma garantia, mas vou te amar como nunca amei ninguém na vida.

81

Branca

If there's a prize for rotten judgement
I guess I've already won that
No man is worth the aggravation
That's ancient history
Been there, done that!
Who'd'ya think you're kidding
He's the earth and heaven to you
Try to keep it hidden
*Honey, we can see right through you.**
— Susan Egan, "I Won't Say (I'm in Love)"

Eu sei que, se quero seguir com a vida, a balada dos meninos é o último lugar aonde devo ir, mas, quando me dou conta, lá estou eu no Batidas Perdidas. Aliás, só o Rafa para batizar um lugar com um nome tão dúbio desses.

Estou no bar, trocando algumas palavras com Lex, quando Rafael se aproxima.

— Tá fazendo o que aqui, ô loira? Você que não venha dar uma de Yoko Ono e separar o meu bar, hein?

Lex gargalha e se afasta, enquanto Rafael leva um tapão de mim, claro.

* "Se há um prêmio por julgar mal/ Acho que vou ser eleita/ Homem nenhum vale essa irritação/ Isso é história antiga/ Já estive lá e já fiz isso!/ Quem você acha que está enganando?/ Ele é o céu e a terra para você/ Tente esconder/ Querida, a gente consegue ver na sua cara."

— Nossa, Rafa. Fez cursinho pra ser idiota ou veio de fábrica?

— Tô de olho em você, loira — ele diz, apontando para seus olhos e depois para mim. — Escolhe um deles logo e vamos parar com o troca--troca, né?

— Não tem o que escolher. Estou bem sozinha.

— Tô ligado.

Reviro os olhos e bebo um gole do meu drinque. Então um suspiro me escapa, assim como a pergunta:

— Como ele está?

— Opa, opa! Não vai começar essa merda não. Como eu falei para a Clara na vez dela de querer fazer perguntas sobre o Bernardo, não sou comadre de vocês não, porra.

Ignoro o comentário e espero que ele termine de preparar uma caipirinha de saquê. Então retomo:

— Agora larga de ser trouxa e me conta como ele está.

Rafael ergue uma sobrancelha, ponderando, e por fim diz:

— Fisicamente bem, apesar da pancada. Emocionalmente não sei. Um filho cair de paraquedas é algo que assusta qualquer um. Imagina aquele moleque lá.

— Não deve ser fácil mesmo. — Brinco com o canudinho, tentando parecer distraída.

— Por que você não pergunta pra ele?

— Porque acho que o melhor é nos distanciarmos.

— Ah, essa porra aí? Você não aprendeu nada comigo e a Vivi? Com o Bernardo e a Clara? — Ele corta rodelas de limão e aponta com a faca, rindo. — Vai funcionar certinho isso aí, viu?

— Não vou dar conta de tudo isso e mais um bebê agora.

— Você o ajudaria muito. É meio egoísta isso. Ele ficaria do seu lado numa hora dessa. O Rodrigo pode ser moleque e o que for, mas nunca deixou de ficar ao lado de quem ama.

— Ele não me ama, Rafa! — Dizer isso em voz alta já soa absurdo, imagine acreditar. — E eu não o amo também, oras.

— Ãhã. Ok.

— E eu não tenho que ajudar ninguém. O Rodrigo que fez, que se vire sozinho. Não é porque eu sou mulher que o instinto maternal tem que brotar do além, meu filho. Sei lá, parece que vocês acham que uma mulher resolve tudo nessa hora.

— Branca, eu troco fralda, cozinho, lavo louça, cuido da minha filha para que a minha mulher possa estudar e ser uma profissional do caralho, entre outras coisas, então guarde a sua lição de moral pra outro cara. Não é disso que eu tô falando.

— Pois é. — Admito que me excedi. É que esse assunto me deixa maluca. Nem meu pai eu poupei, quanto mais o Rafa, que às vezes parece escolher as palavras para me tirar do sério. — Você é foda mesmo. Foda e idiota, mas ainda assim foda.

— Isso aí. Repetiu três vezes, como eu gosto.

— Bom, não que me ter por perto ajudasse muito, mas vocês são realmente loucos de deixar um bebê sozinho com o Rodrigo.

— Ele vai se sair bem. Vai fazer uma confusão do caralho, mas vai se arranjar. O vô Fernando acha que, se tirarmos essa responsabilidade do Rodrigo agora, ele nunca vai crescer. Pode parecer maluco, mas eu concordo. E, sobre vocês dois... — que cara insistente, Senhor! — não é pra ajudá-lo com a bebê que tô falando. É que essa situação toda é foda. Ter por perto quem a gente ama e quem também nos ama é muito bom.

— Como você é chato! — bufo.

— Como é mesmo aquela música do desenho do Hércules que a Pri ama? "Vai ficar negando essa sensação etérea? Já estou notando que você está aérea. Aja como adulta, que já não oculta que isso é... é... é amor..." Ah, essa vida de pai... — Ele abraça o pano de prato e faz cara de comovido. — Tá aí, loira. Seu novo apelido é Megara.

Reviro os olhos para sua ousadia em dizer que eu amo Rodrigo. Até parece!

82

Rodrigo

Keep holding on
Cause you know we'll make it through
We'll make it through
Just stay strong
Cause you know I'm here for you
*I'm here for you.**

— Avril Lavigne, "Keep Holding On"

ANNA E EU nos entendemos bem. Está tudo muito tranquilo, e ela não chora desde que esteja no colo. Se eu tentar colocá-la no berço, é um inferno. Mas ela pesa o quê, cinco quilos? Posso ficar com ela no colo para sempre, se for o caso.

Tudo bem, para sempre não. Pelo menos até a babá aparecer amanhã. Ou até a hora de dormir. Ela deve ficar quietinha para dormir, certo?

Acho que vou comprar aqueles negócios de pendurar bebê e sair andando com ela por aí.

Agora estou sentado no sofá, com minha filha apoiada em um braço e um balde de pipoca ao alcance da outra mão, assistindo a um jogo de basquete.

Foi tranquilo dar a mamadeira e trocar a fralda. Estou me saindo melhor do que eu pensava.

---

* "Continue aguentando/ Porque você sabe que nós vamos conseguir/ Vamos conseguir/ Apenas seja forte/ Pois você sabe que estou aqui por você/ Estou aqui por você."

Quando a campainha toca, grito que a porta está aberta e ela se assusta e chora um pouco.

— Ah, merda. — Eu me levanto para acalmá-la e viro metade do balde de pipoca no chão.

— Não era mais fácil ter me mandado uma mensagem dizendo para eu entrar com a minha chave do que deixar aberta? — Lucas pergunta, com um pacote de fraldas nos braços e uma mochila nas costas. — Você precisa ter mais cuidado agora.

— Pior que era. — Eu a balanço devagar, e Lucas estende os braços para pegá-la.

— Achei que a Vivi tinha trazido fraldas. Por que você me pediu pra trazer mais?

— Essa menina é uma máquina de sujar fralda, meu.

— Você nem sabe! Eu quase comprei a fralda errada. Estava distraído e peguei um pacote geriátrico. Sorte que a mulher do caixa me perguntou.

— Nossa, acho que eu faria a mesma merda. — Eu me abaixo para recolher as pipocas que caíram sob o sofá.

Lucas ri e eu me levanto, alongando os braços.

— Você não a colocou mais no berço desde que liguei?

É, foi ele o filho da puta que a acordou mais cedo.

— Eu tentei... — Dou de ombros. — Pra que a mochila?

— Vou dormir aqui.

— Por quê? Não vai ser tão difícil. Os bebês dormem, né? A Pri dormia pra caramba.

Lucas me olha, complacente, murmura algo para Anna sobre minha inocência, depois diz:

— Você sofreu um acidente há cinco dias. Não importa quanto tenha sido um animal e merecido, vou ficar e te ajudar. A Vivi sabia que eu vinha. Acho que ela teria ficado se eu não viesse.

— Valeu por vir, cara.

— Vou colocar as fraldas no quarto — ele diz, ao mesmo tempo em que Anna ensaia uma careta e solta gases barulhentos.

— Vixe. — Coço a cabeça, e ouvimos mais uma porção de barulhos. — Eu não tinha ouvido um bombardeio desse ainda não. Quer fazer as honras e trocar?

Todos nós sabemos trocar fraldas, porque, quando Priscila era pequena e Vivi por algum motivo não estava por perto, Rafa gostava de fazer apostas, e quem perdia tinha que trocar a bebê. Bem, Rafa nunca perdia da gente.

— Vamos lá, então, né? — Lucas a leva para o trocador, e eu começo a desabotoar o macacão enquanto ele lava as mãos. Ele tira a fralda, depois limpa a Anna, embola tudo em um pacotinho e me entrega. — Olha só! Limpinha de novo. Quem é o melhor titio? Quem? Quem?

— Não enrola para colocar a outra não — aviso, me curvando para jogar o pacote no lixo.

Antes mesmo que eu possa levantar, Lucas solta um palavrão. Um jato de cocô atinge sua camiseta, e ele tenta tampar a bunda da bebê com uma fralda de pano, mas é tarde demais. O trocador, Anna e ele estão imundos.

— Puta que pariu! — Levo as mãos à cabeça, mas, quando meu olhar encontra o de Lucas, começamos a rir sem parar.

O quarto está uma zona do caralho, e tudo o que conseguimos fazer é gargalhar.

Quando terminamos de limpar tudo, dou banho em Anna em seu quarto, enquanto Lucas vai para o meu chuveiro. Ela parece ainda mais frágil sem roupa, então senti muito medo de quebrá-la na banheira, mas no fim deu tudo certo.

Depois jantamos, assistimos a outro jogo, um filme, um episódio de seriado... e essa menina não dorme! Para não dizer que não dorme nada, ela até tira uns cochilos, mas é só eu mexer o braço que ela arregala os olhos, atenta.

— Acho que ela fica me procurando quando abre os olhos. Só para ter certeza de que não a coloquei no berço.

— Se ela faz isso, é muito esperta.

— É minha filha, né? Tem que ser — eu me gabo, acariciando a cabecinha repleta de cabelos negros.

— Não sei se com essa idade os bebês fazem isso não.

— Acabei de dizer que é minha filha. Óbvio que tá fora do padrão. Acima da média, como o papai aqui.

— Acho que você devia comprar um livro sobre bebês.

— Não precisa. O Google tem todas as respostas. O Google já pode ser pai, porque manja dos paranauê tudo.

O tempo passa e nada de ela dormir, então arrisco colocá-la no berço para poder tomar banho. Ela chora no início, depois se acalma, mas quando saio do meu quarto vejo que Lucas a pegou de novo.

— Não me olha com essa cara. Ela não parava. Eu tenho coração, não dá para deixar criança chorando, não. — Ele a afaga. Essa menina vai fazer todos nós de gato e sapato.

Apago a luz da sala e me sento no sofá outra vez, com ela no colo. Estamos iluminados apenas pela televisão.

— Pode dormir na minha cama, se quiser. — Eu bocejo, me ajeitando no sofá com a pequena no colo.

Ele vai até lá e volta com dois edredons. Joga um para mim e se deita no sofá ao lado.

— Vamos assistir o que agora? — pergunta, passando por vários canais até decidirmos.

E é o que fazemos até adormecer.

Acordo com o dia clareando. Perdi a conta de quantas vezes me levantei para trocar falta, dar mamadeira ou só para acalmar Anna.

O cheiro de café toma conta do ambiente, e eu encontro um banquete completo ao me aproximar da mesa da cozinha. Lucas fez suco, tapioca de presunto e queijo e duas omeletes.

— Acho que você precisa comer bem agora que está amamentando. — Ele aponta a mesa com a escumadeira, e eu ergo o dedo do meio na sua direção, mas me sento.

— Vou ter que aprender a fazer tudo com uma mão só. Isso sim. — Ajeito Anna no braço e começo a comer.

— Me dá esse dragãozinho faminto. — Ele a pega e coloca a mamadeira em seus lábios, que nunca rejeitam comida. — Acho que ela parece mesmo com você.

— Tô falando. Você não tem que trabalhar, não?

— Vou só à tarde. Eu disse para o vô Fernando onde estava e ele me deu a manhã de folga.

— Obrigado, cara, por ficar aqui. A primeira noite teria sido bem mais difícil sem você. — Ergo a mão fechada e ele bate a dele na minha.

Mais tarde, quando Lucas já partiu, as babás chegam para a entrevista. Minha irmã acabou se enrolando com um compromisso e não pôde vir, então faço a avaliação sozinho.

As três mulheres que a agência mandou são ótimas e incrivelmente lindas, então o meu critério para escolha é péssimo: vou na que sorri mais para mim.

Ah, Deus. Ninguém espera que eu amadureça depois de um único dia como pai, certo?

83
LEX

Oh no, I see
A spider web is tangled up with me
And I lost my head
The thought of all the stupid things I've said
Oh no, what's this?
A spider web, and I'm caught in the middle
So I turned to run
*The thought of all the stupid things I've done.**
— Coldplay, "Trouble"

OS DIAS PASSAM, e aos poucos é como se eu nunca tivesse saído de São Paulo.

Divido meu tempo entre o trabalho e folgas em casa ou na casa do Rafael.

Reuni dois caras que tocavam comigo e com o Rafa e nós voltamos a nos apresentar com frequência na balada também. Eu preciso. A música é o combustível que mantém minha alma acesa.

De música em música, vou levando a vida, que parece querer me forçar a recomeçar toda vez. Se temos que seguir em frente de qualquer jeito, melhor que seja com trilha sonora.

---

* "Ah, não, eu vejo/ Uma teia de aranha está enrolada em mim/ E eu perdi a cabeça/ A lembrança de todas as coisas estúpidas que eu disse/ Ah, não, o que é isso?/ Uma teia de aranha e eu estou preso nela/ Então comecei a correr/ A lembrança de todas as coisas estúpidas que fiz."

Estou ensaiando no bar quando Branca chega trazendo uns papéis do escritório. Estamos fazendo algumas reformas, e precisa ser tudo de acordo com a lei para não termos problemas depois.

Quando ela me entrega o que preciso assinar, me pergunto por que ela mesma veio quando sabemos que isso é serviço de motoboy.

— Vou na casa da Clara depois, e ela está morando aqui perto depois que casou — ela se justifica, mordendo a ponta da unha. Vício que odeia e que só se manifesta quando está muito constrangida.

— Não perguntei nada, Branca. — Minha voz é bem tranquila e não faz as palavras soarem pesadas. Pelo contrário, até sorrio quando digo. Ela sorri de volta, pega em flagrante.

É aquela velha história. Ímãs de polos opostos que se tornam iguais depois de atraídos um para o outro.

Estamos solteiros e isso é uma merda.

— Churrasco na minha casa amanhã à tarde — Rafa me diz ao passar por nós e me lança um olhar, pensativo. Ainda não conversamos sobre isso desde que cheguei, e acho que não vou poder protelar esse papo por muito tempo.

84

Rodrigo

Ela não quis me namorar, perdeu
Tô muito bem solteiro
Agora quem não quer sou eu
Cheio de mulher a minha volta (meu Deus!).

— Cristiano Araújo, "Hoje eu tô terrível"

Eu soube que era pai há exatamente duas semanas, e há dez dias, desde que saí do hospital, não saio de casa.

Não que eu pudesse fazer muitas loucuras se não tivesse um bebê. Por causa do acidente, precisei ficar uns dias sem beber, então não sair era a melhor opção. Mas nunca pensei que veria os dias passarem na velocidade da luz. É uma tempestade de fraldas, roupas sujas, mamadeiras e noites maldormidas.

O mais estranho é que, quanto mais tempo passo com minha filha, mais tempo quero passar. Óbvio que há momentos que me deixam maluco, e nessas horas eu quero esquecer que sou pai. Mas isso dura até aqueles olhinhos espertos encontrarem os meus. Há alguma magia ali, algo que me faz querer trocar todas as mulheres do mundo por ela.

Outro dia, depois de uma crise de choro que durou mais de uma hora e me fez correr com ela para o hospital só para descobrir que era cólica, me bateu um desespero enorme. Cheguei em casa e fiquei andando de um lado para o outro, lembrando do tempo em que minha única preocupação era ter ou não camisinha no bolso. Bem, não que isso tenha me ajudado muito... Meu pacotinho está aqui chorando, impaciente, enquanto a mamadeira não fica pronta, o que só prova isso. Mas acho que ser precavido me livrou de outros pacotes, então tudo bem. Imagina mais de uma dessas? Deus! Aí eu não ia dar conta.

Felizmente tenho a babá durante o dia, e, por mais que eu esteja tentado a provocá-la, passo boa parte do tempo dormindo para aguentar a noite acordando a cada três horas no máximo.

Esses dias, pela manhã, ela entrou no quarto e eu estava dormindo com a Anna na cama. É, eu sei que ela não devia dormir na minha cama, mas é onde se acomoda melhor. Acho que se sente segura, então permito e pronto. Quando ela crescer um pouco, volta para o berço.

Então a babá entrou no quarto e eu acordei, porque agora acordo até com uma agulha caindo no chão. Eu estava sem camisa, com um shorts curto de malha, e ela me encarou sem disfarçar. Mas bem naquela noite a Anna tinha decidido ser o capeta em forma de criança, e eu não tinha dormido nada, ou seja, estava morto.

Não consigo acreditar que eu estava cansado demais para transar. Isso é imperdoável.

Lucas disse que é carma, porque eu escolhi a babá mais bonita com má intenção. Pelo amor de Deus, minha intenção era e ainda é a melhor possível.

> Quer que eu passe aí pra te pegar pro churras?
> Não pode ficar enfiado aí pra sempre, e a bebê precisa ver a luz do sol.

Mensagem da minha irmã.

Franzo a testa ao responder. Letícia, a babá, leva Anna ao parque todas as manhãs, ou seja, ela vê a luz do dia. Eu é que nunca gostei de acordar tão cedo. Quando tenho reuniões na agência, marco para o período da tarde.

Sobre isso, meu avô não foi tão legal quanto Rafa, e Lucas passa aqui todos os dias para discutir algumas contas comigo. A princípio achei que seria uma trabalheira dos diabos, mas o tempo que passo sozinho nos intervalos de sono de Anna tem sido bem produtivo.

Passo a mão pelo rosto e sinto a barba comprida. Melhor dar um jeito nela antes de sair.

Aceito a oferta da Vivi, afinal estou sem carro. O meu deu perda total, e estou esperando o seguro pagar. Não que eu precisasse esperar, mas, depois da conversa com meu avô, acho que ficar sem carro é um preço baixo pelo que poderia ter acontecido. Isso tem me atormentado bastante, saber que vidas poderiam ter sido perdidas por minha causa. Já tive até pesadelos sobre isso.

Aproveito para tomar banho agora que Letícia está dando mamadeira para Anna antes de seu soninho da tarde. Tiro a roupa em frente ao espelho e passo a mão pelo cabelo, que cresceu bem desde o acidente e cobre quase toda a cicatriz na cabeça. Ligo o chuveiro e entro debaixo da água. Esse é um dos raros momentos em que a realidade me alcança.

O bom da correria de ser pai é que não sobra tempo para nada, nem para pensar que Branca sumiu de vez da minha vida. Ainda mandei uma mensagem para ela, querendo saber se estava bem. Afinal, a camisinha estourou da última vez, e eu não quero que mais ninguém passe pelo que quer que a mãe da Anna tenha passado. Por mais que ser pai ainda me assuste, eu devia ter estado ao lado dela o tempo todo, independentemente de sermos ou não um casal.

Pelo meu isolamento atual, Viviane veio com uma conversa de que estou deprimido e me forçando a viver outra vida para não ter que pensar no que aconteceu entre mim e Branca.

É claro que eu a mandei ir à merda com muito carinho, e neguei até a morte o que espero que não seja verdade, mas, nesses momentos solitários, em que a água do chuveiro é minha única companhia, confesso que estou com medo de que seja mesmo verdade.

Mais tarde, saio do quarto vestindo uma bermuda. A toalha molhada está sobre meu ombro. Paro em frente ao quarto de Anna e a vejo quase adormecida no berço, enquanto Letícia canta para ela. Como essa garota consegue acalmá-la tão fácil, só Deus sabe.

Eu me afasto e caminho até a lavanderia para pendurar a toalha. Ergo o varal, distraído, olhando pela janela. Ao me virar, trombo com Letícia, que me mostra um montinho de roupas de bebê.

— Vim colocar a roupa na máquina — ela explica quando me desculpo.

Paro na cozinha para tomar um copo de água e estou encostado na pia quando ela passa de volta, parando e se encostando no armário à minha frente.

Letícia é uma garota muito bonita. Cabelos negros, curtos, olhos castanhos vivos, sempre alerta. Acho que isso faz parte do seu trabalho. A pele clara contrasta com o resto, dando-lhe um tentador ar de Branca de Neve.

Ela umedece os lábios carnudos e eu a encaro, sem dizer nada. Bebo mais um gole de água e ela se aproxima, tirando o copo da minha mão e o colocando na pia, enquanto seu dedo desce pelo meu peito nu e para no cós da bermuda.

Seu olhar encontra o meu ao mesmo tempo em que nossos corpos se roçam. Fecho os olhos, vibrando com a ereção que explode em minha bermuda. Ser pai não me esterilizou, graças a Deus! Sou Rodrigo Villa, afinal de contas, e vou transar com essa mulher, porra!

E um choro estridente vindo do quarto diz que eu não vou, não.

Toco o rosto de Letícia, que sorri, balança a cabeça e segue em direção ao quarto da minha filha.

Puta que pariu. Quem diria que minha própria filha seria o ser mais empata-foda do mundo?

Menina, você está ferrada quando quiser namorar!

85

Branca

Palavras não bastam, não dá pra entender
E esse medo que cresce e não para
É uma história que se complicou
E eu sei bem o porquê
Qual é o peso da culpa que eu carrego nos braços?
Me entorta as costas e dá um cansaço
A maldade do tempo fez eu me afastar de você.

— Tiê, "A noite"

Chego na casa de Viviane no final da tarde, e quando entro na sala dou de cara com Rodrigo. Nenhum filho da puta teve a decência de me avisar que ele estaria aqui. Ele tem estado bem ausente desde que a bebê foi morar com ele.

Sua única tentativa de contato comigo durante esse tempo foi uma mensagem perguntando se eu estava bem. Estou, mas não respondi. Não tem por que estender isso. Rodrigo e eu não éramos amigos antes, e é melhor continuarmos da mesma forma agora.

E daí que nos aproximamos muito no tempo em que ficamos? E daí que ele é um cara superfofo e todo carinhoso por trás daquela máscara de pegador? E daí que eu sinto a falta dele?

Da mesma forma que eu vivi sem ele antes, vou viver agora. É o mundo moderno e frio dos adultos, certo? Nem todo mundo tem romances lindos como os dos meus amigos.

Nós nos cumprimentamos normalmente e eu sigo para a área da churrasqueira. Rafael está mexendo no carvão e me lança um sorriso irônico.

Estreito os olhos e faço uma careta para ele. Miserável. Fez de propósito.

— Que foi? — ele pergunta quando me aproximo. — Você sabe que ele é meu cunhado, não sabe?

— Idiota — respondo e me sento, mexendo no celular.

Quando vou abrir a boca para dizer algo, ouço a voz de Lex:

— Era um pacote de gelo só, Rafa?

— Só — ele responde e me olha outra vez. — Que foi? — repete a pergunta. — Dele você já sabia, que eu sei. — Depois joga uma latinha de cerveja na minha direção. — Vai, loira. Relaxa aí que logo chega todo o pessoal.

— Eu tô bem. — Abro a lata e bebo um gole, pensando no modo como Rodrigo me cumprimentou.

Parece que ele realmente me superou.

Meu irmão e Clara chegam logo depois. Os meninos foram viajar com Maurício. Fernanda desmarcou na última hora, dizendo que estava com dor de cabeça. Ela tem tido várias crises de enxaqueca nos últimos tempos. Até Camila se preocupou, dizendo que ela devia procurar um neurologista.

Bernardo logo engata um papo animado com Rodrigo. Quando Lex se junta a nós na área da churrasqueira, percebo que ele toma cuidado para não ficar muito perto de mim, apesar de trocarmos olhares de vez em quando.

Meu irmão capta e me olha feio. Ah, quem o Bernardo pensa que é?

Rodrigo me olha de vez em quando também, mas sua atenção está voltada para a bebê na maior parte do tempo. Como deve ser, eu acho. Ela é bem linda e graciosa, mas faço o possível para não pegá-la no colo.

Se ela tiver o charme do pai como todo mundo fica dizendo, estou ferrada.

É diferente ver Rodrigo como pai, e eu fico um pouco surpresa por ele parecer estar se saindo tão bem, apesar das olheiras e do semblante abatido. Mas acho que até isso deve ser um bom sinal. Ele está se esforçando. É bastante surpreendente. Nesses anos todos, nunca o vi se esforçar para nada.

— Espero que o Rodrigo tenha trazido a Letícia — Lucas comenta, subindo as escadas, mas para quando me vê. — Opa! Não sabia que vinha todo mundo. — Ele olha para o amigo, se desculpando, mas Rodrigo não parece se importar.

— Quem é Letícia? — Clara pergunta. Deus abençoe as melhores amigas que fazem as perguntas que queremos fazer e não podemos.

— Minha babá — Rodrigo responde, provocando Anna com a chupeta.

— Sua ou da bebê? — Rafa pergunta, começando a tirar a carne do fogo.

— Por que não ser de ambos, né? — Rodrigo joga a pergunta no ar, me encarando.

Devolvo o olhar, impassível, e sinto Lex me observar de canto de olho.

86
LEX

Yes I'm stuck in the middle with you
And I'm wondering what it is I should do
It's so hard to keep this smile from my face
*Losing control and running all over the place.**
— Stealers Wheel, "Stuck in the Middle with You"

DESÇO PARA GUARDAR na geladeira o que sobrou da maionese e, na volta, quando passo pela lavanderia, encontro Branca saindo do banheiro.

Ela aperta as próprias mãos, um pouco sem jeito. É a primeira vez que ficamos totalmente sozinhos depois que voltei.

— Me desculpa pelo dia da igreja — ela começa, bem desconfortável. Raras vezes a vi se desculpar por algo. — Eu não tinha o direito de reagir daquele jeito nem se o bebê fosse seu.

— Tudo bem. — Dou de ombros. — E acabou que não era, né? — Quando me dou conta, já disse.

Quero saber onde estou pisando com ela, e esta é a melhor forma: trazendo assuntos tensos para a mesa.

— É, não era... — Não sei o que ela sente sobre isso. Seu semblante não demonstra nada.

A gargalhada de Bernardo no andar de cima chama nossa atenção.

— É melhor a gente subir — digo, apontando com a cabeça para as escadas, mas sem me mexer.

---

* "Sim, estou preso no meio com você/ E me pergunto o que é que eu deveria fazer/ É tão difícil manter este sorriso em meu rosto/ Perdendo o controle e correndo para todos os lados."

— Você vai ficar de vez, Lex? — Ela deixa sair a pergunta que parece que vem guardando há muito tempo.

— Não sei, Branca. — Sou sincero.

Ela dá um passo na minha direção. Mas que inferno é esse que acontece com a gente?

Estamos bem próximos. Não acho que ela vá tentar algo, e eu também não pretendo. Não aqui.

Viro-me para subir a escada, mas dou de cara com Rodrigo descendo. Dou espaço para que ele passe. Ele não diz nada, mas mantém os olhos fixos em Branca, que mais uma vez não deixa que nenhum de nós saiba o que ela está sentindo.

87

Rodrigo

Tá com vergonha de mim, tá?
Tá com medo do que pensam de nós?
Finge que não tem ninguém aqui
Fala o que você quiser, quero te ouvir
Até quando você vai tentar negar
Se enganar, se esconder de si mesma.

— Munhoz e Mariano part. Luan Santana, "Longe daqui"

ASSIM QUE VEJO Branca e Lex, decido aceitar a oferta de Clara. Ela disse que cuidaria de Anna esta noite para que eu pudesse sair um pouco com Lucas.

É óbvio que não pretendo passar a noite inteira com meu amigo, mas é uma excelente pedida.

— Branca — digo, ao ficar em frente a ela.

— Rodrigo — ela responde, tentando passar por mim, mas eu me movo mais rápido, a impedindo. — Você está se saindo bem como pai — elogia, voltando a olhar para mim.

— Estou fazendo o melhor que posso. É assustador às vezes. — As palavras me escapam, como se meu coração não tivesse sido avisado pelo cérebro de que nós não temos mais a intimidade de antes.

— Eu... imagino. — Parecia que ela ia me dizer algo diferente, mas no fim é tudo o que ouço.

Foi bonito o que criamos, mas acho que era um elo tão frágil que se rompeu antes que pudesse evoluir.

Sem dizer nada, ela me encara. Não sei se esperando por uma reação ou se por não saber o que fazer.

Eu poderia beijá-la agora. Poderia mostrar a ela o que sentimos um pelo outro. Mas não dá. Não vou insistir numa pessoa que decidiu que não quer nada comigo. Então me viro e entro na cozinha.

Horas mais tarde, sigo o endereço indicado na mensagem no celular e paro em frente à casa de Letícia.

Ela abre a porta usando um vestidinho vermelho de alcinha, e algo me diz que está sem nada por baixo. Não há nada aqui da profissional que cuida da minha filha durante o dia.

Mal a porta se fecha e eu a beijo, pressionando-a contra a parede da sala. Suas mãos agarram meus cabelos e me puxam com força. Puta merda! Meu tipo de garota.

— Se isso rolar — seguro seu rosto e me afasto um pouco —, vou ter que te demitir. Eu me conheço, e a Anna tem que vir em primeiro lugar. E, no final, vai dar merda.

— Eu gosto dela, mas quero isso desde o dia em que você me entrevistou. — Ela roça o corpo no meu, me fazendo desejá-la de um jeito incontrolável. — Posso te indicar alguém ótimo para cuidar dela. E posso ficar cuidando de você quando puder escapar.

— Parece bom pra mim. — Volto a beijá-la, me esquecendo de todo o resto.

Por mais que Letícia tenha insistido que eu dormisse lá, decido voltar para casa mesmo sabendo que Anna vai passar a noite na casa de Clara.

É quase automático. Entro e sigo para o quarto da minha filha.

Em poucos dias, ela mudou minha rotina e entrou em meu coração. Se não fosse tão tarde, eu a buscaria. É a primeira noite que vou dormir sem interrupções, e só consigo pensar que a casa fica vazia sem minha pequena.

O dia todo passa pela minha mente. Anna, Branca, Lex, Letícia...

Queria que tudo fosse mais fácil, mas há muito tempo aprendi que a vida será tão difícil quanto puder. Como reagimos a ela é o que nos define.

Saio do quarto levando sua mantinha e caminho até o meu. Deito na cama e olho para o teto, buscando respostas que meu coração não consegue encontrar.

88

Branca

Beautiful tragedy
Was it meant to be, we'd meet like this
Beautiful tragedy
*I just can't believe this is how you were sent to me.**
— Mike Dignam, "Beautiful Tragedy"

Na segunda de manhã, vou até a agência dos Villa. Quando Bernardo estava em lua de mel, Lucas me passou um contrato para avaliar e alguns termos ficaram pendentes.

Cumprimento as recepcionistas da agência. Clara é a supervisora, e eu papeio com ela por uns minutos antes de seguir pelo corredor até a sala de Lucas, mas trombo com Fernanda no meio do caminho, visivelmente alterada.

— Fê? — Seguro seus braços, amparando-a. — Está tudo bem?

— Ai, Branca. — Ela funga, seus olhos estão vermelhos. — Está sim. Só vim falar com meu avô, tá? Preciso ir.

Antes que eu possa abrir a boca, ela se apressa pelo corredor e some de vista.

Aperto o passo até a sala de Lucas e entro. Ele está parado em frente à janela, com o semblante triste.

O que está acontecendo nesta agência?

---

* "Linda tragédia/ Estava destinado a ser, nos encontrarmos assim/ Linda tragédia/ Eu simplesmente não posso acreditar que foi assim que você foi enviada para mim."

— Está tudo bem, Lu?

— Tudo ótimo. — Ele dá um sorriso que não chega aos olhos, mentindo descaradamente.

— Você sabe da Fê? — arrisco, colocando minha pasta na mesa dele.

— Não. — Ele parece realmente surpreso. — O que houve?

— Ah, nada. — Prefiro não contar para não expor minha amiga. — Quer ver os termos do contrato agora?

— Quero sim. — Ele se senta à mesa e nós começamos a trabalhar.

Uma hora depois, corro para a recepção. Assim que avisto Clara, digo:

— Pelo amor de Deus, me conta por que a Fernanda saiu daqui atormentada daquele jeito.

— A Fernanda estava aqui? — vô Fernando pergunta atrás de mim.

Puta merda, que susto! Desde que me entendo por gente, ele tem o costume de aparecer assim, do nada. Ué, ela não estava com ele? Como ele não sabe?

— Ela veio te chamar para almoçar, Fernando — Lucas diz, chegando à recepção, apressado. Mas não era ele que não sabia da Fernanda? — Ficou te esperando um tempo, mas uma daquelas crises de dor de cabeça a pegou e ela precisou ir embora.

— Ah, que pena. Vou ligar para ela. Essa menina precisa procurar um médico. — Vô Fernando pega o celular e vai para sua sala.

— Eu tenho uma reunião e não volto hoje, ok? — Lucas informa à recepcionista.

Clara e eu nos entreolhamos e Lucas passa por nós, saindo da agência sem olhar para trás. Minha amiga aperta os lábios, e posso jurar que sabe de algo, mas o brilho determinado em seus olhos me indica que ela não vai me contar.

Mas o que é que está acontecendo?

89
LEX

I knew you were trouble when you walked in
So shame on me now
Flew me to places I'd never been
*'Til you put me down.**
— Taylor Swift, "I Knew You Were Trouble"

JÁ É BEM tarde quando Lucas chega à balada procurando por Rafael. Ele fica meio sem jeito quando percebe que Branca está debruçada no balcão. Pelo modo como ela o encara, ele tem motivos.

Digo a ele onde seu primo está e me viro para atender outro cliente. Com todo esse tempo de casa, Rafael e eu não precisamos mais atender no balcão, mas gostamos de estar por perto mesmo assim. Velhos hábitos.

— O que o Lucas queria? — Branca me pergunta assim que me aproximo.

— Não se mete, Branca — respondo com calma, desejando que ela me ouça.

Desde que cheguei, sei que algo não vai bem com Lucas. O que me surpreende é a maioria dos outros ter demorado tanto para perceber.

— Você sabe de algo! — Ela aponta o dedo, acusadora.

— Não sei de nada. Deixa o moleque. — Eu a analiso ao dizer a última palavra. Não foi de propósito, mas foi bom, no fim das contas.

---

* "Eu sabia que você era problema quando apareceu/ Bem feito para mim agora/ Me levou a lugares em que eu nunca tinha estado/ Até me pôr no chão."

Ela segue impassível.

Dou a volta no balcão e me sento ao lado dela.

— Eu quero ajudar, Lex. — Branca toca meu braço, devagar.

Foi um gesto automático, mas acho que nos damos conta ao mesmo tempo de que é a primeira vez que nos tocamos desde o divórcio. A cada vez que nos vemos, é uma primeira vez diferente.

— Sei que quer, mas...

Não tenho tempo de dizer mais nada, porque Lucas passa como um trovão por nós e Rafael segue correndo atrás dele, gritando seu nome.

9º

Rodrigo

O novo virá
Pra re-harmonizar
A terra, o ar, a água e o fogo
E sem se queixar
As peças vão voltar
Pra mesma caixa no final do jogo
Pode esperar
O tempo nos dirá
Que nada como um dia após o outro.

— Tiago Iorc part. Daniel Lopes, "Um dia após o outro"

QUEM DIZIA? MINHA filha completou três meses, e os dois que passei com ela nem foram um período tão difícil. Quer dizer, foram sim. Ainda é difícil. Mas parece que a vida pode ser dividida entre antes e depois da chegada da Anninha, como costumo chamá-la.

Quase surtei na primeira vez em que ela teve febre, fiquei apavorado com as reações a cada vacina e, quando ela teve princípio de pneumonia e precisou passar a noite em observação no hospital, não saí do seu lado. E quase deixei Mila maluca, porque insisti em tocar violão para ela dormir. Fazer o quê? Minha pequena ama sertanejo tanto quanto eu.

No fim me deixaram tocar, desde que fosse apenas durante o dia. As outras crianças internadas gostaram bastante, e acho que o hospital também. Pelo menos a Mila, que ficava me lançando uns sorrisinhos orgulhosos, somados ao olhar que dizia que eu consigo fazer confusão onde quer que esteja. E consigo mesmo. Ela sabe bem.

Mudar minha vida não foi algo que premeditei. Aconteceu. Não que eu seja outro Rodrigo agora. Isso é bem difícil de mudar. Ainda saio bastante. Meus amigos me ajudam, mas agora eu sei que preciso me cuidar e voltar, porque tem uma garotinha linda me esperando. Tive que reorganizar a vida, mas não troco minha pequena por nada.

Letícia e eu ainda ficamos, embora não sejamos exclusivos. Nunca tentei ficar com a pessoa que agora cuida da Anna, mas um dos meus amigos meio que está apaixonado. Espero não ter que trocar de babá de novo, porque não vivo mais sem ele. Isso mesmo, *o* babá. Letícia me indicou um amigo gay dela. E quem mais gostou disso foi Maurício, que vive me visitando agora.

Como eu sou um baita amigo, deixei os dois lá em casa com a desculpa de que queria passear no parque com Anninha e conversar com Lucas. No fim, não era tão desculpa assim. Lucas passou por maus bocados nos últimos meses.

— E o boxe tem ajudado? — pergunto, me referindo à atividade que ele passou a praticar.

— Bastante — ele afirma, entregando o chocalho para minha filha no carrinho. — Dá para aliviar a tensão.

— Cara, ainda não consigo acreditar que terminou assim. Queria que as coisas fossem melhores pra você.

Ele sorri, triste, e se abaixa para brincar com um cachorro que se aproxima.

— Ela o escolheu. O que eu posso fazer? — Ele tenta transmitir serenidade, mas sei que vai demorar muito para a indignação passar.

Consegui restaurar minha autoimunidade. Ele não. Lucas nasceu para amar alguém e ser amado com intensidade. Essa vida de ficar sem se apegar só o machuca.

— Ah, cara. Sei lá. Vamos dar tempo ao tempo, né? Tenho observado umas coisas. Tô de olho mesmo. Se ela estiver infeliz, não vou permitir isso não.

— Não cabe a você decidir o que ela deve fazer.

— Sou um Villa, cara. E você sabe bem que os Villa cuidam uns dos outros.

Ele assente e eu toco seu ombro. Odeio quando a vida machuca quem eu amo. É quando me sinto mais impotente.

— Ei, olha lá! À esquerda. Tá te querendo. — Aponto com a cabeça para uma garota que encara Lucas sem disfarçar.

Quem diria que vir ao parque passear com a filha dava mulher, hein?

Estou refletindo sobre tudo isso quando sinto que alguém me observa, mas olho ao redor e não vejo ninguém.

É estranho, porque a sensação me acompanha até o caminho de volta para casa.

Já é noite quando desço com Anninha para o saguão do prédio. Está esfriando em pouco e eu a cubro com uma manta, enquanto ajeito a bolsa no ombro.

— Preparada para ir ao aniversário da vovó? — pergunto baixinho.

Na verdade é aniversário da bisavó dela, minha vó Lorena.

Falando em avó, na semana passada contei para minha mãe o que estava acontecendo. Foi um milagre que ela não soubesse de nada numa família tão fofoqueira quanto a nossa. Mas acho que todos queriam que ela tivesse seu recomeço. Mais do que ninguém, ela merecia.

Tomei várias broncas, mas aí comecei a mandar todas as fotos e informações diárias que fui guardando para quando chegasse esse dia, e ela me perdoou. Também a fiz prometer que só voltaria no mês que vem, como pretendia. Ela concordou, desde que eu continuasse a mandar fotos e vídeos.

Acomodo Anna na cadeirinha do carro e coloco o cinto. Quando me afasto para fechar a porta, há uma moça atrás de mim.

A familiaridade me toma de imediato, mas não sei de onde nos conhecemos. Ela tem olhos escuros e sardas por todo o rosto. Está usando um casaco bege e um gorro cobre sua cabeça, permitindo que apenas algumas mechas ruivas escapem.

Fico paralisado, com a porta do carro aberta, ao reconhecê-la.

Abro a boca, sem conseguir pronunciar som nenhum.

— Sim, sou eu. — Sua voz é baixa e há tristeza no tom. — A mãe da Anna.

91

Branca

E eu não sei se algum dia
Eu já me senti assim
Eu nem me lembro de querer alguém
Como eu quero você pra mim.
— Manu Gavassi, "Planos impossíveis"

— É sério que a Fernanda não vem? — pergunto a Clara e Viviane, que dá uma bronca em Priscila ao vê-la com a boca cheia de docinhos, pela quarta vez.

— Então, não é certeza. Mas, quando conversamos mais cedo, ela disse que era mais provável que não viesse — Vivi explica, limpando o brigadeiro do rosto da filha.

— Mas qual é a desculpa da vez?

— Branca! — Clara me repreende, mas só falei a verdade.

— Ah, qual é, Clara? A Fernanda tem sumido mais a cada dia. Está se afastando de todo mundo. Não é possível que ninguém perceba.

— Não é bem assim, Branca. Ela não esteve muito bem de saúde nos últimos tempos, e o Lipe também não — Clara justifica. Ela sempre defende Fernanda, o que me faz ter certeza de que sabe bem mais do que diz. Só que, não importa quanto eu insista, ela não me conta.

— O que você acha, Vivi? É a sua prima. O que tá pegando? — Encaro minha amiga, que troca um olhar com a Clara. — Não acredito que vocês duas estão sabendo de alguma coisa e não me contam. Eu sei guardar segredo, poxa! — esbravejo, cruzando os braços. — E a gente sempre contou tudo uma para a outra.

— Dessa vez é diferente.

— Então é mesmo grave?

As duas evitam meu olhar. Clara se levanta, procurando os filhos, e Viviane tenta convencer Priscila de que ela precisa parar de pegar os docinhos da mesa do bolo. Boa sorte para Vivi, porque a menina herdou a teimosia de todos os Villa e os Ferraz juntos.

Estou prestes a ir atrás de uma delas e exigir que me conte o que está acontecendo quando Rodrigo entra na casa. Ele cumprimenta as pessoas e logo minha mãe pega Anna no colo. É sempre uma briga para pegá-la, e acho que todo mundo já percebeu que eu nunca tentei.

Rodrigo parece o mesmo de sempre. Sorridente e brincalhão, mas, quando nossos olhares se encontram, noto a preocupação ali. Meu coração se agita um pouco e eu não gosto da sensação. Gosto menos ainda de conhecê-lo tanto assim.

Quando ele se aproxima para me dar um beijo no rosto e para na minha frente, não consigo evitar a pergunta:

— Você está bem?

— Preciso conversar com seu pai. — O tom é sério, despido de todas as gracinhas que ele usou com as outras pessoas para que ninguém percebesse que não está bem.

— O que foi? — pergunto mais baixo do que planejava. — Posso te ajudar?

— Obrigado. Melhor não. Seu pai já está sabendo.

Não digo mais nada e permito que ele se afaste. Do outro lado da sala, meu pai, vô Fernando e Bernardo esperam por ele. Seja lá o que for, para reunir esse grupo, que passou a vida toda livrando Rodrigo de problemas, é porque o assunto é bem sério.

Não é possível que todo mundo nesta casa tenha segredos.

92

Rodrigo

A vida me ensinou a nunca desistir
Nem ganhar, nem perder, mas procurar evoluir
Podem me tirar tudo que tenho
Só não podem me tirar as coisas boas
Que eu já fiz pra quem eu amo.

— Charlie Brown Jr., "Dias de luta, dias de glória"

EU ME AFASTO de Branca, mesmo sabendo que ela poderia sim me ajudar. É uma excelente advogada e lida com casos de disputa de guarda diariamente, mas não dá. Passei os últimos meses voltando a ser o bom e velho Rodrigo de sempre. Não posso tratar de um assunto que envolva o futuro da minha filha com alguém que tem meus sentimentos na ponta dos dedos.

— A vó vai perceber que algo está errado — digo assim que meu avô fecha a porta do escritório.

— Lucas disse a ela que é um problema numa conta da empresa. E ele está lá com ela, para distraí-la — meu avô responde, apontando para as cadeiras e poltronas, nos mandando sentar. Ele se apoia na mesa. — Lorena não vai acreditar por muito tempo, mas mais tarde eu falo com ela. Agora nos conte o que aconteceu.

— Você estava bem desesperado ao telefone — Bernardo diz, sentando-se a meu lado.

Passo a mão pelo cabelo, relembrando o medo que senti ao descobrir quem era aquela mulher. Era uma situação em que eu já tinha pensado muitas vezes. Era de esperar que ela retornasse um dia. O problema é que eu esperava ter mais tempo.

— Nós precisamos conversar — ela me disse, gaguejando um pouco, enquanto eu fechava a porta do carro, tirando Anna do seu campo de visão. — Quero ver a menina e tê-la de volta em minha vida.

— Não temos nada o que conversar — respondi o contrário do que minha racionalidade dizia. Ela é a mãe, porra. Claro que eu precisava ouvi-la.

— Por favor, eu não quero ter que tomar medidas legais. — Ela balançou a mão e a pousou sobre o peito, quase chorando.

— Medidas legais? — repeti as palavras que me apavoravam. Era isso. Depois de tudo o que passamos, ela ia tirar minha filha de mim.

— Por favor, me escuta. — Sua voz era baixa e cada vez mais embargada. — Eu não quero...

Eu devia ter escutado, mas não o fiz. Virei as costas, entrei no carro e a deixei lá, sob a garoa fina que começava a cair.

Depois que relatei a eles meu breve contato com a mãe da Anna, de quem não sei nem o nome, ouço-os discutir todas as possibilidades.

— Se ela usar depressão pós-parto, suas chances são poucas, Rodrigo. — O tio Túlio é direto, pesaroso. — O melhor é fazer um acordo. Quando ela aparecer de novo, pegue seu telefone, nome, tudo. E vamos marcar uma reunião para tentarmos nos entender.

— Ela não vai levar minha neta! — Meu avô foi taxativo e autoritário como sempre. Pela primeira, concordei de imediato.

— Em que tipo de acordo eu fico com ela tanto tempo quanto agora? — pergunto, mesmo sabendo que não há chance de conseguir o que eu quero.

— O Rodrigo mudou a vida inteira dele para se adaptar à filha, pai. Podemos usar isso, não? — Bernardo franze a testa, parecendo pensar em tudo o que puder me ajudar.

— Sim, podemos. Assim como o que ele fez antes de ela aparecer pode ser usado pela mãe também. Ela entrou na igreja no dia do seu casamento, Bernardo. Obviamente, conhece o Rodrigo muito bem. — Tio Túlio coloca as mãos nos bolsos, talvez sentindo que estão tão atadas quanto as minhas. — Imagino que você prefira que eu trate disso, mas, se a situação realmente render uma disputa de guarda, a Branca é a melhor nisso, Rodrigo. Posso indicar qualquer um do escritório, se quiser. Mas ela vai continuar sendo a melhor. E no momento...

— Preciso do melhor — suspiro, me levantando. — É ela, eu sei. Já conversamos muito sobre os casos dela.

— Vamos chamá-la para participar da reunião, então. — Meu avô caminha até a porta.

— Eu falo com ela, vô. — Ele se vira para mim, com a mão na maçaneta. — Sozinho.

Assentindo, meu avô faz um sinal para que os outros saiam do escritório e me deixa ali, esperando por Branca.

93

Branca

And I, I hate to see your heart break
I hate to see your eyes get darker as they close
*But I've been there before.**

— Paramore, "Hate to See Your Heart Break"

Ouço Rodrigo me contar como foi o encontro com a mãe de Anna, atenta a muito mais do que suas palavras. Há uma tristeza nele. Uma quase certeza de derrota. Só uma vez eu o vi tão triste assim. Quando ele soube que o pai ia morrer, há alguns anos.

Quando alguém tão cheio de vida como Rodrigo se entristece, é como se o sol deixasse de esquentar de repente. A sensação de perda é inexplicável.

Ele segue falando, sentado no braço do sofá. Estou acomodada na cadeira, em frente a ele. Se estender a mão, posso tocá-lo, mas algo me diz que falta pouco para a tristeza dele penetrar meu coração, e não sei se quero dar mais chances ao inevitável.

— Você perdeu aquele caso do pai que queria ficar com a guarda. — Suas palavras saem doloridas. Ele conhece cada detalhe desse caso. Foi o único a me ver desolada por isso.

— Perdi. — E nunca me perdoei. — É difícil tirar o filho da mãe se ela estiver disposta a ficar com ele, Rô. — Sou sincera. Não vou mentir

* "E eu, eu odeio ver o seu coração partido/ Odeio ver seus olhos ficarem mais escuros quando se fecham/ Mas eu já estive aí antes."

mesmo que isso o faça se sentir bem agora. Não suportaria ser a responsável por acabar com ele depois. — Meu pai estava certo em te falar sobre um acordo. Talvez seja o melhor.

— Não quero saber daquela mulher, Branca. Não quero. O que a impede de ir embora com a Anna?

— Você não sabe o que aconteceu. — Sou racional. Nenhum de nós sabe.

Seus olhos se arregalam um pouco e se enchem de culpa em seguida. Logo ele, tão caloroso e receptivo com todas as pessoas, agora sente a necessidade de desconfiar dessa mulher sem nem mesmo ouvi-la.

Rodrigo se levanta e começa a andar de um lado para o outro, perdido em pensamentos nos quais não posso entrar.

Fico em pé, analisando o efeito da tristeza dele sobre mim. Quero acolhê-lo. Quero tirar a dor dele. Quero resolver seu problema. Quero abraçá-lo.

E não posso fazer nada disso. Quer dizer... Sem pensar, dou três passos e o abraço, o surpreendendo.

— Não sei o que será de mim se eu perder a Anna. — Seus braços me envolvem e me puxam mais para perto.

Acomodo a cabeça em seu peito e a frase reverbera em meus ouvidos. Quantas mulheres não gostariam de ouvir isso dele? Quem diria que a dona desse coração rebelde seria uma bebezinha de três meses?

Ainda vejo o mesmo Rodrigo ali. Aquele que só quer rir e ter bons momentos. Mas há uma maturidade, um peso novo que ele carrega sobre os ombros. Não há dúvida de que ele mudou positivamente nos últimos tempos, mas será suficiente para convencer um juiz a lhe dar a guarda?

Não sei. E ele parece ter esse temor também.

Sentindo-o tão vulnerável, faço uma promessa que não sei se poderei cumprir:

— Vou te ajudar, Rô. Não vou deixá-la tirar sua filha, ok? Prometo.

Duas batidas à porta nos separam. É vó Lorena, com Anna no colo.

— Ah, eu não sabia que estavam juntos. — Ela se surpreende ao nos ver, mas Rodrigo e eu já estamos longe um do outro.

Ele caminha até a avó e pega Anna no colo. Beija e abraça a filha, inspirando o perfume de seus cabelos, enquanto ela faz barulhos e toca seu rosto com as mãos.

O quadro todo me emociona e atinge um lado meu que sempre me gabei de não ter. Nunca vou entender a incrível capacidade que Rodrigo tem de derreter as barreiras de gelo que ergui para todas as pessoas.

94
LEX

Now we're older
But we're still the same
A little wiser
Oh, but we are not afraid
Of open waters
Let them take away
*Everything.**

— David Cook, "This Is Not a Last Time"

OBSERVO LUCAS PASSAR por mim e por Rafael para atender o celular fora da casa, tentando ser discreto, como sempre. Já está virando rotina este comportamento: ora ele sai como um furacão, ora tenta passar despercebido.

— Ah, isso ainda vai dar uma merda do caralho... — Rafa diz, entregando um brigadeiro contrabandeado para Priscila. Se Vivi pegar, ele pode se considerar um homem morto. Ele mima minha afilhada enquanto ela dança rodopiando a nossa frente. Como resistir?

— Vai mesmo. Acho que essa vai ser definida como a situação mais encrenca desta família. — Eu e minha boca santa soltamos isso bem no momento em que Rodrigo sai do escritório com a filha no colo e Branca ao lado.

* "Agora estamos mais velhos/ Mas ainda somos os mesmos/ Um pouco mais sábios/ Ah, mas não temos medo/ De águas abertas/ Deixe-as levar/ Tudo."

— É, quer dizer... — Rafa atira um brigadeiro na minha direção e eu o pego no ar. Priscila corre para mim, rindo. — Somos todos uns encrenqueiros, não é mesmo?

— Somos. — Dou de ombros e bagunço os cabelos dela. — Sabe quem tem mais brigadeiro, Pri?

— Quem, tio Lequi? — Seus olhos chegam a brilhar. — Quero mais! Mais!

— O tio Bê!

Ela dá um gritinho e sai correndo à procura de Bernardo.

— Nossa, como você é filho da puta. — Rafa ri, comendo o brigadeiro que ainda estava com ele. — A Pri não vai conseguir nenhum brigadeiro com o Bernardo. Você sabe que ele faz tudo que a Vivi manda. Sem contar que, se ela pedir um brigadeiro pra ele, é capaz de ele dar uma alface para a minha pequena e mandá-la praticar meia hora de exercícios.

Não demora nem um segundo para Bernardo passar por nós na varanda. Ele começa a conversar com Lucas, que já desligou o telefone. Priscila encontra os dois, e Bernardo a joga para o alto, fazendo-a gargalhar.

— Pronto. Olha ela feliz e sem brigadeiro — aponto, vendo os filhos de Clara correrem para ele também, querendo brincar.

— Já, já ele tá ensinando os três a fazer flexão. Só observa — Rafa provoca, e é provável que tenha razão. — Agora, voltando às nossas encrencas, como estão você e a Branca?

— Você está segurando essa pergunta há meses, né?

— Orra! Fiz o possível pra não ser esse cara que fica se metendo na vida dos outros.

— Pra não confessar ser esse cara, você quer dizer. Porque você é bem ele, sr. Ferraz. Tem alma de Villa.

— Afe, trouxa. Não foge da pergunta não.

— Estamos normal.

— Ah, porra. Vai rolar, né? É aquela paradinha de ímãs com defeito.

— Meu, você ainda lembra de uma coisa que eu te disse bêbado.

— Claro. Foi tipo o Bernardo apaixonado, mas não chegou aos pés do Lucas. Cara, o Lucas apaixonado é do caralho. Se ele vivesse nos tempos do romantismo, já teria cortado os pulsos. Pensa num moleque que sofre por amor, puta merda.

— Quem vê pensa que você não é assim também.

— É, tenho meus momentos.

— Tem.

— Amar faz isso com a gente. Vivemos muito bem até nos apaixonarmos e curtirmos cada clichê que zoávamos nossos amigos por curtirem antes. Mas nenhum de nós é como o Lucas.

— É bem por aí.

— Então... — Ele me olha, esperando que eu fale de Branca.

— Então não tenho nada a dizer... ainda.

— Puta merda. Bom, vocês são adultos, não vou tomar partido, mas, em vez de dizer "relaxa", vou assumir e dizer que vai dar merda.

Sorrio e não respondo. Branca sorri para mim enquanto conversa com Clara, e eu correspondo. Seja lá o que for, é sério.

Rafael tem razão. Só pode dar merda, mas eu estou cansado dessa vida. E, quando estamos cansados, procuramos algo que pareça familiar. Infelizmente esse nem sempre é o melhor caminho.

95

Rodrigo

Mais uma vez tô aqui sem você... livre e triste
Até quando eu vou ter que fingir
Que eu tô feliz sem você do meu lado aqui?

— Felipe Ret, "Livre e triste"

Caminho pelo Ibirapuera, empurrando o carrinho do bebê, enquanto Paulo tagarela sem parar, todo emocionado por finalmente ter beijado Maurício.

— Vocês têm a minha torcida — digo, pegando Anna no colo.

Ele segura o carrinho e pega o celular para tirar fotos minhas com a menina. Esse tem sido o nosso ritual nos últimos dias.

— Não sei se vai ser tão fácil assim. O Maurício ainda não se aceitou bem, sabe? Ele meio que se culpa por ser gay.

— Sei. Mas ele era pior, viu? Acho que aos pouquinhos você dá conta.

Não o deixo mais vir sozinho ao parque desde que a mãe de Anna reapareceu, há quatro dias. Ela não me procurou mais, mas eu sei que isso não deve demorar.

— Só tenho que te agradecer, Rô! — Ele guarda o celular no bolso, tão feliz que parece que vai começar a dar pulinhos a qualquer momento.

— Eu não fiz nada além de pegar a sua amiga e precisar de outra babá. — Ergo a mão, me fingindo de inocente.

— Então eu agradeço ao seu sangue caliente, por te fazer não resistir à Letícia!

Gargalhamos, e então somos surpreendidos por uma risada deliciosa da minha filha, mesmo que ela não entenda nada do que se passe.

— Bom, vá com calma na empolgação. O amor é uma merda. Pro coração, pouco importa se somos héteros ou gays.

— Awn... — Ele leva às mãos ao peito e me olha, como se eu fosse um cachorro sem dono. — Vocês vão se entender.

Desvio de uma bola que passa voando e da garotinha que corre atrás dela e me preparo para mandar que ele e Maurício parem de falar da minha vida, quando avisto a mãe de Anna atrás dele.

Instintivamente, abraço minha filha. Paulo segue meu olhar e sua expressão demonstra que ele entendeu o que está acontecendo.

— Vou levá-la para casa. — Ele estende os braços para mim. Hesito, mas lhe entrego Anna. — Vocês precisam conversar. — Seu tom sério me deixa ainda mais alerta, e o modo como ele olha para a garota me deixa confuso.

Cruzo os braços enquanto Paulo se afasta com a minha filha. Com a nossa filha. É o pensamento que me ocorre ao ver o jeito aflito como a ruiva à minha frente os observa.

Algumas pessoas passam correndo por nós e eu aponto para debaixo de uma árvore, onde é melhor para conversarmos.

— Então — começo, muito tenso. — Você parece saber tudo sobre mim, mas eu não sei nada sobre você.

— Eu sei que a sua lista é muito extensa, e com muitas você transou bêbado, mas não se lembra mesmo de mim? — A pergunta vem acompanhada de um sorriso, que forma uma única covinha do lado direito, e isso me quebra.

— A ruiva da covinha... — murmuro, lembrando que ela tem uma covinha nas costas também, bem próxima à bunda. Lembro de cada piadinha infame que fiz sobre isso.

— É...

— Pera. Ficamos uma vez, acho.

— Duas — ela me corrige, dando um passo à frente e amparando-se no tronco da árvore. Quando vou perguntar se está bem, ela se recompõe. — Uma vez numa festa à fantasia, e talvez por isso você não se lembre mesmo, e a outra foi no seu carro. Eu estava na sua balada, começamos a nos beijar e acabamos no banco de trás. Não é nada glamoroso nem romântico, eu sei.

Observo-a por um instante, ganhando tempo para dizer qualquer coisa que seja. Não me lembro nem do seu nome.

— Quais são seus planos... — Tento formular a pergunta e não fazê-la soar tão defensiva.

— Amanda, meu nome é Amanda. Eu nunca cheguei a dizer, a propósito.

Isso não me faz sentir melhor, mas deixo de lado.

— Por que nunca me disse que estava grávida?

— Meu avô engravidou minha avó e a abandonou. Meu pai sumiu quando soube que minha mãe estava grávida. Minha mãe morreu pouco depois que eu nasci. Depressão pós-parto que acabou em suicídio. — Estendo a mão na direção dela, mas me contenho. A memória da minha mãe inconsciente depois de tentar suicídio inunda meus pensamentos. Que merda de vida. — Tenho um histórico, e você é Rodrigo Villa, o cara que não se apega.

— Isso não quer dizer que eu abandonaria minha filha.

— Eu sei. Sei tudo o que você fez pela Anna. Sei de cada detalhe, acredite. — A frase me confunde um pouco. Como ela pode saber? — Preciso dela agora, Rodrigo — ela suplica, e um acesso de tosse a toma, impedindo que eu responda. — Não quero brigar com você. Só quero ficar com ela.

Outro acesso de tosse, do qual ela se recupera enquanto apoia as duas mãos no tronco da árvore, empalidecendo cada vez mais.

— Você está bem? — Eu me aproximo e a seguro quando parece que ela vai cair.

— Eu não quero tirá-la de você. — Lágrimas inundam seu rosto. — Só quero ficar com ela pelo tempo que me resta.

— Como assim? — pergunto, encarando-a. Meu celular começa a vibrar sem parar no bolso, e a resposta vem antes que ela possa falar.

A palidez excessiva, os dentes ligeiramente amarelados, o mal-estar, a fraqueza. Todos os sintomas estavam ali o tempo todo, e só não me dei conta antes pelo medo absurdo de perder minha filha. Convivi por dez meses com meu pai lutando para viver e perdendo a batalha.

Pisco algumas vezes, buscando forças para fazer a pergunta. O alívio e a culpa me invadem na mesma proporção. Amanda não vai levar Anna a lugar nenhum, porque está morrendo.

96

Branca

Head in the clouds
Got no weight on my shoulders
I should be wiser
And realize that I've got
*One less problem without ya.**

— Ariana Grande feat. Iggy Azalea, "Problem"

Acabo de voltar do almoço com as meninas. Fernanda furou. Clara e Viviane tentaram argumentar que de tempos em tempos a Fê se isola. Comecei a pensar no assunto, e pior que é verdade, então só posso torcer para que ela esteja bem mesmo. Mando uma mensagem dizendo que estou aqui para o que ela precisar e deixo que o tempo se encarregue do resto.

Lucas está saindo do escritório no momento em que entro, e isso me faz lembrar do Rodrigo e que não nos falamos mais desde a festa da vó Lorena. Eu lhe disse para me avisar quando a mãe de Anna aparecesse. Estou entranhando um pouco todo esse silêncio.

Sem pensar muito, pego o celular e ligo para ele.

— Branca, não posso falar agora. — Rodrigo já atende assim, e fico sem entender.

— Estou ligando para saber da mãe da Anna. — Nem sei por que me justifico. Por que mais seria?

* "Cabeça nas nuvens/ Não há nenhum peso nos meus ombros/ Eu deveria ser mais sábia/ E perceber que eu tenho/ Menos um problema sem você."

— Estou com ela agora, Branca. Não dá pra falar, ok?

— Meu Deus, Rodrigo! Como assim? Me conta o que ela te disse. Vai querer a guarda? Acha que dá para entrar num acordo? Me conta! — Entro apressada na minha sala e fecho a porta.

— É complicado. Depois te explico. Mas não vou precisar que você me ajude com isso, porque... — ele murmura algumas palavras do outro lado do telefone que eu não entendo. — Ah, então... Depois nos falamos. Não se preocupa, tá? Obrigado por tudo. Beijo.

Olho boquiaberta para o celular, sem acreditar que ele desligou na minha cara.

97

Rodrigo

Onde estão os anjos de plantão?
Sei como é difícil atender todos os pedidos
E que a minha prece
É mais uma na multidão
Será que Deus pode me ouvir?
Só quero agradecer tudo que um dia eu já consegui
Eu pedi mais um dia, pedi outra chance
Pra fazer tudo do começo melhor que antes
Por isso agradeço o dia de hoje
E faço tudo que estiver ao meu alcance.

— Ivo Mozart part. DonCesão, "Anjos de plantão"

— Vem. — Eu ajudo Amanda a se apoiar no meu ombro. — Vou te levar para a minha casa.

Apesar de morar bem próximo ao parque, chamo um táxi. Ela não parece muito bem para caminhar. Acho que nem para conversar, já que dá cada passo fazendo muito esforço e não diz mais nada até entrarmos no apartamento.

Acomodo-a no sofá, deitada. Depois de uma vistoria no espaço, percebo que Paulo ainda não retornou.

Amanda se senta devagar e me olha, bem triste.

— Eu não queria que você soubesse assim.

— Por que não me contou?

— Como se conta isso? "Olha, desculpa, só quero ficar com a minha filha porque vou morrer"?

— Câncer de quê?

Ela arregala os olhos, surpresa com a pergunta repentina, mas responde:

— Pele, mas tenho metástase. Pulmões e fígado comprometidos, e está piorando.

— Sinto muito. — Fecho os olhos, ciente do que isso significa. — Quantos anos você tem?

— Vinte.

— Sinto muito mesmo — repito, sem saber como agir.

Quando meu pai passou por isso, tudo o que eu queria era fingir que não estava acontecendo, mas infelizmente não era possível.

— Está tudo bem. É claro que eu não queria morrer, mas já aceitei. A vida não é justa, não é mesmo?

Meu pai também dizia isso quando estava doente. Acho que faz parte da terapia. Mila diz que os pacientes terminais normalmente lidam melhor com a morte do que quem fica.

— Tenho uma amiga médica. Posso ligar para ela e pedir para ver seus exames.

— Não, não quero. — Ela dá um longo suspiro, se ajeitando. Parece estar com dor. — Decidi que quero viver o tempo que tenho sem que todas as pessoas saibam disso. Eu não queria nem te contar. Todo mundo me trata diferente. Você mesmo estava querendo me matar, mas acho que a palavra "câncer" causa um baque nas pessoas, como se eu me tornasse automaticamente uma santa ou algo assim.

— Eu entendo. — Dou um sorriso triste e seguro sua mão. Cada ação de Amanda me faz lembrar do meu passado. Eu odiava o modo como as pessoas me tratavam ao descobrir sobre a doença do meu pai e depois sua morte. Imagina viver isso na própria pele? — Quanto tempo? — pronuncio as palavras devagar, incerto.

— Três ou quatro meses, no máximo. — Lágrimas escorrem por seu rosto e ela se mantém ereta, tentando ser forte. — Descobri na gravidez. Desmaiei um dia e meu amigo me levou para o hospital. Fizeram exames, achando que pudesse ser anemia ou algo assim, mas era câncer de pele. Por causa da metástase, eu precisava de quimioterapia imediata, mas estava grávida de sete meses e não havia chance nenhuma de arriscar a vida da Anninha. — Eu me surpreendo ao ouvi-la pronunciar o mesmo apelido que dei a nossa filha.

Nossa filha. O pensamento se forma e percebo quanto fui egoísta. Amanda nunca abandonou Anna. Ela a deixou comigo para tentar se curar, mas era tarde demais.

Quero dizer outra vez que sinto muito e tenho raiva de mim mesmo. Por que ficamos tão estúpidos ao nos depararmos com a morte? Dizer que sentimos muito não muda nada.

— Você vai ficar comigo até... — Eu me interrompo ao perceber que não sei como completar essa frase. — Pelo tempo que precisar.

Ela assente e, mais uma vez, me lembro do meu pai. Ele dizia que o câncer elimina convenções. Ela não tem por que se fazer de difícil. Ficar comigo a deixa próxima da filha, que é o que ela queria desde o início.

— Você tem alguém? — A pergunta é estranha, e eu franzo a testa, esperando que ela se explique. — Perguntei porque não quero que você fale da minha condição para as pessoas. Não suporto mais receber olhares de pena de todo mundo. Quero viver da maneira mais normal que puder pelo tempo que tiver.

Agora entendo a pergunta. Se eu tivesse alguém, como esconderia o que ela tem? Nunca morei com ninguém na vida além da minha família, e isso vai causar um alvoroço dos diabos, ainda mais ela sendo a mãe de Anna.

— Não tenho ninguém. Não se preocupe. E a minha família é enxerida, mas daremos um jeito.

— Se for te causar problemas, eu não fico aqui.

— Não vai causar — eu a tranquilizo e aperto sua mão outra vez. Mesmo sabendo que o caos vai imperar quando todos souberem que Amanda vai morar comigo.

Mas está decidido. Se ela precisa que eu guarde segredo até sua partida, vou guardar.

Não sei o que fazer para ajudá-la, mas, pelo tempo que ela viver, seja lá o que precisar ou pedir, eu vou fazer. É o mínimo que posso oferecer à mulher que me deu meu maior presente e não vai estar aqui para vê-lo crescer.

98

Branca

What can I say, what can I do
When I'm crazy, so crazy for you
And I try not to show it
And I can't control it
*I'm still madly crazy for you.**
— Robin Thicke, "Still Madly Crazy"

O Rodrigo acaba de desligar o telefone na minha cara !

Mando a mensagem para Clara e Maurício.

Pode ter um motivo, Branca.

É claro que tem um motivo, amore!

A primeira resposta é dela, a segunda dele. Ambas me tiram do sério.

Se eu quisesse que alguém o defendesse, teria mandado a mensagem pro Rafa e pra Vivi!

* "O que posso dizer, o que posso fazer/ Quando sou louco, tão louco por você/ E tento não mostrar/ E não posso me controlar/ Ainda estou loucamente apaixonado por você."

Ele está com a cabeça cheia por causa do que está passando. A sensação de que pode perder a filha deve ser assustadora.

Concordo. Quando a Clara quis o divórcio, morri de medo de não poder mais ter o mesmo relacionamento com os meninos.

Ando de um lado para o outro da minha sala. Não demora para Clara aparecer.

— Achei melhor conversar pessoalmente — diz ao me ver bufar. — E eu trouxe chocolate.

Ela sempre tem um Alpino na gaveta. *Deus a abençoe por isso*, penso enquanto abro a embalagem. Chega uma mensagem de Maurício.

Você devia ir conversar com ele.

— Concordo — Clara diz ao ler a mensagem comigo.

— É um absurdo como vocês dois concordam. Puta merda, é quase como falar com um só.

Descobre algo com seu namorado, Maurício!!!

Ele não é meu namorado.
Ainda! <3 <3 <3 <3 <3 <3
PS: Já perguntei e ele não me disse nada.

— O que você quer fazer, Branca? — ela me pergunta, pegando um pedacinho de chocolate e o deixando derreter na boca.

— Olhar pra ele e saber por que desligou na minha cara! — Bato a mão na mesa, irritada.

Clara aponta para a porta, sorri daquele seu jeitinho especial e diz o óbvio:

— E está fazendo o que aqui ainda?

99
Rodrigo

I hear your heart call for love
Then you act like there's no room
Room for me, or anyone
"Don't disturb" is all I see
Close the door, turn the key
On everything that we could be
If loneliness would move out
I'd fill the vacancy
*In your heart, in your heart, in your heart.**
— The Wanted, "Heart Vacancy"

Ainda estou muito sem ação com tudo o que está acontecendo quando Paulo abre a porta, carregando Anna e uma sacola de frutas.

— Eu passei no mercado... — Ele levanta a sacolinha e olha de um para o outro, apreensivo.

Amanda sorri e Paulo começa a chorar, muito abalado.

Levanto-me apressado e pego Anna no colo, tentando entender essa reação.

— O Paulo e eu nos conhecemos, Rodrigo. — Amanda é direta. — Não foi nenhum plano mirabolante nem nada. Ele é meu melhor ami-

---

* "Eu ouço seu coração chamar por amor/ Mas aí você age como se não houvesse espaço/ Espaço para mim e mais ninguém/ 'Não perturbe' é só o que vejo/ Feche a porta, vire a chave/ Para tudo o que poderíamos ser/ Se a solidão fosse embora/ Eu preencheria a vaga/ Em seu coração, em seu coração, em seu coração."

go e faz dança de salão com a Letícia, sua antiga babá. Como ele também é babá, ela comentava com ele sobre o seu dia a dia com a Anna, e, pela história, ele deduziu que era a mesma bebê. Não sei o que você pensa sobre isso. Eu penso que foi o universo ajeitando as coisas. — Mais uma vez as lágrimas escorrem pelo rosto dela. — Graças a ele, eu pude ter notícias da minha filha, e isso me ajudou a passar pelo processo da quimioterapia. Nós moramos juntos. Eu não tenho ninguém além dele. Já te contei a história da minha família, e a minha avó faleceu há dois anos.

— Caramba... — Estou sem palavras.

— Desculpa, Rô — Paulo fala, entre soluços. — Eu não sabia o que fazer. Queria ter cuidado da Anna sozinho quando a Amanda precisou fazer químio, mas eu tinha que trabalhar. Imagina como eu fiquei feliz quando soube que seria sua babá.

— Eu não sei o que dizer. Tudo isso parece coisa de filme. Que mundo pequeno.

— Acho que, quando a vida é cruel demais conosco, ela dá um jeitinho de nos dar pequenos presentes que aliviem o peso de continuar vivendo — Amanda diz, olhando sem parar para os meus braços.

— Quer segurá-la? — Eu me aproximo e me sento a seu lado no sofá, acomodando nossa filha, com cuidado, em seus braços.

Paulo deixa a sala aos prantos, e penso como deve ter sido difícil para ele guardar esse segredo. Mas não o culpo. Eu faria a mesma coisa se fosse com um dos meus amigos.

Amanda ajeita Anna de modo que o peito dela fique contra o seu e literalmente prende a respiração por um instante. Quando volta a respirar, inspira os cabelos da nossa filha e seus olhos se enchem de lágrimas. Ela dá vários beijos em sua testa e cantarola baixinho uma canção que eu não conheço. Provavelmente algo que fazia antes de ter que deixá-la comigo.

Aos pouquinhos, seu corpo é tomado por uma avalanche de soluços. A cada um deles, sinto como se uma faca fosse cravada em meu coração. Nem tento entender a justiça da vida. Há muito tempo eu sei que ela não existe. A dor está por aí, percorrendo o caminho de todos, e vence aquele que souber administrá-la melhor.

Amanda me olha, agradecida por esse momento. Sua vida está acabando e ela é grata a mim, que não estou fazendo nada mais do que minha obrigação como pai.

Abraço as duas e permito que Amanda chore quanto tiver que chorar.

100
Branca

Don't wanna be stone cold, stone
I wish I could mean this but here's my goodbye
I'm happy for you
Know that I am
Even if I can't understand
*If happy is her, I'm happy for you.**
— Demi Lovato, "Stone Cold"

O porteiro me deixa entrar sem interfonar, afinal me viu aqui um monte de vezes quando Rodrigo e eu estávamos ficando. A porta do apartamento está entreaberta e eu a empurro devagar.

Não sei como meu queixo não cai no chão ao ser surpreendida por Rodrigo abraçando uma ruiva, que segura a filha dele nos braços. Não sou idiota, então levo segundos para saber que aquela é a mãe de Anna.

Eu teria entrado e saído despercebida do apartamento se não fosse Paulo, que deu um gritinho histérico ao me ver parada na porta, chamando a atenção de Rodrigo e da garota.

Nem espero para ver qual será a reação dos dois e me viro, saindo e batendo a porta. Entro correndo no elevador, que teria fechado rapidamente se Rodrigo não metesse aquele braço imbecil na porta.

* "Não quero ser fria como pedra, como uma pedra/ Gostaria de realmente sentir isso, mas aqui está o meu adeus/ Eu estou feliz por você/ Saiba que eu sou/ Mesmo que eu não consiga entender/ Se a felicidade é ela, eu estou feliz por você."

— Se você disser a frase clássica, "Não é o que você está pensando", eu vou ter certeza de que é exatamente o que eu estou pensando, moleque! — Levanto o dedo em riste para ele, que entra no elevador. — Que outra explicação poderia haver? Você não pode ver mulher, né? Certas coisas nunca mudam.

Ele abre e fecha a boca, parecendo pensar no que dizer, enquanto o elevador começa a descer até o térreo.

— Você tem razão. É exatamente o que você está pensando. — Seu olhar é frio, como se eu não significasse mais nada.

Agora sou eu quem está sem palavras. Pensei que ele ia tentar me convencer e talvez, quem sabe, até conseguir.

— É, acho que já deu, né? A gente fica nesse vaivém de sentimentos e essa situação morreu faz tempo.

— É o que parece — ele assente, cruzando os braços e se encostando na parede do elevador ao mesmo tempo em que a porta se abre.

Eu queria poder dizer adeus e sair sem olhar para trás, mas quem quero enganar? Somos da mesma família, e esse inferno vai durar muito tempo.

Que direito eu tenho de ficar puta por ele dar uma chance à mãe da sua filha? Faz todo o sentido, certo? Além disso, é o Rodrigo, pelo amor de Deus. Todo mundo sabe que ele não resiste a uma ruiva. Não resiste a mulher nenhuma!

Saio do elevador e nós nos encaramos enquanto a porta se fecha.

Chega. É hora de arrancar esse moleque de mim. Nem que eu tenha que tirar o sentimento a tapa.

E eu sei exatamente o que preciso fazer.

101

Rodrigo

Tem dias que eu acordo pensando em você
Em fração de segundos vejo o mundo desabar
Aí que cai a ficha que eu não vou te ver
Será que esse vazio um dia vai me abandonar?
— Luan Santana, "Tudo que você quiser"

DEPOIS DA CONFUSÃO com Branca, Amanda quis ir embora, mas eu a impedi. O pior que poderia acontecer era Branca saber. Bom, agora ela já sabe. Temos que lidar com isso.

Nesse tempo em que Anna mora comigo, Branca nunca demonstrou interesse em reatar o que tínhamos. Por que ia querer bem agora? Acho que, no fim, foi melhor para todo mundo. Agora ela está liberta do sentimento que nos prendia um ao outro e eu posso cuidar das meninas. É o que o meu pai faria. É o que eu faria. Família vem sempre em primeiro lugar.

Surpreendentemente, nestes últimos dias, o que mais ouvi dos mais velhos foi: "Você tomou a decisão certa" ou "Foi o melhor a fazer". Parece que todos eles acham que, para manter a guarda de uma criança, você deve ficar com a pessoa.

E dos mais novos eu ouvi que estou louco, completamente sem noção, perdendo o limite do certo e do errado. Ah, o resumo é que todo mundo me julgou, como sempre.

Desde que ninguém saiba os reais motivos e o desejo da Amanda seja respeitado, está bom para mim. Nenhum deles a conheceu ainda.

Ela está doente e não demorará muito para que percebam, se ficarem por perto.

Todo mundo sabe da situação porque tive que avisar meu avô e o tio Túlio, por causa do processo que já estava sendo preparado. Aí, já viu. Um foi contando para o outro.

Não faz nem uma semana que Branca nos pegou abraçados na sala, e, toda vez que repasso a cena do elevador na minha mente, tenho certeza de que fiz o melhor que podia.

Meu peito chegou a apertar quando eu disse para Branca que era exatamente o que ela estava pensando, mas o julgamento que vi em seus olhos doeu demais.

Posso aceitar que todo mundo pense que sou só um moleque tentando não fazer merda, mas não a Branca. Eu sei que ela sabe que eu sou mais do que isso, mas mesmo assim, naquele momento, pareceu que ela nem sequer me conhecia.

Que seja assim, então.

Estou cansado. É foda gostar tanto de alguém, querer fazer dar certo e a pessoa ficar nessa de "não tô pronta, mas também não quero te perder". Tudo bem, eu sei que é difícil assumir o que sente. Sou o rei da autoimunidade e das desculpas esfarrapadas para não me apegar, mas tem uma hora que chega, né? Assume logo a porra que está sentindo ou me deixa de uma vez. Porque uma coisa é certa: ninguém morre de amor. Então dá adeus e me deixa. Como diria meu pai, a vida segue e tudo passa.

102
LEX

Run away heart
Keep on running
Keep on running
Run away heart
Don't you ever worry about me
Run away my heart
And don't you ever look back
Cause you're gonna go far
*You're gonna go far.**

— The Strange Familiar, "Run Away Heart"

DESDE O MEU retorno, Branca e eu fomos nos reaproximando aos poucos. Eu mantenho sempre uma distância segura.

Sei o que sinto pela ausência de Flávia e a marca que esse amor deixou em mim. E Branca parece sofrer do mesmo mal.

Foi-se o tempo em que as pessoas se amavam, ficavam juntas e pronto. Agora é guerra. Guerra contra os próprios sentimentos. Guerra contra o sentimento alheio. Parece que é mais fácil lutar para não sentir do que se entregar àquilo que o coração deseja. E tudo só piora se já tivermos sido machucados. Aí machucamos para nos defender. Nós nos negamos a deixar o outro entrar, mesmo que sejamos feridos no processo.

* "Fuja, coração/ Continue correndo/ Continue correndo/ Fuja, coração/ Nunca se preocupe comigo/ Fuja, meu coração/ E nunca olhe para trás/ Porque você vai longe/ Você vai longe."

Não sei em que isso pode resultar além de pessoas vazias tentando insanamente preencher a vida com qualquer coisa que as faça esquecer o que estão sentindo.

É fácil entender o caminho que Rafael percorreu um dia para superar a dor, e é compreensível a depressão em que Clara viveu por tantos anos.

Na maior parte do tempo, somos nossos próprios algozes.

E agora, observando Branca entrar na balada e caminhar até mim, me pergunto quantos danos mais vamos provocar em nós mesmos até entender que estamos dando murro em ponta de faca ao lutar contra o nosso coração.

103

Branca

Somebody said you got a new friend
Does she love you better than I can
There's a big black sky over my town
*I know where you at, I bet she's around.**
— Robyn, "Dancing on My Own"

Passo a semana inteira indo do trabalho para casa, de casa para o trabalho, num silêncio insuportável que está começando a me irritar.

Por isso, quando Viviane sugere uma noite de meninas, eu aceito na hora. Estou precisando delas por perto. E, para surpresa de todas, até Fernanda veio. Ela sorri toda carinhosa, como sempre, então começo a pensar que estava cismada com ela.

Provavelmente foi aquilo que sempre faço: tento ver problema na vida dos outros para fugir dos meus próprios.

Rafa foi ao cinema com Bernardo, Priscila, Pedrinho e David. Augusto não quis ir com Felipe, alegou que tinham uma viagem logo cedo e Lipe estava com crise de asma.

A noite de meninas na casa da Vivi foi maravilhosa, e nenhuma delas tocou no nome de Rodrigo, embora eu soubesse que estavam todas curiosas a respeito.

Parece que o jogo virou, não é mesmo?

---

* "Alguém me disse que você tem uma amiga nova/ Ela te ama mais do que eu?/ Há um grande céu negro sobre a minha cidade/ Sei onde você está, aposto que ela está por perto."

Pois é... Mesmo machucada, eu não podia perder a piada. Passei os últimos tempos supercuriosa sobre as fofocas alheias, e elas me escondendo tudo.

Agora eu sou a fofoca. É a vida.

Falando em vida, me dei uns dias de descanso, mas estou decidida a erradicar Rodrigo de mim.

Não ficamos há meses, e mesmo assim o sentimento me consome. Isso não pode ser racional, não.

Por isso, quando deixo Clara em casa, não sigo direto para a minha.

Vou para o bar. Para um velho conhecido.

Todo mundo tem um lugar para onde corre quando tudo dá errado. Alguns para o pai, outros para a mãe. Há ainda os que correm para o travesseiro, para os melhores amigos ou para os bichinhos de estimação. E há os que se jogam no álcool e em coisas piores.

Eu, quando algo me machuca muito, só corro para um lugar: Lex.

Assim que entro na balada e nossos olhares se cruzam, sinto que ele está pensando exatamente o mesmo. De hoje não passa.

Sei que ninguém entende. Sei que, se meus amigos souberem, vão dizer que é errado e me julgar. Mas, quando o mundo parece estar de ponta-cabeça e a vida sai fora do eixo, é preciso voltar para aquilo que é seguro, para aquilo que tem gosto de casa, mesmo sendo uma ilusão. E, às vezes, esse lugar é justamente seu ex.

104
LEX

There was a distance between you and I
A misunderstanding once but now
*We look it in the eye.**

— Tom Cochrane, "Life Is a Highway"

ESTOU PARADO EM frente ao balcão do bar, de braços cruzados, quando Branca me alcança. Faço um sinal com a cabeça para o barman, que entende que deve servi-la, no momento em que ela apoia a mão no meu ombro e me dá um beijo no rosto.

Inspiro seu perfume, o mesmo de quando nos casamos.

Para um dia de semana, a balada está bem cheia. As pessoas passam para lá e para cá, enquanto Branca e eu nos olhamos em silêncio.

Balanço a cabeça. Ela se afasta um pouco, observando meu sorriso.

Sua mão desce do meu ombro até o braço, quase acariciando minha pele, sem tirar os olhos de mim.

— Branca...

— O quê?

— Quer parar de me provocar?

Ela hesita por um instante, depois dá de ombros, provavelmente pensando que não tem nada a perder. É isso que sempre a mete em encrenca.

---

* "Havia uma distância entre mim e voce/ Um mal-entendido em outro tempo, mas agora/ Nós olhamos no olho."

— Isto é provocar? — Ela volta a me tocar e desliza as unhas sobre a minha pele.

Com a gente sempre foi assim. Depois de cada término, nos encontrávamos um dia, do nada, e, se estivéssemos solteiros, já era.

Fecho os olhos. Lembranças de momentos e sensações me envolvem. Lembranças de Branca, lembranças de Flávia. Estou sozinho desde então, e Branca sabe como me provocar.

Abro os olhos e me perco nos dela.

— Não sei se é uma boa ideia recomeçarmos isso — digo, mas não sei se tenho força para evitar.

— Por que não?

Aperto os lábios e me afasto devagar, andando de costas, enquanto continuo falando com ela:

— Porque agora eu tenho que tocar.

A danada pisca para mim, ciente de que me refiro apenas a este momento, e que após o show tudo é possível.

105

Branca

You look so cool when you're reading me
Let's cause a little trouble
Oh you make me feel so weak
I bet you kiss your knuckles
Right before they touch my cheek
But I've got my mind made up this time
'Cause there's a menace in my bed
*Can you see his silhouette?**

— Halsey, "Trouble"

Fico perto do palco durante todo o show de Lex. É a mesma banda que toca com Rafa, que hoje não veio. Acho que é até melhor. Ele estaria me atormentando agora, apontando todas as razões pelas quais não devo fazer o que estou pretendendo, mas acredito que a vida é uma só e devemos fazer o que temos vontade. E hoje minha vontade tem nome e sobrenome: Lex Rocha.

Duas garotas perto de mim falam dos caras da banda e da energia contagiante da música. Lembro como ficava orgulhosa quando estávamos juntos por saber que aquele era o meu homem. Tanto tempo se passou desde então...

---

* "Você parece tão legal quando está me observando/ Vamos causar uma leve confusão/ Ah, você me faz sentir tão fraca/ Eu aposto que você beija seus dedos/ Antes de eles tocarem minha bochecha/ Mas eu tenho opinião formada dessa vez/ Porque há uma ameaça em minha cama/ Você pode ver a silhueta dele?"

Durante a apresentação, nossos olhares se encontram. Não há muito a ser dito.

Às vezes, duas pessoas se querem sem muito sentido, sem que precise ser explicado. Se isso vai durar um momento ou a vida inteira, ninguém sabe.

Ninguém sabe que estou aqui. Ninguém sabe no que isso vai dar. E, honestamente, ninguém tem que se importar também. Somos dois adultos seguindo nossos impulsos.

— É hora da última música, pessoal — ouço o vocalista anunciar e o público reclama, querendo mais. — E é um pedido do nosso amigo Lex.

Lex ergue uma sobrancelha para mim e começa a dedilhar os acordes de "Sex on Fire", do Kings of Leon.

Jogo a cabeça para trás com uma risada e danço sensualmente ao ritmo da música. Ergo os braços acima da cabeça e me movo como se cada palavra fosse o combustível necessário para o meu corpo.

Ele toca. Eu danço. E em breve vamos nos deixar levar para onde quer que isso nos conduza.

106

LEX

Guess it's true
I'm not good at a one night stand
But I still need love
'Cause I'm just a man
These nights never seem to
Go to plan
I don't want you to leave
Will you hold my hand?
Oh, won't you stay with me?
'Cause you're all I need
This ain't love, it's clear to see
*But darling, stay with me.**

— Sam Smith, "Stay With Me"

ASSIM QUE DESÇO do palco, dou algumas instruções ao gerente e aviso que vou embora. Só preciso passar no escritório antes para pegar meus documentos e a chave do carro.

— Veio de carro ou moto? — Branca pergunta, caminhando a meu lado.

* "Acho que é verdade/ Não sou bom em casos de uma noite só/ Mas ainda preciso de amor/ Pois sou apenas um homem/ Parece que essas noites/ Nunca saem de acordo com os planos/ Eu não quero que você vá embora/ Pode pegar a minha mão?/ Ah, por que você não fica comigo?/ Você é tudo o que eu preciso/ Isso não é amor, está bem claro/ Mas, querida, fique comigo."

— De carro. — Abro a porta do escritório. Ela entra e eu a fecho. — A previsão era de tempestade durante a madrugada.

— Acho que acertaram. — Ela me encara, passando os olhos pela minha camiseta preta e descendo até a calça jeans.

Analisando o ambiente a nossa volta, parece que uma sombra de dúvida paira sobre Branca, então não me movo. Aguardo que ela volte a me olhar e umedecer os lábios.

— Sua chave. Pega. — As poucas palavras me fazem rir. É a mesma mandona de sempre.

Pego o que preciso e seguro sua mão, guiando-a até meu carro. Na porta, ela para.

— Eu vim de carro! — A lembrança a deixa confusa. — Está logo ali atrás. Vou te seguir, ok? — Ela se afasta rápido, sem que eu possa dizer qualquer coisa.

Dez minutos depois, chegamos ao meu prédio. Abro a garagem para que ela possa guardar o carro.

Chamo o elevador em silêncio. O fato é que Branca e eu não estamos muito certos do que estamos fazendo, e mesmo assim não conseguimos evitar.

Entramos no elevador e nos encaramos, procurando um no outro a familiaridade que nos acalma. Aquele sentimento de quem está tão cansado que tudo o que busca é chegar em casa.

E, exatamente como foi em todas as vezes que voltamos a ficar nos últimos tempos, nos beijamos sem aviso, como se nunca tivéssemos nos separado.

Branca se aproxima e aperta meus ombros. Desço a mão pela sua cintura e a pressiono contra a parede.

Quando ela toca meu abdome por baixo da camiseta, sinto que a quero mais do que nunca. Então paro de pensar no que isso pode ou não resultar e vivo o momento.

A intensidade do beijo reflete nosso desespero. É como se quiséssemos fugir do que sentimos e buscássemos refúgio um no outro. Somos a ilha deserta um do outro, aonde nenhum problema pode chegar. Aquela pessoa para quem retornamos quando o mundo parece incompreensível demais. Sempre com a esperança de que desta vez dará certo. Ignorando todas as tentativas em que essa fórmula fracassou.

107

Rodrigo

Here is a heart, here is a heart
I made it for you, so take it
Battered and braised, grilled and sauted
Just how you like it, like it
You know I live to fill you up
Blood of my blood, dripping with love
I'll bring you the thing you need most
Silent between supplies and machines
I'll hang in the corners like a ghost
*You know I live to be seen through.**

— Jenny Owen Youngs, "Here Is a Heart"

Eu soube pela Vivi sobre a noite de meninas de ontem, e não pude perguntar o que queria por medo de levantar suspeitas. E, não, não era da Branca que eu queria saber.

Agora estou parado em frente à casa da minha prima. O transporte escolar acabou de apanhar Felipe, e estou decidindo se toco ou não a campainha.

Coço os olhos, ainda sonolento. Esse era o melhor horário para falar com ela, já que a cada dia parece mais reclusa.

---

* "Aqui está um coração, aqui está um coração/ Eu o fiz para você, então aceite/ Maltratado e refogado, grelhado e salteado/ Do jeito que você gosta, gosta/ Você sabe que eu vivo para preencher você/ Sangue do meu sangue, pingando de amor/ Eu vou te trazer aquilo de que você mais precisa/ Silencioso entre suprimentos e máquinas/ Eu vou ficar pelos cantos feito um fantasma/ Você sabe que eu vivo para ser transparente."

— Oi, Fê — cumprimento, saindo do carro quando ela tranca o portão.

— Que susto, Rô! — Ela leva a mão ao peito, recuperando o fôlego.

— Desculpa. Pensei em conversar um pouco com você antes de ir para o trabalho. Não é de sexta que você entra mais tarde?

— Como você sabe? — A pergunta vem pouco antes de ela se dar conta de quem me contou. Ela fica vermelha, sem jeito.

— Tá tudo bem, prima. — Toco seu braço, tranquilizando-a. — Eu só tô precisando conversar um pouco sem ninguém julgando meus atos o tempo todo, entende?

Sim, estou mentindo, mas ela não sabe. Na verdade não é bem uma mentira. Estou dizendo o que ela precisa ouvir.

— Entendo, sim. — Ela guarda a chave na bolsa. — Eu ia caminhar um pouco no parque antes de ir.

— No Chico Mendes? — pergunto, referindo-me ao parque perto da casa dela, em São Caetano. Ela assente e eu a acompanho.

Fernanda coordena um dos projetos sociais do meu avô. Uma casa que abriga meninas e meninos carentes, oferecendo alguns cursos, atendimento médico, apoio emocional e o que mais estiver ao alcance deles para melhorar a vida dessas crianças.

Minha prima foi abandonada pelo pai quando tinha dois anos. Ela não tem nenhuma lembrança dele, assim como seu irmão, Thiago, que era só um bebê. Apenas Vicente, o irmão mais velho, se lembra de algumas coisas.

Todo mundo sabe que o jeito especial de Fernanda, de encher de amor todas as pessoas a sua volta, é em grande parte reflexo da falta do amor do pai.

— Como está a Anna? — ela pergunta assim que cruzamos os portões do parque.

— Bem. Agitada. Danada. É um pequeno furacão aquela menina. — Mostro algumas fotos que tenho no celular.

— Se puxar para você, o mundo que se cuide. — Ela prende o cabelo claro cacheado em um rabo discreto. — Sabe, Rô, não sei se conta muito, mas estou orgulhosa de você. Você tem se saído muito bem, mesmo com a vida virando do avesso.

— Acho que o avesso era o meu melhor lado — eu brinco, e ela ri. — É bom ser pai. Eu sabia que ia ser um dia, só que não tão cedo. Mas, já que está aí, bora fazer o que eu posso, né? É muito bom. Lido com tudo com o meu humor de sempre. A Anna tem momentos doces, momentos voluntariosos. E, no geral, escolhe a hora em que eu vou transar pra chorar. Fora isso, minha princesa é adorável.

A risada de Fernanda é tão gostosa quanto sua personalidade, e eu me dou conta de que há muito tempo não a ouvia rindo.

— Eu entendo sua decisão e concordo com ela. — Sei que ela se refere ao fato de Amanda estar morando comigo. — Se é o melhor caminho para que você fique com a Anna e ela fique bem, precisa agir dessa forma. Filhos devem ser prioridade.

Não digo nada por um tempo, apenas analiso suas palavras. Muita coisa mudou depois que me tornei, pai e passei a enxergar alguns aspectos da vida de forma diferente. Filhos são prioridade, mas até que ponto vale o sacrifício da própria felicidade?

— Pedrinho e David ficaram bem com o divórcio. — Apesar de as palavras saírem fora do contexto dos meus pensamentos, Fernanda consegue acompanhar.

— Ah, sim. Que bom, né? — Ela não vai entrar no assunto. Não vai confessar aquilo em que já estou ligado há um tempinho. O casamento dela não vai bem.

Uma senhora passa por nós e cumprimenta minha prima. O mesmo acontece outras vezes conforme caminhamos. A todos ela oferece o seu melhor sorriso.

— Você está bem, Fê? — A pergunta a pega de surpresa, fazendo-a parar e olhar para mim.

— Estou, claro. E você? Você e a Amanda estão bem? — Como todo Villa, a danada é esperta e vira a situação para mim.

— Ãhã. Tô bem também. Todos estamos. — É o máximo que ela vai tirar de mim.

Aquelas velhas mentiras que contamos aos nossos amigos quando achamos que nossos problemas não têm muita importância para ninguém além de nós.

Bernardo tentou conversar comigo ontem, quando nos cruzamos na agência. Assim como minha prima fez comigo, desconversei.

Quero avançar na conversa com Fernanda e tentar ajudá-la como puder, mas manter o segredo de Amanda é muito mais difícil do que eu pensava.

Duas horas mais tarde, abro a porta do meu apartamento e me surpreendo ao ver Bernardo com Anna no colo, enquanto conversa com Amanda.

Fico sem saber como agir, mas a serenidade no rosto dela me faz perceber que está tudo bem.

— Está fazendo o que aqui, cara? — pergunto, tentando parecer relaxado.

— A gente tem que marcar hora para visitar um amigo, é? — Bernardo me abraça e então volta a falar com Amanda: — A faculdade é a melhor época. Espero que você volte logo para o curso. — Não entendo nada, e ele se vira para mim. — A Amanda estava me contando que cursa direito na USP. Como você não me contou isso, meu?

Abro e fecho a boca, bem perdido. Que diabos devo dizer?

— Eu tranquei o curso por causa da bebê, lembra, Rô? — Amanda tenta me ajudar.

Concordo com a cabeça, e Bernardo me analisa tanto que nem pisca. Eu não sabia disso.

— Mas vai voltar — ele enfatiza. — E, se precisar de algo, pode contar comigo. Foi bom demais falar com você. E precisamos de mais advogados com a sua visão de mundo.

— Tá certo, obrigada. — Percebo que a voz de Amanda treme um pouco. Ela se levanta e eu toco seu braço, preocupado. — Vou trocar a Anna e levá-la ao parque com o Paulo, tá?

Os efeitos da quimioterapia estão diminuindo conforme os dias passam. Amanda ainda sente fraqueza e tontura, e não gosto muito que saia sozinha, mas a presença de Bernardo a faz querer sair e eu não tenho como impedi-la agora.

Quando tudo está pronto, troco um olhar com Paulo, e isso é mais que suficiente. Se precisar, ele me vai me ligar.

Bernardo me observa o tempo todo, só esperando a oportunidade de falar:

— Você gosta mesmo dela. — Não há surpresa em sua voz.

— Gosto.

— Mas você nem se lembrava dela.

— Pois é. Sou eu, né? — Dou de ombros. — O moleque inconsequente.

— Pode parar de querer confete. Você não é mais um moleque inconsequente. — Ele faz uma careta quando me sento a seu lado no sofá. — Pelo menos não o tempo todo, né?

— Uma vez a Vivi disse que tinha medo de que a vida resolvesse me parar e isso fosse me machucar. Olha só... Veio a vida e bum! — Bato uma mão fechada contra a palma da outra.

— É... Estamos aqui pra isso. Mas você está se saindo bem. — Ele mexe no celular, como se lembrasse de algo. — Bom, vim te chamar pra almoçar lá em casa sábado. O que acha?

— Legal. Vou sim.

— E é para levar a Amanda. A Clara acha que, se a situação é essa, todo mundo deve enfrentar e aceitar. Eu esperava encontrar outro tipo de garota quando cheguei, mas ela é muito legal, cara. É uma pena por você e pela Branca, mas...

— É a vida. Vou falar com a Amanda.

Quem diria que um dia nós dois teríamos uma conversa assim? Almoço com filhos e mulheres. Apesar de Amanda e eu não estarmos juntos de verdade, ninguém sabe.

— Ela está bem? Me pareceu abatida. — Fico em alerta na mesma hora. — Você também está — ele acrescenta, e eu me permito respirar.

— É uma adaptação e tanto, né? Estamos cansados. — É uma justificativa meio vazia, mas ele parece acreditar.

— É complicado mesmo. Agora você pode me dizer o que está te chateando. — Ele estreita os olhos e cruza os braços. — A Amanda parece bem racional e não tiraria a Anna de você se não ficasse com ela. É isso que te preocupa?

— Não. Como você mesmo disse, eu gosto dela. Vamos ver no que vai dar. — É difícil não deixar transparecer a tristeza que sinto por saber bem no que vai dar.

— Como você e a Branca ficaram com tudo isso?

Por mais que eu não queira falar disso, é mais fácil falar de Branca do que de Amanda.

— Ah, você conhece a sua irmã. Esse jogo de gato e rato me cansou.

— Eu acho que, por mais que amemos alguém, há um momento em que não dá para avançar mais se os dois não estiverem na mesma sintonia. Relacionamentos já são complicados quando os dois querem a mesma coisa, e é impossível seguir com alguém que não sabe o que quer. — Ele se levanta, guardando o celular no bolso e se preparando para ir embora. — Mas parece que o seu caminho era outro no fim das contas, né? Independentemente de a Branca ser minha irmã, somos amigos, cara. Se você estiver feliz, vou estar também.

108
Branca

Compass points your home
Calling out from the east
Compass points you anywhere
Closer to me
If we make it out alive, from the depths of the sea
Compass points you anywhere
Closer to me
Where you are, I will be
Miles high, in the deep
Where you are, I will be
*Anywhere, in between.**

— Zella Day, "Compass"

— O Lex e eu estamos ficando e provavelmente vamos voltar — declaro no meio do jantar de sexta com meus pais, meu irmão e Clara.

Meu pai solta um "meu Deus do céu" e passa as mãos no rosto. Minha mãe me olha, aflita. Bernardo para com o garfo no ar, boquiaberto. E Clara tenta me dar um sorriso, afinal já sabia, porque lhe contei cada detalhe da história.

— Tem certeza? — minha mãe finalmente pergunta.

* "A bússola aponta para sua casa/ Chamando a partir do leste/ A bússola aponta você em qualquer lugar/ Mais perto de mim/ Se sairmos vivos das profundezas do mar/ A bússola aponta você em qualquer lugar/ Mais perto de mim/ Onde você estiver, eu estarei/ Quilômetros de altura, no fundo/ Onde você estiver, eu estarei/ Em qualquer lugar, no meio."

— Tenho, né, mãe? A gente ainda não sabe como serão as coisas, mas estamos ficando e vamos ver no que vai dar. Como todo mundo sempre sabe tudo de todo mundo, achei melhor contar logo.

— Tem certeza? — meu pai repete a pergunta dela.

— Acabei de dizer que tenho. — Bato de leve na mesa e cruzo os braços.

Meu olhar encontra o do meu irmão, que limpa a boca no guardanapo. Ele consegue me dizer uma porção de coisas sem soltar uma palavra sequer.

— Desculpa, Branca — Bernardo começa —, mas preciso perguntar. Tem certeza *mesmo*?

— Mas que inferno! — Eu me levanto, irritada, quase derrubando a cadeira. — Se você me perguntar se eu tenho certeza, te meto um tapa, Clara!

E saio da sala de jantar, batendo os pés. É claro que eu *não* tenho certeza, porra!

109

Rodrigo

I'm out on the edge and I'm screaming my name
Like a fool at the top of my lungs
Sometimes when I close my eyes I pretend I'm alright
But it's never enough
Cause my echo, echo
*Is the only voice coming back.**

— Jason Walker, "Echo"

Chego de uma reunião com Lucas e um cliente da agência e encontro o caos no apartamento. Anna chora aos berros no colo de Paulo.

— O que houve? — pergunto, tentando pegá-la, mas ele a afasta.

— Cólica — responde, apontando para o meu quarto. — Vá ver a Amanda. Ela não está bem. Vim pegar o telefone para te ligar. — Ele mostra o aparelho na mão e tenta acalmar minha filha.

Corro para o quarto. A porta do banheiro está encostada e, antes mesmo de empurrá-la, escuto Amanda engasgando. Abro a porta e ela está sentada no chão, apoiada no vaso sanitário. Mal tem tempo de me olhar e outra ânsia de vômito a toma.

Desde que chegou, ela passa mal de vez em quando. Ainda é consequência da quimioterapia. Mas ela nunca me deixa ajudá-la nessas situações. Normalmente fico com Anna, e Paulo é quem ajuda Amanda.

* "Estou no limite e estou gritando meu nome/ Como um tolo a plenos pulmões/ Às vezes, quando fecho os olhos, finjo que estou bem/ Mas nunca é o suficiente/ Porque meu eco, eco/ É a única voz a responder."

Eu me aproximo dela e me sento a seu lado, segurando seu cabelo. Mas não adianta muito, porque ele já está sujo. Boa parte da sua roupa também.

Quando a crise passa, as lágrimas começam a correr em seu rosto. Ela não me olha, envergonhada.

— Me deixa ficar sozinha... — Sua voz não é mais que um murmúrio.

— Não.

— Sério, sai daqui, por favor.

— Não.

Ela ergue o braço e tenta me empurrar, apenas para o recolher, em seguida, sem força.

Não digo nada. Lembro de ter visto meu pai passar por isso uma vez, quando Viviane não estava. Era ela quem cuidava dele. O tempo todo.

Nunca contei a ninguém o que senti ao vê-lo vomitar daquele jeito enquanto se contorcia de dor. E depois cair numa crise de choro. Meu pai. O homem mais forte que já conheci foi reduzido a nada pela doença.

Ela ergue a mão outra vez e puxa o cabelo, expondo a cabeça careca. Contenho a surpresa. Como não percebi que ela usava peruca esse tempo todo? Onde estou com a cabeça, meu Deus? Acho que talvez eu esteja tentando passar por isso sem pensar muito, assim não enxergo tudo o que acontece.

Seu olhar encontra o meu, expondo toda sua fragilidade. Toco de leve seu rosto molhado e beijo o topo de sua cabeça, querendo confortá-la como puder.

Não consigo evitar e puxo Amanda para os meus braços, sussurrando que ficarei ali pelo tempo que ela precisar. Sinto sua mão segurar minha camiseta e apertá-la. O choro vem com força e ela se entrega, me levando com ela.

— Beba devagar. — Entrego uma xícara de chá a Amanda.

Depois da crise, ajudei-a a tomar banho e a acomodei em minha cama. Paulo está a seu lado, com Anna adormecida nos braços, finalmente liberta da cólica.

— Você precisa lavar meu cabelo... — ela fala, tentando sorrir para Paulo. — Fiz um estrago.

— Vou cuidar disso, não se preocupe. Vai ficar tão lindo quanto o da Gisele Bündchen.

Observo-os conversar, pensativo, e pego minha filha no colo, acomodando-a no colchão ao lado da mãe, que desliza os dedos devagar por sua cabeça.

— É uma peruca muito boa. — Amanda segura minha mão. — O Paulo gastou um mês de salário para me dar de presente. É difícil perceber mesmo. — Acho que minha expressão demonstra mais do que eu quero dizer. — E a maquiagem dá conta das sobrancelhas falhadas.

Quero me justificar de alguma forma. É tanta coisa acontecendo ao mesmo tempo. Mas não tenho tempo de falar, porque a campainha toca e eu me levanto para atender.

Abro a porta e sou surpreendido por minha mãe, toda sorridente, do outro lado.

— Mãe! — Eu a abraço, um pouco chocado por tê-la de volta antes do tempo. — Eu disse que não precisava vir.

— Você precisava e eu vim.

— Como você sabia? — pergunto, mas a emoção já me pegou. Estou um caco hoje.

Ela se afasta, coloca meu rosto entre as mãos e diz:

— Sou sua mãe, garoto. Sempre vou saber.

110

LEX

Face to face, out in the heat
Hangin' tough, stayin' hungry
They stack the odds still we take to the street
*For the kill, with the skill to survive.**

— Survivor, "Eye of the Tiger"

PRISCILA PULA NA piscina inflável, jogando água para todos os lados. Felipe e os gêmeos, que já estavam na água, gritam e comemoram.

Bernardo e Rafael estão mais próximos e acabam se molhando. Eles revidam ao jogar mais água nas crianças.

Estamos sentados em um lugar onde não podemos ser atingidos. Augusto está contando sobre algo que sua secretária fez e rindo de uma piada machista. Rindo sozinho, porque eu mal presto atenção e Lucas mexe no celular.

Não me lembrava de o marido de Fernanda ser assim. Quer dizer, ele sempre contou umas piadinhas idiotas, mas, desde que voltei, toda vez que o vejo ele solta uma merda diferente.

— Mas é o que eu sempre digo. — Volto minha atenção para ele ao perceber que não faço ideia do que está falando. — Mulher tem que ser uma dama na rua e uma puta na cama.

---

* "Cara a cara, no meio da batalha/ Mantendo-se firme, mantendo-se faminto/ Eles criam dificuldades e ainda vamos à luta/ Para matar, com a habilidade de sobreviver."

— Cara! — Ergo as mãos na hora, apontando para as crianças. Nem é pelo palavrão, afinal convivemos com Rafa. É pelo contexto cretino mesmo.

— Ah, eles não ouviram nada. E eu estou certo, não acha? Até parece que você fica com qualquer uma. A minha mulher tem que ser dessas. Uma dama na rua e uma puta na cama.

Não acredito que ele repetiu. Bernardo e Rafael percebem que o clima pesou e se aproximam. Lucas encara Augusto friamente e, quando abre a boca, diz com muita tranquilidade:

— Isso só deixa claro que você é um babaca em qualquer lugar. Mulher tem que ser o que quiser quando quiser. Todas elas. — Lucas guarda o celular no bolso e se levanta, preparando-se para sair de perto.

— Qual é o teu problema comigo, hein, garoto? — Augusto se levanta também e bloqueia seu caminho.

Pela reação de Lucas, ele estava esperando por isso. Lentamente, ele ergue o olhar.

— Pra começar, não sou um garoto. Sou um homem e você devia agir como um também. Tá difícil aguentar essas merdas.

Então tudo acontece muito rápido. Augusto diz algo baixo, que não consigo ouvir, mas que com certeza irrita Lucas, que o empurra contra a parede. Felipe começa a chorar, Priscila grita e as mulheres aparecem na janela.

E eu achando que o maior problema hoje seria fugir das piadinhas por Branca e eu estarmos ficando de novo.

111

Rodrigo

Tá tão difícil pra você também, né?
Com o coração vazio, mas sempre de pé
Buscando alguma direção
Quantas vezes você me escreveu e não mandou
Pegou o telefone e não ligou...
Partiu seu próprio coração.
E eu tenho uma má notícia pra te dar
Isso não vai passar tão cedo, não adianta esperar
Às vezes ficamos bem, mas depois vem o desespero
Eu tento esconder, mas vi que pensei em você o dia inteiro.

— Lucas Lucco, "Pra te fazer lembrar"

MINHA MÃE CHEGOU ontem e não tive como esconder dela sobre o estado de Amanda. Como sei que se Viviane e Mila a virem elas vão saber, digo a Clara que não posso ir ao almoço e uso Anna como desculpa.

Nem tanto, porque estou de fato com ela deitada na cama, enquanto faço uma massagem terapêutica em sua barriga, torcendo para que a cólica passe logo.

— Por que você escolheu Anna como o nome dela? — minha mãe pergunta a Amanda, balançando o chocalho na frente da neta, por quem está completamente apaixonada.

— É de uma música que eu amo. "Anna", do Hello Saferide. É meio irônico porque a música fala de uma criança chamada Anna que não chega a existir porque o casal não fica junto no fim.

— Eu gosto muito do nome dela. — Deslizo a mão cheia de óleo sobre o ventre de Anna, mas não consigo evitar cruzar o olhar com o de Amanda. Minha mãe percebe e dá um suspiro triste.

Paulo aparece cantarolando, todo feliz. Ele acaba sendo um sopro de alegria nesses momentos.

Sei que sempre fui esse cara, aquele que não se deixa abater, não importa o problema. Mas a semelhança dessa situação com a que passei com meu pai e o fato de saber que minha filha perderá a mãe em breve têm me deixado bem chateado.

Não me sinto bem em confessar que, na vez do meu pai, eu fugia desses momentos. Viviane enfrentou a doença basicamente sozinha. Eu achava que se me mantivesse distante não seria tão afetado.

Parece que eu tinha razão. Sim, senti muito a morte dele, mas não deixei que aquilo me consumisse. Agora é diferente. É como se a morte entrasse em mim.

É meio que um luto antecipado. Acho que eu posso ficar assim por um tempo, certo?

112
Branca

When I saw the break of the day
I wished that I could fly away
Instead of kneeling in the sand
Catching teardrops in my hand
My heart is drenched in wine
But you'll be on my mind
*Forever.**

— Norah Jones, "Don't Know Why"

Como eu previ, todo mundo já sabe que Lex e eu estamos ficando. Embora ninguém nos pergunte diretamente. É toda hora um nos encarando e se segurando para não falar nada.

Esse almoço na casa de Clara e do meu irmão é a primeira vez em que estamos juntos oficialmente.

Hesitei bastante antes de contar aos meus pais ontem, mas Rafa flagrou um beijo nosso na balada na noite anterior e isso ia vazar. Então melhor que fosse por mim.

— O Rodrigo não vem, Vivi — Clara diz, e eu continuo fingindo que estou analisando o trabalho perfeito que a manicure fez nas minhas unhas.

* "Quando eu vi o final do dia/ Eu desejei poder sair voando/ Em vez de ficar ajoelhada na areia/ Aparando as lágrimas com a mão/ Meu coração está encharcado em vinho/ Mas você estará na minha mente/ Para sempre."

— Por quê? — a irmã dele pergunta, e eu não movo um músculo.

— A Anna está com muita cólica.

— Essa fase é terrível — Fernanda acrescenta, e Camila concorda.

Que fase seria essa? Ser pai? Deve realmente ser bem complicado ver sua vida inteira mudar em segundos.

Elas seguem falando sobre bebês e eu continuo meio perdida, quando ouço vozes alteradas da garagem.

Como estou mais perto, me levanto rápido, num pulo, e corro para a janela bem a tempo de ver Bernardo entrar no meio de Lucas e Augusto.

Não conseguimos saber o que houve, porque Rafael tira Lucas de lá e o leva para o quintal dos fundos.

Procuro Fernanda, mas ela não me vê. Observa os dois passarem, parecendo bastante perdida. Depois, se recuperando do choque, vai pegar o filho, sem lançar nem um olhar na direção de Augusto, que a essa hora parece calmo outra vez e conversa com Lex.

E, da mesma forma que começou, a confusão termina.

Depois do almoço, quase pego uma conversa tensa entre Clara e Lucas, mas eles se dispersam antes que eu possa ouvir algo.

Quando vou questionar minha amiga, ela me puxa pela mão em direção à sala e aos outros.

— Será que posso contar por que reuni vocês hoje? — Clara faz uma pausa dramática, chamando a atenção de todos. Meu irmão vai até ela, abraçando-a por trás. — Bernardo e eu vamos ter um bebê!

E, em meio a comemorações, lágrimas e felicitações, finalmente capto um olhar entre Fernanda e Lucas.

Ah, essa família e a arte de dar boas notícias em meio ao caos.

113
Rodrigo

I know, I know, I know for sure
Everybody wanna steal my girl
Everybody wanna take her heart away
Couple billion in the whole wide world
*Find another one cause she belongs to me.**

— One Direction, "Steal My Girl"

Mano, como assim você foi pra cima do Augusto ?

Mando a mensagem para Lucas, depois que minha mãe me conta o que a mãe de Bernardo contou para ela. Quem contou para a tia Monique já são outros quinhentos.

* "Eu sei, eu sei, eu sei, com certeza/ Todos querem roubar a minha garota/ Todos querem seu coração/ Bilhões de pessoas no mundo/ Encontrem outra, porque ela é minha."

E agora?

Agora nada. Ele e eu estamos nos estranhando faz um tempo já. O pessoal que não tinha percebido ainda.

Falou com a Fê depois?

Mais ou menos. Ela não tá falando comigo.

Quer que eu fale com ela?

Não. Melhor não se meter.
Ela me disse que você passou lá esses dias.
Deixa esse assunto quieto, Rô.

Nem respondo, porque até parece que vou deixar, né?

Vou passar aí amanhã, tá?
Soube que sua mãe veio de surpresa.
Quero dar um beijo nela.
Ela tá morando aí agora, é? rs

Olha, se eu deixar ela se muda, viu?

Eu brinco. Ele nem imagina as razões da minha mãe. Ela até tentou me convencer a morar com ela, mas acho que Amanda vai se sentir mais à vontade aqui.

Ele demora para escrever outra mensagem, e eu penso que não dirá mais nada até que meu celular vibra outra vez.

Sei que já conversamos sobre isso, mas você tá mesmo decidido a ficar com a Amanda?

É foda mentir para Lucas, mas, se ele souber que isso não é real. vai dar um jeito de contar para Branca.

Tô, cara.

Bom, eu ia esperar pra falar com você amanhã, mas, se a sua mãe tá sabendo da briga, ela tá sabendo do resto também.

Sabendo do quê?

Ele envia a resposta e eu tenho que reler algumas vezes. Não por não ter compreendido. Na primeira vez, a frase já me acertou em cheio. Reli porque queria guardar aquilo em mim de uma forma que me fizesse parar de ser trouxa, e não que me fizesse agir como um idiota outra vez.

Por isso, releio de novo.

Desculpa.
Não tem jeito fácil de contar.
Branca e Lex voltaram.

114

Branca

Holding onto things that vanished
Into the air
Left me in pieces
But now I'm rising from the ashes
Finding my wings
And all that I needed
Was there all along
Within my reach
*As close as the beat of my heart.**
— David Cook, "Time of My Life"

Depois da manhã e tarde malucas na casa de Clara, decido ir ver Lex tocar na balada. Dessa vez Rafael vai tocar também, e Vivi ia deixar Pri com a tia Alice, mãe dela.

Sábado é uma das noites mais cheias da balada, então tenho que ir abrindo espaço até chegar a Lex, que está em cima do palco conversando com o guitarrista.

Ao me ver, Lex estende a mão e me puxa para cima do palco. Caio direto em seus braços. Ele me beija e eu enrosco meus dedos em seus cachos.

* "Agarrado em coisas que desapareceram no ar/ Me deixou em pedaços/ Mas agora estou levantando das cinzas/ Encontrando minhas asas/ E tudo que eu precisava/ Estava ali o tempo todo/ Ao meu alcance/ Tão próximo quanto o bater do meu coração."

— Vocês deviam procurar um quarto. — Rafael aparece no outro canto do palco, abraçado a Viviane. — Ou um escritório! Acabamos de fazer isso e, ó, recomendo.

Vivi dá um tapa em seu braço e sua resposta é puxá-la para um beijo. Ela não resiste e se deixa levar.

— E aquele quarto lá, Rafa? — Agora é Lex que provoca.

Rafa responde soltando Vivi e mostrando os dois dedos do meio para Lex, mas se rende e vai dar uma olhada na playlist dos dois.

Não demora e o show começa. Ver Rafa na bateria e Lex na guitarra me lembra de quando os conheci. Nenhum de nós podia imaginar o que viria pela frente.

Eles estão tocando "You Only Live Once", dos Strokes, e Viviane e eu dançamos, deixando as preocupações de lado.

A noite tem tudo para ser maravilhosa! É o que eu penso até sentir um calafrio ao ver Rodrigo se aproximando.

115

Rodrigo

Mesmo separados sinto que o seu corpo ainda é meu
Às vezes me escondo
E faço de tudo pra ninguém notar que eu
Vivo e morro por ti
Tem semanas que às vezes sofro e vêm as recaídas
Às vezes
Eu queria ter o poder de poder
Te apagar da memória
E nessa fraqueza
Ter força pra fazer com que essa nossa história
Não passe de passado e fique da porta pra fora.

— Henrique e Juliano, "Recaídas"

Assim que descobri que Branca e Lex estavam juntos de novo, soube que não ia conseguir me manter em casa.

Apesar de ter passado o resto do dia com a imagem dos dois na mente, acabo na balada, talvez com um desejo cruel de ver com meus próprios olhos. Quem sabe assim passa, não é mesmo?

De cima do palco, Rafael é o primeiro a me ver. Pela sua expressão, sei que não fui o único a temer esse momento.

Lex é o próximo a me notar. Não há muito o que ser dito entre nós dois. Somos sócios e gostamos um do outro, mas nunca fomos próximos. E a quem eu quero enganar? Ela já era ex dele antes de ser minha. Se é que posso considerá-la assim.

Branca está dançando com Viviane e eu não sei bem o que estou fazendo. Por que quero me aproximar dela? O que vou falar? Como ela vai reagir?

Quando paro para pensar nos últimos tempos, percebo que tanta coisa aconteceu que é como se eu tivesse vivido várias vidas em vez de uma só.

Penso em Amanda, que ficou em casa com Anna e Paulo. Sei que não devia tê-los deixado depois de ela ter passado tão mal ontem. Sei que devia ter insistido para levá-la ao hospital. Sei de tantas coisas. Tenho que lidar com tanto. É como se de uma hora para outra meus ombros tivessem que sustentar o peso do mundo.

Estou quase decidido a virar as costas e voltar para casa quando Branca se vira e me vê.

Ela fica imóvel, o que chama a atenção da minha irmã. O rosto de Viviane se cobre de dor ao me ver. Talvez ela esteja refletindo o que estou mostrando.

Não faço nada. Não digo nada. Sinto tudo.

— Você precisa parar já de beber! — Viviane tira o copo de cerveja vazio da minha mão.

Naquele instante, Branca se vira de costas para mim e segue na direção contrária a ela, coincidentemente o caminho certo para o bar.

A banda continuou tocando e minha irmã veio atrás de mim. Tentou conversar e não deu muito certo. Não tô a fim de falar sobre nada.

— Vou pra casa. — Empurro a mão da minha irmã, que tenta tocar meu braço.

— Eu te levo. — Ela parece procurar alguém.

— Não. — Tento me levantar e tropeço. Sei que bebi demais. — Eu vou pegar um táxi. Não vou dirigir, relaxa. Tenho que ver como a Amanda está. Não devia ter vindo aqui.

— Eu te coloco no táxi, então. — De novo ela tenta me segurar e eu a afasto outra vez.

Caminho para longe dela. Piedade é o que menos preciso agora. Enrolo um pouco para sair, hesitando sobre o que é certo e o que é preciso.

No fim, estou prestes a sair da balada quando vejo Branca de canto de olho. Meu cérebro me manda continuar rumo à saída, mas meus pés a seguem. Ela entra no banheiro dos funcionários e só me vê quando é tarde demais.

— A gente tem que conversar! — Bato a porta atrás de mim.

Ela solta um grito.

— A Vivi disse que você tinha ido embora — diz, surpresa ao me ver.

— O que você tá fazendo, Branca? — Dou um passo em sua direção. Ela não se move.

— Eu pretendia usar o banheiro, Rodrigo... — Ela parece se preparar para fazer alguma de suas piadinhas, mas algo a faz hesitar quando nossos olhares se cruzam. — O que veio fazer aqui, Rô?

A dor que ela permite que eu veja me surpreende, e é o que preciso para me aproximar e tocar os seus braços.

— Sinto sua falta — deixo sair a verdade que me mata.

— Você está bêbado. É o álcool dizendo isso. Vai se arrepender depois.

— Não vou, não. Eu devia ter dito já. Faz tempo, mas é que você é foda, Branca. — Ela ri, e eu balanço a cabeça. — Não ria. É sério. — Encosto a testa na dela.

— Hora de ir pra casa, Rô. — Ela continua sem se mover, apenas me olhando.

Antes de perceber o que estou fazendo, eu a beijo, mas o contato é bem breve, porque ela me empurra.

— Puta merda, Rodrigo! — Ela me dá um tapa. — Eu tô namorando. Você tá namorando, porra!

— Não, você não entende. Eu... — Tento me explicar e ela me bate de novo, sem parar.

Ergo as mãos, sem reação.

— Eu quis ficar com você, certo? Relutei pra cacete, mas ia ceder. Aí uma filha caiu de paraquedas na sua vida! Eu me afastei e essa merda foi crescendo. — Ela me bate com mais força. — Eu fui atrás de você, certo? Fui! E você estava com ela. Agora você me beijou! Puta que pariu! Como vou lidar com esse caralho agora? Como? Eu tô tentando superar isso. Consegue entender? Você tem uma filha. Está com a mãe dela. Eu vou ficar com o Lex. Todo mundo fica bem assim. Consegue entender? — Ela repete, com as mãos no meu peito. — Por que você está aqui, Rodrigo?

— Porque eu te amo.

— O quê? — ela pergunta, num fio de voz.

— Porque eu te amo. — Nenhum de nós se move enquanto me declaro. — Eu tentei não amar, e aí eu não sentia mais nada. Não me conectava com mais ninguém. A autoimunidade não era uma bênção, era uma maldição. Ninguém mais conseguia me tocar. E aí a gente se beijou no Natal e eu senti tudo o que eu não queria sentir, e foi tão bom. Não tem outra explicação, Branca. Eu tô aqui porque eu te amo.

Ela pisca algumas vezes, tentando processar o que acabei de despejar. Há um brilho estranho em seu olhar, e eu sinto que ela está prestes a me bater de novo. Mas é bem aí que ela me beija.

Branca se agarra à minha camisa e me puxa para perto, como se quisesse me devorar inteiro. Minhas mãos descem dos braços para sua cintura e eu a aperto junto a mim.

Raiva. Frustração. Dor. Paixão. Nunca pensei que um beijo pudesse conter tantos sentimentos.

— Puta que pariu! — Rafa exclama ao abrir a porta e nos interromper, com a expressão chocada. — Vocês têm noção da merda em que eu estou agora por ter visto vocês dois se pegando?! É o seguinte: resolvam essa merda. — Antes de sair e bater a porta, ele aponta para ela e diz: — E você, Branca, tem até o fim da noite pra contar para o Lex, ou quem conta sou eu.

116

Branca

This was supposed to be fun
This was supposed to be the one
Maybe we stayed too long
Maybe we played all wrong
This was supposed to be good
But I know, I know
You and me we're bumper cars
The more I try to get to you
The more we crash apart, no
Round and round we chase the sparks
But all that seems to lead to
*It's a pile of broken parts.**

— Alex & Sierra, "Bumper Cars"

— *Meu Deus!* O que eu fiz? — Levo as mãos à cabeça, tentando entender o que esse moleque faz comigo. — Chega, Rodrigo.

— Branca, não faz assim. — Ele tenta me segurar de novo, mas eu empurro sua mão, me afastando.

— Você só disse o que disse porque soube que eu voltei com o Lex e tá bêbado. — Ando de um lado para o outro no banheiro.

---

* "Era para ser divertido/ Era pra ser a única vez/ Talvez tenhamos ficado aqui tempo demais/ Talvez não tenhamos jogado do jeito certo/ Era para ser bom/ Mas eu sei, eu sei/ Você e eu somos carros de bate-bate/ Quanto mais eu tento me aproximar de você/ Mais nós nos arrebentamos, não/ Rodando e rodando/ nós vamos atrás de faíscas/ Mas tudo isso parece levar/ A uma pilha de carros quebrados."

— Não tem nada a ver. Eu disse o que estou sentindo. E já sinto há muito tempo.

Eu me nego a acreditar que pode ser verdade.

Quando ele fechou a porta do banheiro e me surpreendeu, minha intenção era mandá-lo embora imediatamente. Mas ele parecia tão desolado, como da vez em que o encontrei triste nos fundos do bar, em seu aniversário, e de uma forma estranha senti que a dor dele era minha. Não consigo entender o que houve.

Mas nunca pensei que ele fosse me dizer tudo aquilo, e agora as coisas pioraram.

— Preciso sair daqui.

— Branca. — Ele segura meu braço. — Me escuta.

— Rodrigo, chega. — Puxo meu braço devagar. — Eu tô com o Lex agora. Segue a sua vida. Não vai acontecer.

Saio do banheiro, sem olhar para trás. Por mais que eu tenha me abalado, o álcool em seu sangue me fez esquecer de que ele está com a mãe da filha dele. E filhos são para sempre, assim como a mãe deles.

Não posso me envolver em um relacionamento assim. É uma bagagem muito pesada para carregar.

Rodrigo definiu sua vida quando escolheu ficar com a mãe de Anna. Preciso seguir com a minha.

Dói muito, não vou negar, mas nossos caminhos estão fadados a se manter separados.

117
Rodrigo

Staring at the ceiling in the dark
Same old empty feeling in your heart
'Cause love comes slow and it goes so fast
Well you see her when you fall asleep
But never to touch and never to keep
Because you loved her to much
*And you dive too deep.**

— Passenger, "Let Her Go"

Desço do táxi em frente ao meu prédio e caminho devagar. Os minutos que levo para percorrer a distância entre a entrada e a porta de casa parecem horas.

O apartamento está em silêncio, e Paulo ronca no sofá da sala. Acabei chegando bem mais tarde do que previ, e ele ficou para não deixar Amanda e Anna sozinhas.

Entro no quarto devagar. Mãe e filha estão no centro da cama king size, que parece gigante para elas.

Vou para o meu banheiro e tiro a roupa devagar, entrando no chuveiro. A água termina de levar o pouco do efeito do álcool que restou.

A forma como me declarei a Branca me vem aos pensamentos. Mesmo sabendo que o momento passou, eu tinha que tentar.

---

* "Olhando para o teto no escuro/ O mesmo velho sentimento vazio em seu coração/ Porque o amor chega devagar e passa muito rápido/ Bem, você a vê quando dorme/ Mas nunca para tocar e nunca para manter/ Porque você a amava muito/ E mergulhou fundo demais."

Ensaboo o corpo e toco a cicatriz em meu abdome. Não consigo lembrar exatamente a dor que senti ao tomar o tiro. Espero que a vida seja assim também e com o tempo eu esqueça a dor emocional que estou sentindo. Que a cicatriz sirva apenas de lembrança.

Quando retorno ao quarto, já vestindo uma bermuda, percebo que o edredom de Amanda está prestes a cair no chão e a cubro lentamente. A luz do abajur ilumina de leve seu rosto. Ela tem empalidecido mais a cada dia. Amanhã vou tentar convencê-la a me deixar chamar Mila para conversarmos.

Dou a volta na cama e me deito ao lado de Anna, que dorme como um anjo. Toco as bochechas de nossa filha, pensando na fragilidade e efemeridade do ser humano.

— Prometo que vou viver para você agora — digo baixinho, e dou um beijo em sua testa. — Tô meio quebrado, meu anjo. O mundo adulto é um lugar difícil. Mas eu vou te ensinar a ser forte, como meus pais me ensinaram. — Adormecida, ela envolve meu dedo em sua mão. — Não que eu esteja sendo o cara mais forte do mundo agora, né? Meu peito está apertado e eu nunca estive tão perdido, mas tô tentando, tá? Não vou te decepcionar. — Beijo sua testa mais uma vez e percebo que Amanda me olha na semiescuridão. — Você me ouviu? — pergunto, mas sei que a resposta é sim.

— Você é o melhor pai que eu podia dar para a nossa filha. — Ela pisca várias vezes, emocionada.

— E você é a melhor mãe que ela podia ter. — Estico a mão por cima de Anna e toco seu rosto.

— Ela vai me esquecer. — Amanda segura minha mão.

— Eu não vou deixar. Vou falar de você todos os dias. Vou mostrar os vídeos que estamos fazendo. Vou contar histórias sobre como te conheci.

— Você não lembra. — Ela ri.

— Então vou inventar a história mais linda. — Nossas mãos se acariciam enquanto tento confortá-la. — Quer ouvir?

— Quero.

— Foi em um dia de primavera. Eu estava caminhando pelo Ibira e parei em frente ao lago, para pensar um pouco na vida. Em como ela estava vazia e eu me sentia perdido desde a morte do meu pai. Eu gostava de fingir que estava bem, que era o cara foda... Opa! — Eu a faço rir, afinal não posso contar uma história com palavrões para a nossa pequena, seja ela inventada ou não. — O cara que acha que não precisa de ninguém, que não se apega a ninguém, que não sente nada. Mas era tudo tipo. E eu estava ali quando a ruiva mais linda que eu já vi passou cantando. Me virei, encantado, e em três segundos me apaixonei. Sabe por que três segundos? — Amanda balança a cabeça, curiosa. — Um foi o tempo que ela demorou para entrar no meu coração, dois foi o tempo que fiquei sem fôlego e três foi o número de batidas que perdi.

— E depois? — pergunta, ansiosa.

— Depois eu descobri que você era uma fada. Só podia, não é mesmo? E que estava sob o feitiço de uma bruxa malvada. Você só viveria até roubar batidas do coração de alguém. Então nosso amor foi sua condenação. Mas você resistiu bravamente até nossa pequena nascer, porque um amor tão grande precisava deixar uma marca. Nossa princesa Anna.

Sei que não estou apaixonado por ela. Sei que cada batida do meu coração foi roubada por Branca, que ironicamente parece não as querer. Mas Amanda e eu precisamos dessa história hoje, e Anninha vai precisar um dia. Não consigo deixar de pensar que essa história poderia ter acontecido. E poderia ter sido bom...

— É uma linda história.

— Sim, que poderia ser verdade. Que pode ser verdade em algum lugar bem longe daqui.

— Eu teria mesmo me apaixonado por você. — Ela suspira. — Não seria nada difícil.

— E eu por você.

Ergo meu corpo e beijo Amanda nos lábios, devagar. Quero confortá-la, quero me confortar. Queria que ela não estivesse doente. Queria que a morte não se aproximasse tanto de mim e de quem me cerca. Talvez pudéssemos ser o futuro um do outro, se não vivêssemos no meio dessa tragédia.

Deito-me outra vez e não solto sua mão, assim como ainda seguro Anna. Não quero pensar em nada esta noite além das duas mulheres de quem preciso cuidar e que, sem que eu percebesse, deram um rumo à minha vida.

Não sei quanto tempo depois, acordo com Amanda soltando minha mão e se levantando. A semiescuridão me mostra que ainda é noite. Ela vai ao banheiro e retorna lentamente.

Quando Amanda está bem próxima à cama, nossos olhares se cruzam, e eu reconheço a expressão de dor. De uma forma que jamais poderei entender, reconheço o que vai acontecer antes que aconteça.

Eu me levanto em um pulo, desperto, mas não chego a tempo. Antes que eu possa alcançá-la, Amanda desmaia.

118

LEX

You're setting off
It's time to go, the engine's running
My mind is lost
We always knew this day was coming
And now it's more frightening than it's ever gonna be
We grow apart
I watch you on the red horizon
Your lion's heart will protect you under stormy skies
*And I will always be listening for your laughter and your tears.**

— James Bay, "Scars"

O FIM DA noite foi o mais tenso possível, com Branca apreensiva e Rafael soltando palavrões o tempo todo, claramente irritado com algo, mas sem dizer nem a mim e nem a Viviane o que era.

Não sou idiota. Conheço Rafael, conheço Branca e conheço Rodrigo. Rafa soltou tantos "relaxa" na última hora que eu sei: "Já deu merda".

Branca entra no meu apartamento e se senta no sofá, mordendo a pontinha da unha. Coloco meus documentos e a chave sobre o rack, me sento a seu lado e alongo o pescoço, cansado.

---

* "Você está partindo/ É hora de ir, o motor está ligado/ Minha mente esta perdida/ Nós sempre soubemos que esse dia chegaria/ E agora é mais assustador do que jamais será/ Nós crescemos separados/ Eu te observo no horizonte vermelho/ Seu coração de leão vai te proteger no céu tormentoso/ E eu sempre estarei ouvindo seus sorrisos e suas lágrimas."

Ela não diz nada por vários minutos, e, quando nossos olhares se encontram, percebo que não sabe como começar, então faço isso por ela.

— Sabe, eu estava pensando. É muito fácil julgar as pessoas. — Ela se ajeita no sofá, incomodada. — Quando Rafael e Viviane voltaram, cansei de falar para o Rafa que ele precisava conversar com ela em vez de só transar. Veja só. O mundo deu algumas voltas e transar é só o que você e eu fazemos. A gente vem ficando, vem ficando... E meio que assumimos que já voltamos, mesmo não tendo conversado a respeito. Será que é porque sabemos que, se conversarmos, vamos ver que não é pra ser?

— Não é assim, Lex. Todo recomeço é difícil.

— Ah, com certeza é. Ainda mais quando não envolve só as duas pessoas que estão no relacionamento.

— Droga. — Ela balança as mãos, irritada, mas logo fica sem jeito. — O Rafa te contou? Eu queria fazer isso. Desculpa, Lex. Não tem justificativa para o que eu fiz, mas sei que há uma chance de nos entendermos. — Branca fala tudo bem rápido, não me dando chance para interrompê-la. — O Rodrigo não vai mais aparecer assim, e o que aconteceu foi um erro. Não vai se repetir.

Cruzo os braços, mas não posso dizer que estou surpreso.

— O Rafa viu vocês se beijando...? — meio que pergunto e afirmo ao mesmo tempo.

— Ele não te contou? — Ela faz uma careta.

— Ele provavelmente me contaria algo assim, mas, conhecendo o Rafa como conheço, ele deve ter te dado um prazo, né?

— Sim, mas eu te contaria de qualquer jeito, Lex.

— Eu sei.

Branca se vira de frente para mim no sofá e segura minhas mãos. Posso sentir sua ansiedade e desconforto.

— Você pode me perdoar?

— Não. — Minha resposta calma a surpreende, e ela arregala os olhos, mas continua em silêncio. — Não posso perdoar nenhum de nós pelo que estamos fazendo. Você ama outra pessoa, Branca. — Antes que ela possa reagir, coloco dois dedos sobre seus lábios, a silenciando. — E eu amo outra pessoa.

— A tal da Flávia. — Há um pouco de ressentimento em sua voz.

— Sim.

— Por que você não está com ela?

— Por que você não está com o Rodrigo?

— É complicado.

— Por isso... Branca, você e eu somos muito práticos. Diferente dos outros, nós sabemos que ninguém morre de amor, mas talvez saber disso tenha nos tornado um pouco céticos. E nos faça nos contentar com menos do que merecemos.

— Você não é menos do que eu mereço, Lex. Não tem nada de menos aí. — Ela não consegue conter o sorriso malicioso, e eu beijo sua mão.

— Você também não é. Mas não é a isso que me refiro. Não importa quanto sejamos ótimos um para o outro, nós amamos outras pessoas. Tentar forçar esse relacionamento, só porque não conseguimos ficar afastados, não vai nos levar a lugar nenhum. Nós ficamos juntos porque é fácil, e nos afastamos toda vez que fica difícil. E relacionamentos... — Eu acaricio seu rosto, impedindo que ela desvie o olhar. — São difíceis, Branca.

Apertando os lábios, ela reflete sobre minhas palavras. Sei que as entende e sente o mesmo, mas assumir que *nós dois* não é para ser é se jogar no desconhecido do que ela vem sentindo.

— Eu não sei o que fazer, Lex. O que eu sinto me assusta. — Sua expressão é de pura confusão.

— Eu também me assustei quando senti, depois não consegui superar quando foi tirado de mim.

— O que a gente faz?

— Acho que o primeiro passo é não ficarmos juntos. Você beijou outro cara hoje, e, por mais que o meu orgulho esteja um pouco ferido, não está doendo. Entende?

— Sim. Se fosse essa Flávia que aparecesse aqui, você a teria beijado.

— Não gosto muito de hipóteses, mas imagino que sim.

— Tá certo. Mas eu teria ficado puta, viu? — ela brinca.

— Eu tô puto. — Ela estreita os olhos, desconfiada. — Mas sou maduro o suficiente pra entender onde me meti. Sei bem que é difícil se desprender do passado. A gente se conhece e também as nossas manias. Sabemos lidar um com o outro, e, cada vez que voltamos, parece que as chances de fazer dar certo são maiores. Mas estamos nos enganando. Se eu soubesse onde a Flávia está, eu lutaria por ela. Pouco importa o segredo que ela tem e o que a fez se afastar. — Aproximo as mãos e as coloco sobre os lábios antes de prosseguir. — Porque, quando a gente ama, Branca, qualquer coisa que nos afaste se torna um detalhe sem importância. Qualquer problema pode ser superado. Mesmo quando tem aquilo que nós sempre tememos: um bebê. — Ela desvia o olhar e eu sei que toquei na ferida, afinal um dos motivos das nossas brigas constantes era o fato de ela dizer que não queria filhos. — Eu venho pensando nisso há algum tempo. Você não quer *mesmo* ter filhos? Tem mulheres que não querem, e tudo bem. Acho que é até normal, né? Cada um sabe o que quer para si. Mas eu não tenho certeza se esse é o seu caso, ou se era só mais uma desculpa para a gente brigar.

— Nossa, Lex, eu te odeio muito às vezes. — Ela revira os olhos.

— Só porque estou certo?

— Sim, porque você estar certo significa que eu estou errada. — Ela cruza os braços e eu sorrio. Tão Branca. — A minha terapeuta disse algo parecido. Ela disse que pode ter a ver com a Clara ter sido forçada a se casar por causa da gravidez, que eu somatizei a infelicidade da minha amiga e culpei os filhos. — Seus ombros caem, tristes. — Pode ser que ela tenha razão, e isso faz com que eu me sinta um pouco culpada, afinal amo meus afilhados.

— Pode ser que seja isso, sim. Você achou que a vida da Clara tinha acabado ali, e por muito tempo acabou mesmo, mas não foi culpa dos meninos, foi dela. Ela se escondia atrás deles por medo de ser feliz e se machucar outra vez.

— É... A verdade é que eu não sei, Lex. Não sei se quero filhos ou não.

— Bom, o fato é que o homem que você ama tem uma filha. Não dá para mudar isso. Você precisa assumir o que sente ou deixá-lo em paz.

— Não é tão simples.

— Não é nada simples. Essa é a questão. Amar nem sempre é simples. Amar pode virar nossa vida do avesso, mas ao mesmo tempo dá uma paz tão grande que você não quer se afastar dessa confusão. Amar é contraditório.

— Muito. A gente podia só viver de pegação, né? Bem mais seguro pra todo mundo.

— Seguro, sim, mas será que seria suficiente? Quando duas pessoas se amam, nem sempre se entendem, mas há o desejo de fazer durar. Depois de tudo o que passamos, depois de tudo o que a Flávia e eu passamos, depois de tudo o que você e o Rodrigo passaram, acho que já está mais do que na hora de assumirmos que eu não sou, não fui e nunca serei o protagonista da sua história.

119

Branca

E te peço, me perdoa
Me desculpa que eu não fui sua namorada
Pois fiquei atordoada
Faltou o ar, faltou o ar
Me despeço dessa história e
Concluo: a gente segue a direção
Que o nosso próprio coração mandar
E foi pra lá, e foi pra lá...

— Tiê, "Assinado eu"

— E ninguém tem que aceitar ser menos que o protagonista. O personagem secundário tem sua própria história, ele é o principal nela, e é justo que a viva também — Lex continua, tocando meu rosto de forma tão carinhosa que aperto os lábios e me forço a conter as lágrimas. — Acho que eu mereço isso também, né? Minha própria história.

— Merece. Você merece tudo, Lex. — Inspiro profundamente e não me permito chorar. — Eu queria que fosse você.

— E eu queria que fosse você, mas...

— Não somos, né? Não é para ser. Eu queria entender onde a gente se perdeu. — Tento pensar mais uma vez nesse assunto que nunca vou compreender.

— As pessoas querem explicação para tudo. Mas relacionamentos falham e nem sempre entendemos. Ninguém precisa ficar louco tentando encontrar uma resposta secreta que dê sentido a tudo.

— Eu fiquei bem louca por um tempo, viu?

— Claro. Você odeia perder. — Ele aperta minha mão, repetindo o clássico óbvio sobre mim.

— Acho que odeio mais como você me conhece. — Também repito o que já disse centenas de vezes.

Ele balança a cabeça negativamente, se levanta do sofá e me estende a mão.

— Vem.

— Pra onde?

— Pra cama. — Ele aperta minha mão quando seguro a sua. — Não adianta mais falar disso. Vamos encerrar a nossa história.

E eu vou. Lex sempre vai fazer parte de um dos capítulos mais lindos da minha vida. Sei que pode parecer estranho para a maioria das pessoas que estejamos terminando dessa forma tão tranquila, mas Lex é esse cara. Ele sabe colocar as coisas de um jeito que é difícil não entender.

Acho que agora, finalmente, conseguimos compreender que não faz sentido ficar guardando raiva de uma relação que durante muito tempo foi boa. É hora de seguir sem frente sem mágoas.

Não quero colocar ou tirar culpas das razões pelas quais nosso casamento fracassou. A verdade é que algumas coisas são para ser e outras não. E nem sempre há uma razão.

Mais tarde, abraçados na cama, no escuro, ele acaricia meu braço e diz:

— Se eu pudesse te dar um último conselho, eu diria: ouça o seu coração, Branca.

Meu coração quer um moleque com paudurecência nível extremo. Um moleque comprometido. E eu não sei se isso é muito esperto.

— E você, Lex? — Não resisto à pergunta.

— Vou seguir o meu também, mas ele vai precisar de uma forcinha pra encontrar o que procura.

— Espero que encontre.

— Eu também.

12º

Rodrigo

Quando ela ama você
É a mim que está amando
Quando ela beija você
É a mim que está beijando
Ela não pensa em você
É em mim que está pensando
Ela nunca me esqueceu
O amor dela sou eu.

— Luan Santana, "O recado"

ERAM POUCO MAIS de seis da manhã quando chegamos ao hospital. Estou esperando notícias desde então.

A partir do momento em que Amanda foi internada, descumpri nossa promessa. Liguei para Mila e contei tudo. Ela é a melhor pessoa para me dizer o que está acontecendo agora.

É por ela que eu espero na recepção, apertando minhas mãos de apreensão. Paulo ficou com Anna em casa e me manda mensagens a cada cinco minutos querendo notícias que eu não tenho.

Não tenho posição para ficar. Anda e paro. Sento e levanto. Penso em Viviane. Nunca estive numa situação dessas sem ela. É desesperador.

Quando pego o celular para ligar para minha irmã, Mila surge na porta.

— Ela está bem? — pergunto, aflito.

— Eu sinto muito. — Ela parece hesitar entre ser a profissional que é e a minha amiga.

— Mila, ela vai ficar bem? — Passo as mãos pelo rosto, tentando ficar calmo.

— Rô, ela foi entubada. Teve metástase no sistema nervoso central.

— O que significa isso?

— Que é grave. Pelos exames, ela já está com metástase nos pulmões e rins faz um tempo. Está evoluindo bem rápido.

— Vocês vão resolver?

— Não sei, Rô. Não dá para esperar muito de um quadro desses.

— Não tá certo isso. Quero falar com o oncologista dela.

— Você pode conversar com o dr. Mauro. Ele está com ela agora. — Mila se aproxima e coloca a mão no meu ombro. — Eu sinto muito. De verdade.

Quando Mila volta ao trabalho, eu me sento na recepção. Não há outro lugar para ir agora. Ela disse que me deixarão ver Amanda, então espero.

Estou de cabeça baixa, perdido em pensamentos.

— Rodrigo? — A voz de Lex me assusta e eu olho para ele, espantado. Por um segundo, acho que Mila contou a alguém, ao contrário do que pedi. Mas depois reflito que, se ela fosse contar, não seria para Lex.

— O que você está fazendo aqui?

— Eu vim ver a Mila. Ela está resolvendo algo pra mim. — Ele se senta a meu lado. — Tá tudo bem?

Não está nos meus planos, mas, quando dou por mim, estou contando tudo a ele.

— Nossa, cara. E você segurou essa barra sozinho? — Ele está tão chocado quanto eu. Ainda não consigo acreditar em tudo o que aconteceu nos últimos tempos. — Sinto muito por tudo isso. Posso fazer algo pra te ajudar?

Ver Lex assim, tão solícito, me enche de culpa.

— Eu beijei a Branca ontem — confesso logo o que ele tem o direito de saber.

— Eu sei.

— Sabe?

— Ela me contou. — A ausência de condenação me surpreende. Se eu fosse namorado dela e ele a beijasse, não sei nem o que faria.

— Eu não fui até lá pensando nisso. Não pensei em nada, acho.

— É compreensível pela sua situação. Nós terminamos.

— Desculpa. — Não consigo evitar dizer.

— Não foi sua culpa. — Ele dá um sorrisinho e balança a cabeça. — Quer dizer, a culpa não é *toda* sua. Vocês se amam. E eu amo outra pessoa também. Essa fórmula tá meio errada, né?

Meu celular vibra com mais uma mensagem de Paulo.

— Bom, não posso lidar com isso agora — digo, respondendo à mensagem. Ainda não contei o quadro real ao Paulo. Depois que eu puder ver Amanda, vou contar.

— Quando te vi aqui, pensei em falar mil coisas sobre toda essa confusão que nos envolveu. Eu não devia ter ficado com a Branca quando voltei.

— E eu não devia ter ficado com ela. Você e eu nunca fomos muito próximos, mas somos sócios. Foi molecagem minha.

— Mais ou menos. Você a amava há muito tempo, e, se eu soubesse disso na época, muitos problemas teriam sido evitados. — Lex se levanta e dá alguns tapinhas no meu ombro. — De qualquer jeito, o passado é imutável. Eu vou embora de novo. Há algo que eu preciso fazer. Uma pessoa que eu tenho que achar. — Eu me levanto também, mas não digo nada. — Eu vou atrás de quem eu amo e não faço ideia se vou encontrar ou não. Mas você sabe onde está quem você ama. Agora precisa ficar aqui. A Amanda é prioridade, mas não deixa a Branca passar. Se você a ama como eu acho que ama, lute por ela. Tá bom?

Não faço ideia de como será minha vida daqui para frente nem de como vou superar o buraco que parece se abrir em meu peito, mas a única resposta que posso dar a Lex é:

— Certo.

121

Branca

De todos os loucos do mundo, eu quis você
Porque eu tava cansada de ser louca assim sozinha
De todos os loucos do mundo, eu quis você
Porque a sua loucura parece um pouco com a minha.
— Clarice Falcão, "De todos os loucos do mundo"

"*A vida segue.*" É o que dizia tio Pedro, pai de Viviane e Rodrigo. E é o que tem se provado verdadeiro.

Há quase uma semana Lex e eu terminamos de vez, e, como sempre faço, me joguei no trabalho. Estou dando um tempo para mim mesma antes de decidir sobre como agir em relação a Rodrigo. Pelo que eu soube, ele anda bem recluso e sem falar com ninguém.

Parece ser uma manhã de sexta qualquer até Mila invadir meu escritório e se jogar em uma das poltronas, apoiando a cabeça no encosto. É, voltei a chamá-la de Mila nos últimos tempos. Fazer o quê, né? Todo mundo erra, e eu gosto dessa praga.

— Meu Deus, como eu estou cansada! — ela bufa, alongando o pescoço. — Olha, é o seguinte: a Amanda, mãe da Anna, está morrendo no hospital. — Meu queixo cai, mas Mila não para de falar. Todo mundo conhece seu modo pós-plantão, então não a interrompo porque não quero que ela voe no meu pescoço. — É por isso que ela estava na casa do Rodrigo. Ele sempre soube. Dá pra acreditar nisso? Não, né? É bem surpreendente. Eu mesma não teria acreditado se não tivesse visto com meus próprios olhos. Câncer de pele. Onde podia dar metástase deu. É terminal, infelizmente. — Ela abaixa a cabeça e massageia a própria nuca. — Sério, eu tô morta. Acabei de sair de um plantão dobrado e não estou mais raciocinando. Tudo o que eu queria era a minha cama, mas não posso ir pra ela, porque você e o Rodrigo ficam agindo como idiotas. Ele, é claro, pode ser perdoado pelo que está passando no momento, como eu te contei. Já você, pelo amor de Deus, Branca, se toca. Sei que você fica esperando que os caras corram atrás de você, mas, puta merda, o cara não sai daquele hospital. Sim, ele sempre foi moleque. Quer alguém que tenha sofrido isso na pele mais do que eu? Mas, poxa vida, se tem um preço a pagar por ser moleque, ele pagou caro. — Ela se levanta num pulo e aponta o dedo para mim. — Por isso, quando se recuperar do choque, levanta a bunda daí e vá atrás dele. Ficou claro?

E, da mesma forma intempestiva que chegou, ela vai embora.

122

Rodrigo

How could we not talk about family
When family's all that we got?
Everything I went through
You were standing there by my side
And now you gonna be with me for the last ride
It's been a long day, without you my friend
And I'll tell you all about it when I see you again
We've come a long way from where we began
Oh I'll tell you all about it when I see you again
*When I see you again.**

— Wiz Khalifa feat. Charlie Puth, "See You Again"

Está anoitecendo quando telefono para Mila. Tentei evitar ao máximo essa ligação, porque ela havia saído do plantão dobrado pela manhã, mas Amanda teve uma parada cardíaca e os médicos disseram para eu me preparar. Me preparar para quê, porra? Para a morte? Como a gente se prepara para isso?

— Oi... — Toco a mão fria de Amanda. Mila conseguiu que me deixassem vê-la na UTI. — Não tenho muito tempo. — Começo a fa-

* "Como podemos não falar sobre família/ Quando família é tudo o que temos?/ Tudo pelo que passei/ Você estava lá ao meu lado/ E agora você estará comigo para um último passeio/ Tem sido um longo dia sem você, meu amigo/ E eu lhe direi tudo quando o vir novamente/ Percorremos um longo caminho desde que começamos/ Ah, lhe direi tudo quando o vir novamente/ Quando o vir novamente

lar, tentando não prestar atenção aos sons dos aparelhos que a mantêm viva. — Tempo... Parece que fomos enganados, né? Ainda não é hora. — Aperto sua mão de leve. Ela não reage. Seus olhos seguem fechados. Sua palidez é assustadora. — Será que tem hora? Nesses dias, no hospital, tenho perguntado a Deus o porquê de tudo isso. Nunca vou entender. Por que nossos caminhos se cruzaram só pra eu te perder agora? Por que você gerou uma filha tão linda e não vai poder vê-la crescer? São tantas perguntas sem resposta. Meu pai diria que eu preciso olhar a situação de fora, que há sempre algo bom, mesmo na tragédia. Nosso algo bom é a Anna. E eu te prometo que vou fazer o impossível para que a nossa filha cresça feliz e se sinta amada. E eu queria te dizer que... — Eu me detenho assustado quando os aparelhos começam a apitar sem controle.

Tudo acontece rápido demais. Enfermeiros entram, médicos se apressam, Mila tenta me tirar da UTI, mas meus pés estão grudados no chão e eu tento reagir. Tento desesperadamente não deixar que Amanda se vá.

É preciso mais dois enfermeiros para me tirar de lá. Corro para a janela e observo atentamente cada movimento dentro daquela sala.

— Ela vai viver. Ela vai viver. — É o que eu repito baixinho para mim mesmo. Até que o inconfundível som da morte me atinge. Um longo e tenebroso apito indica que não há mais pulsação.

Os médicos tentam revivê-la, mas nada. Ela não volta. Ela não vive. Ela não está mais aqui.

Vou me afastando da janela até me chocar contra a parede oposta. Deixo que meu corpo desça até o chão devagar e cubro a cabeça com as mãos.

Meu corpo inteiro dói. Toda a dor da perda do meu pai retorna, somando-se ao que me aflige por perder Amanda. Cada um dos últimos dias se repassa na minha mente.

Tento segurar, mas as lágrimas não param de cair. Não quero ficar sozinho, mas também não quero ver ninguém. Há algum lugar onde eu encontre esse meio-termo?

Alguém se ajoelha na minha frente, mas não levanto a cabeça para olhar. Deve ser Mila, tentando ingenuamente me confortar.

— Rô...

A voz me surpreende. Continuo cabisbaixo, mas reconheço. É a Branca.

123
Branca

Y si van cerrando las heridas
Aunque a veces es con sal, sal, sal
Pesa más el porvenir
Tanto amor no hay dios que lo pueda dividir
Tú que sabías lo que era
Vivir entre las tinieblas
Pudiste ver a tiempo
El humo que daba la hoguera
Tú entendías su quimera
Y él intentaba ser el hombre
Que todo el mundo quisiera
*Hoy no existe ya la duda.**

— Pablo Alborán feat. Ricky Martin, "Quimera"

Quando Mila me disse todas aquelas coisas pela manhã, precisei de tempo para reorganizar meus pensamentos. Era muita informação.

Agora vejo que perdi um tempo precioso me preparando enquanto Rodrigo precisava de mim. Ele finalmente levanta a cabeça, e seus olhos vermelhos partem meu coração.

---

* "E as feridas vão se fechando/ Ainda que às vezes com sal, sal, sal/ Espera o futuro/ Tanto amor que não há Deus que possa quebrar/ Você que sabia o que era/ Viver na escuridão/ Você pode ver o tempo/ A fumaça estava queimando/ Você entendeu sua quimera/ E ele tentou ser o homem/ Que todo mundo queria/ Hoje não há mais dúvida."

— Tá errado. Os médicos disseram que ela teria mais tempo. — Ele aponta para o quarto de onde Mila sai. Ela acena tristemente para mim. — Só passou um mês. Tá errado. Tá errado. Isso não pode estar acontecendo. Não era hora ainda.

— Nunca é, Rô. Nunca é. — Toco seus cabelos e me aproximo um pouco mais.

Passei o dia me sentindo uma idiota por julgá-lo enquanto tudo o que ele estava tentando fazer era o certo. Parte do que me manteve longe do hospital até este momento não foi orgulho, foi culpa e vergonha.

Analisando-o agora, ciente de tudo, sei que é muito mais que essa morte. Essa perda era o que faltava para ele desmoronar.

Automaticamente, Rodrigo abre as pernas e eu me acomodo entre elas, abraçando-o. Seus braços me envolvem e ele acomoda a cabeça no meu peito, deixando que o choro lave sua alma.

Não sei o que dizer para confortá-lo. Eu aguento vê-lo fazendo merda, sendo um idiota, mas não destruído desse jeito.

Tudo o que eu queria agora era saber o que fazer para que ele deixasse de sentir tanta dor.

124

Rodrigo

E nessa vida agora somos dois, três, quatro
Quantos você quiser
A partir de hoje eu sou homem de uma só mulher.
— Jorge e Mateus, "Sosseguei"

Enterramos Amanda há uma semana e eu fiquei mais recluso que nunca. Nós não convivemos por tanto tempo, mas a doença nos aproximou rapidamente. Talvez por sabermos que nosso tempo era curto, os laços foram intensificados de cara. Vou sentir falta dela e ao mesmo tempo a verei mais em nossa filha.

Dou um sorriso triste toda vez que Anna sorri e uma covinha aparece em sua bochecha direita. Isso também me faz refletir sobre o tanto do meu pai que há em mim.

É triste, mas a vida me ensinou a parar para pensar nas consequências e em tudo o que sinto. Hoje sei que agir sem pensar não passava de covardia. Medo de sentir. E, porra, como eu senti. Minha filha, o acidente de carro, Amanda... Eu achava que podia viver sem apego, como eu queria, mas aprendi à força que não era bem assim.

Minha casa é um entra e sai de pessoas. Virou uma zona, mas pelo menos eles mantêm minha mente ocupada. Todo mundo ficou preocupado e um pouco desconfortável por eu ter conseguido esconder o que vivi no último mês.

Lucas, sempre Lucas, está mal até agora, se sentindo o pior dos amigos por não ter estado comigo quando precisei. Ele está enganado. Esteve comigo o tempo todo. Cada conversa, cada brincadeira, cada distração me ajudou a passar pelo que passei, mesmo que ele não soubesse da verdade.

Ele não tem que se culpar. A vida não escolhe em quem vai pesar mais. Todos temos problemas e às vezes eles nos incapacitam e tornam quase impossível enxergar os problemas daqueles que amamos.

Eu mesmo falhei com meu amigo e demorei meses para perceber sua dor. Isso para não falar da minha prima. Preciso pôr a cabeça no lugar e ajudar Fernanda, mas nem sei por onde começar.

Branca e eu ainda não conversamos. Ela esteve comigo durante o velório e o enterro. Depois disse que me daria um tempo e que eu poderia chamá-la para conversar quando quisesse.

Por que não chamei ainda? Não sei.

Já os outros... Cada um tem sua opinião. Vivi diz que estou deprimido. Bernardo acha que preciso de espaço. Rafa tem certeza de que eu sou um cu doce do caralho. E por aí vai.

Mas foi meu avô quem chegou mais perto do que pode ser: "El niño está com medo. Quando se quer muito alguma coisa e finalmente se consegue, podemos nos sabotar e fugir".

Quantos de nós não fizemos exatamente isso?

Eu não quero fazer merda. Quero me acertar com ela e formar uma família.

É... Acho que é hora.

Estou saindo pelado do banheiro quando dou de cara com Rafa entrando no meu quarto.

— E aí, moleque? É hoje que você acorda. Nem que seja na porrada — ele chega dizendo e depois ergue a mão, desesperado. — Puta que pariu! Cobre isso!

— Trouxa. Como é que você vai entrando assim? — Pego a cueca que havia deixado sobre a cama. — Minha mãe não te falou que eu estava no banho, não?

— Ah, então era isso que ela queria falar? — Ele vira a cabeça para a porta, pensativo — É uma emergência, caralho.

— O que houve? — Visto a calça jeans.

— O que que você tá esperando pra ir atrás da Branca?

— Nada. — Franzo a testa, sem entender a impaciência dele. — Vou aproveitar que minha mãe vai passar a noite com a Anna e vou até a casa da Branca agora.

— Ah, sério? — Ele parece meio perdido. — Bom, mas não vai encontrá-la lá.

— Aonde ela foi? — pergunto, já completamente vestido e amarrando os tênis.

— Aeroporto.

— Como assim?

— Tá indo para o Rio com o Lex.

— Como? — Ninguém sabe que Lex e eu conversamos, mas isso não faz nenhum sentido.

— Vamos, moleque! Você vai impedir esse embarque. O Lucas e a Pri estão esperando no carro. E o violão também.

— Você tem certeza disso? — Não estou entendendo mais nada.

Está tudo muito estranho, mas Rafael parece preocupado de verdade, então o sigo para fora do quarto.

— Eu tenho um plano — ele diz, como se isso resolvesse tudo. — Ah, Alice... — Ele se vira para minha mãe, que está entrando na sala com minha filha no colo. — Nós precisamos da Anninha.

125

Branca

With your loving, there ain't nothing
That I can't adore
The way I'm running, with you, honey
Is we can break every low
I find it funny that you're the only
One I never looked for
There is something in your loving
That tears down my walls
I wasn't ready then; I'm ready now
I'm heading straight for you
You will only be eternally
The one that I belong to
The sweetest devotion
Hitting me like an explosion
All of my life I've been frozen
*The sweetest devotion I've known.**

— Adele, "Sweetest Devotion"

— Vai ser bom, você vai ver — Lex diz e se abaixa para pegar a mochila.

* "Com seu amor, não há nada/ Que eu não possa adorar/ O jeito como estou correndo, com você, amor/ É que podemos derrubar todas as dificuldades/ Eu acho engraçado que você seja o único/ Que eu nunca procurei/ Há algo em seu jeito de amar/ Que derruba minhas paredes/ Eu não estava pronta naquele momento; estou pronta agora/ Estou indo na sua direção/ Você vai ser eternamente/ Aquele a quem eu pertenço/ A devoção mais doce/ Me atingindo feito uma explosão/ Por toda minha vida eu estive congelada/ A devoção mais doce que eu conheci."

— Com certeza vai. — Ajeito a bolsa no ombro.

— Você não vai a lugar nenhum com ele, Branca! — Rodrigo grita atrás de mim, e eu quase morro de susto.

Com ele, chegam correndo Rafael, com Priscila no colo, e Lucas com Anna. As meninas parecem estar se divertindo bastante, mas os adultos estão bem esbaforidos.

— O que está acontecendo? — Lex pergunta, tão confuso quanto eu.

— Desculpa, cara, não sei o que está acontecendo, mas eu tenho que lutar pela mulher que eu amo. — Rodrigo ergue o violão e dá uma olhadinha para Rafael.

Lex dá uma gargalhada. Pelo que parece, só eu não estou entendendo nada.

— Vai! Vai! — Rafa diz, colocando Priscila no chão.

— Não diz nada. — Rodrigo balança a mão para mim. Como se eu pudesse dizer qualquer coisa que fosse.

Então começa a dedilhar os primeiros acordes de uma canção, e Rafael bate no violão.

— Epa! Não foi essa que combinamos. — Rafa fecha a cara, contrariado. — Eu te expliquei certinho o que era pra fazer. Não foi desse jeito que eu fiz.

— Cara... — Rodrigo o afasta. — Tem que ser do meu jeito.

— Ah, seja o que Deus quiser. A minha parte eu fiz. — Rafa parece desistir, e eu continuo sem entender.

Rodrigo volta a tocar e eu reconheço a música: "Cê topa", do Luan Santana. Ele vai cantando e se aproximando de mim.

Basta olhar de novo para Rafa pra saber o que ele aprontou. Ele torce o nariz para a música, mas está todo orgulhoso do seu moleque.

Presta atenção em tudo o que a gente faz
Já somos mais felizes que muitos casais
Desapega do medo e deixa acontecer
Eu tenho uma proposta para te fazer:

Eu, você, dois filhos e um cachorro
Um edredom, um filme bom no frio de agosto
E aí, cê topa?

Quando ele termina de tocar, passa o violão para Rafael e me puxa pela cintura, juntando sua testa à minha.

— E aí? Eu, você, dois filhos e um cachorro. Cê topa?

Durante esses dias em que dei espaço para Rodrigo, tudo o que eu mais quis foi que ele me procurasse. Foi angustiante esperar por um contato, mas acho que mereci essa ausência, mesmo que ele não tenha feito de propósito.

O tempo foi bom para que eu pudesse pensar. Não é um casinho que ele está me propondo. É sério. E há uma criança no meio.

Olho para Anna no colo de Lucas, agitando os bracinhos, tão feliz. Alheia a toda a dor que esteve à sua volta nos últimos tempos. Não sei se vou conseguir ser uma boa mãe para ela. Nunca sequer a peguei no colo. Mas, quando meus olhos passam dela para seu pai, só há uma resposta possível:

— É claro que eu topo, moleque.

Rodrigo me tira do chão e me beija como se ninguém mais estivesse presente. As pessoas no aeroporto batem palmas para nós, e dois seguranças se aproximam.

— Moleque por quê? — ele pergunta, depois de me beijar outra vez. — Por lutar pela mulher que eu amo? Se for isso, vou ser moleque a vida inteira.

— Não. Por acreditar no Rafa. O Lex vai para o Rio. Eu só vim dar uma carona pra ele. Carona, aliás, que o Rafa disse que não podia dar. Esse idiota tramou tudo.

Todos olhamos para Rafael, que aponta com as duas mãos para si mesmo, como se fosse o cara mais esperto do mundo.

— Eu disse que ia resolver essa porra. Eu disse. Demorei anos, mas a porra está resolvida! — Ele comemora com uma dancinha da vitória maluca, prontamente acompanhado por Priscila.

Epílogo

Branca

E eu, que sempre fui da turma do talvez
Me joguei sem paraquedas no sim
E eu escolho você com todos seus defeitos
E esse jeito torto de ser
Eu escolho você, destino imperfeito
Todo carne, osso e confusão.
— Sandy, "Escolho você"

Peguei Anna no colo. Morrendo de medo. Medo de derrubá--la. De quebrá-la. De decepcioná-la. De não me encaixar no papel que eu nunca almejei. Medo de que minha inaptidão como mãe tornasse a mim e ao Rodrigo incompatíveis.

Eram tantos medos que eu me questionei se sobraria espaço para o amor. E foi aí que percebi que tinha todas as respostas nas mãos. Eu temia o amor, mas ele não deve causar temor algum. O amor soluciona problemas, não os causa.

De todas as pessoas do mundo, Rodrigo foi um dos que nunca esperaram que eu fosse perfeita. Isso era algo que eu mesma me impunha. As pessoas que me amam pouco se importam com perfeição.

Ao perceber que Anna não esperava muito de mim, apenas o meu melhor, foi fácil começar aos pouquinhos. Afinal de contas, se até Rodrigo se saiu bem na função de pai, como é que eu não me sairia na de mãe, não é mesmo?

Agora ele vem vindo com nossa pequena nos braços. Anninha está completando um ano, e nós não poderíamos estar mais felizes.

— Mama. — Ela estende os bracinhos para mim e eu a pego, beijando sua bochecha rosada.

Ainda me lembro do que senti na primeira vez em que ela disse "mama". Fiquei paralisada. Feliz e em choque ao mesmo tempo, pensando na responsabilidade que era ser mãe de alguém.

Há fotos de Amanda no quarto de Anna, e vamos contar tudo para ela quando for mais velha. Mas ainda assim, mesmo que eu não a tenha gerado nem desejado isso a princípio, é o que eu sou: sua mãe.

Olhando para meus amigos e minha família, só posso ser grata. Bernardo e Clara, com o bebê no colo. Maurício e Paulo juntos, sem se importar com o que falem por aí e pensando em oficializar a união. Rafael com Priscila dançando por perto e Viviane e seu barrigão, com mais um pentelho a caminho. Ô família que gosta de procriar.

Todos nós estamos seguindo. Cada um dando o seu melhor, mesmo quando a vida vem e nos dá uma rasteira. Como Lucas gosta de dizer: "Se for pra cair, que seja com um de vocês por perto".

Rodrigo pega Anninha do meu colo e a entrega para Lex, que é claro que voltou para esse dia. Depois me beija nos lábios, jogando meu corpo para trás.

Bem, o que posso dizer?

Eu fiz tanta merda fugindo do amor. Tanta merda! Afastei quem me amava por puro medo de ser feliz, e quase perdi tudo. Meio maluco, eu sei.

Muitas pessoas têm medo de não ser felizes. Eu achava que era feliz daquele jeito e não me importava com mais nada. Por isso era mais fácil viver algo morno do que deixar a intensidade me queimar.

Ainda assim, não me arrependo dos meus erros. Foram eles que me trouxeram até aqui. Cada um deles me guiou até os braços de Rodrigo.

— Diz... — ele sussurra em meu ouvido, beijando toda a curvatura do meu pescoço. Não vai demorar para Rafael nos mandar procurar um quarto. E talvez façamos isso. Um quarto. Um banheiro. Uma cozinha. O que encontrarmos primeiro. — Vai, diz. — Seus beijos me provocam.

Sorrio, extremamente feliz. Não há outro lugar em que eu queira estar além dos seus braços, então cedo e digo:

— Te amo, moleque.

NOTA DA AUTORA

Cada livro da série Batidas Perdidas tem começo, meio e fim e pode ser lido fora de ordem. (É claro que aí o leitor terá spoilers do que aconteceu com os outros casais, mas os volumes são independentes.)

Mesmo com essa independência entre si, no epílogo de *O descompasso infinito do coração*, os personagens secundários acabaram deixando os leitores malucos pelo quarto volume. Enquanto eu escrevia *O desapego rebelde do coração*, pensava: *Vou tentar evitar que os personagens secundários façam isso de novo*.

Como vocês perceberam, eu não mando em nada.

Agora vocês devem estar muito curiosos sobre o que está acontecendo com Lucas e Fernanda, o que aconteceu no relacionamento de Lex e Flávia e se eles vão se encontrar outra vez.

O que eu posso dizer é que esses personagens querem contar tudo isso a vocês, em histórias em que serão os protagonistas. Vocês só precisam aguardar.

Então, amores, segurem a ansiedade. Ainda há muito para ser contado.

AGRADECIMENTOS

Este foi o livro que mais demorou para ficar pronto. Não o processo de escrita em si, mas do momento em que decidi escrevê-lo até me sentar e deixar a história me atropelar.

Para quem não conhece meu processo criativo, é assim: tenho a ideia, penso muito a respeito, às vezes por meses. Quando o livro todo está na minha mente, seleciono as músicas que farão parte da trilha sonora e me deixo levar. Esse é o ponto em que escrevo, reflito, vivo a história. Por isso, essa parte é bem rápida. Se eu não deixar sair logo, serei sufocada por ela.

O que este livro teve de diferente?

Bem, eu não conseguia entender como alguém tão amor como eu poderia lidar com o desapego. A beleza disso tudo é que escrever foi, como sempre, uma terapia. Compreendi cada personagem e terminei o processo compreendendo mais a mim mesma.

Então nada mais justo do que agradecer a quem esteve comigo no caminho.

A cada amigo, membro da família e pessoa com quem trabalho, obrigada por me ajudar e ficar ao meu lado, mesmo quando não havia nada que você pudesse fazer além de esperar que eu escrevesse.

Obrigada aos desapegados da vida, por me ensinarem que nenhuma dor é para sempre e que não se morre de amor.

E obrigada, principalmente, a você que se apega à vida, ao amor, ao que acredita e que não desiste de si mesmo nem de quem ama.

Neste livro, mais do que em qualquer outro, preciso agradecer aos meus personagens, por salvarem e darem significado à minha vida.

Escrevo como respiro. Por puro instinto de sobrevivência.

Obrigada a cada um que está comigo, desde a primeira leitura crítica até o leitor final, aí em casa, que fecha o livro agora. Se a história tiver tocado você, toda a dor e a emoção que senti ao escrevê-la terão valido a pena. Todo o meu amor para você.

Impresso no Brasil pelo Sistema Cameron da Divisão Gráfica da
DISTRIBUIDORA RECORD DE SERVIÇOS DE IMPRENSA S.A.